성명학의 실체

이름을 좋게 지으니 행복하더라

이름을 좋게 지으니 행복하더라

초판 1쇄 인쇄 | 2020년 10월 15일
초판 1쇄 발행 | 2020년 10월 19일

지 은 이 | (사단법인)다지음한글구성성명학회
펴 낸 이 | 박세희

펴 낸 곳 | (주)도서출판 등대지기
등록번호 | 제2013-000075호
등록일자 | 2013년 11월 27일

주 소 | (153-768) 서울시 가산디지털2로 98,
2동 1110호(가산동 롯데IT캐슬)
대표전화 | (02)853-2010
팩 스 | (02)857-9036
이 메 일 | sehee0505@hanmail.net

편집 · 디자인 | 박은화

성·명·학·의·실·체

이름을
좋게 지으니
행복하더라

(사단법인) 다지음한글구성성명학회

등대지기

책을 펴내며

요즘 코로나로 경제가 어려운 탓인지 이름에 관심을 갖는 사람들이 매우 많아졌다. 또한 그에 앞서 한글구성성명학회가 세간에 많은 관심을 끌다보니 성명학에 대한 관심도 상당히 높아졌다. 그동안 타고난 사주팔자와 더불어 운명에 강력한 작용을 하고 있는 것이 있다면, 그것이 바로 이름이다. 이름을 다른 말로 하면 성명(姓名)이다.

성명의 근원을 살펴보면 '姓名'이란 우리가 낮에는 표정이나 제스처로 자신의 생각을 얼마든지 표현 할 수 있다. 그러나 저녁때가 되면 날이 어두워 표정이나 제스처가 보이지 않아 입을 통해 자신의 의사를 전달하게 된다. 그래서 저녁 석(夕)자에 입 구(口)자를 합성해 명(名)이 된다. 따라서 이름이란 우리가 늘 불러주는 소리, 즉 입에서 불러주는 소리에너지가 바로 구성(口聲) 성명학으로 '파동성명'의 근원이다.

한글은 입모양을 본떠 만든 세계 유일 무일한 소리글자다. 따라서 초성. 중성. 종성이 어우러진 자음과 모음에 의해 소리가 난다. 그러므로 입으로 이름을 불렀을 때, 파동에너지가 발생하여 이름 속에 내제된 수리 배합의 조화에 의해 운명이 발생한다. 이는 사주팔자의 또 다른 모습으로 나타난 사주 명식의 성명학이 바로 한글구성성명학이다.

사람들은 누구나 타고난 사주대로 살아간다. 그렇지만 타고난 운명이야말로 신의 영역으로 어느 누구도 그 운을 거스르지 못하고 살아간다. 그래서 그 운을 피해가는 방법으로 사주명리가 연구되었는데, 사주명리 자체가 오랜 시간과 고도의 연구를 필요로 하는 학문이기 때문에 운명을 제대로 분석하기가 그리 쉽지만은 않다. 따라서 그동안 방송 매스컴에 자주 등장하는 유명한(?) 역술인들이나 점술가들의 예언들이 맞지 않는 것을 보고 많이 느꼈을 것이다. 그동안 혹세무민한 그들의 말을 믿고 사업을 시작했다 폭삭 주저앉은 사람들이 얼마나 많은가! 이런 것만 봐도 정확한 운을 산출하기란 그리 만만치 않다는 것을 반증하고 있는 셈이다.

바쁜 듯이 살아가야 하는 우리의 현실은 인생의 참 뜻이 무엇인지도 모르게 쫓기듯 살아가게 만든다. 그러기에 좀 더 나은 삶의 질을 향해 여기저기 유명하다는 사람들을 찾아 나서지만 결국엔 우왕좌왕하다 그렇게 끝나고 만다.

그렇지만 한글구성성명학은 바로 그러한 사주 명식을 성명학에 접목시켜 연구 개발된 학문이다 보니 좀 더 나은 인생을 설계할 수 있는 운명의 지침서가 된다. 따라서 무언가 끝없이 도전하는 많은 이들에게 불길한 이름으로 인해 실패하기 보다는 좋은 이름을 통해 성공적인 삶을 살아가게 할 수 있다는 점에 다른 성명학과는 차원이 확연하게 다르다.

그동안 다지음의 한글구성성명학회가 전국적으로 많은 지사들에 의해 운영되다보니 이름대로 살아가는 사실들이 상담 받은 자들의 입을 통해 많이 입증되었다. 그러다보니 다지음 학회에서 상담하면서 느낄 수밖에 없었던 지사장들의 상담 사례를 통해 한글구성성명학이 어떤 학문인가를 더욱 알리고 싶었다.

그래서 2014년도에 출간되었던 『이름을 이렇게 지으니 좋더라』의 책에 이어 이번에는 전국 지사들의 상담 사례를 위주로 다시 계획하게 되었다.

인터넷이 세상의 모든 것을 바꾸어 놓을 정도로 지금의 지식정보사회가 다변화 되어 가고 있다. 그래서 우리는 빠르게 흐르는 강물처럼 급속히 변하는 세상에 뒤떨어지지 않기 위해 모든 촉각을 변화의 물결에 집중시켜 몰입하여 살아가고 있다.

그런데 그 어떤 발 빠른 정보나 노력보다도 더 시급한 것이 있다면 좋은 이름을 통해 좀 더 나은 삶의 질을 높이는 일이다. 아무리 완벽한 계획아래 도모하고자 하는 일에 철두철미한 사전 답사를 하고 시작했다 하더라도, 흉한 이름이면 실패가 연속해 일어난다는 사실이다.

그동안 잘못된 성명학 이론 때문에 개명하고 후회하는 사람들이 많다. 그런 사람들을 곁에서 지켜보는 마음 또한 늘 편치 않았다. 그래서 이름의 중요성과 함께 한글구성성명학이 어떤 학문인가를 올바로 깨우치고 싶었다.

그래서 그동안 지사들의 상담한 사례들은 물론 연예인, 스포츠인, 정치인, 기업인 등의 이름들을 통해 이름이 운명에 얼마나 영향을 미치는가를 중점으로 이 책에 모든 것을 담았다.

한글구성성명학을 몰라 잘못 지어진 이름 때문에 불행한 삶을 살아가게 된다면 이것이야말로 홍보부재로 인한 다지음 학회의 책임이다. 모쪼록 이 책이 이름에 대한 의식을 선명하게 밝혀주는 교두보가 되었으면 하는 바람이다.

사단법인 다지음한글구성성명학회
예지연회장

차례

이름을 좋게 지으니 행복하더라

운명을 좌우하는 보이지 않는 힘

KBS 인간극장이라는 프로그램에서 갈라진 두 쌍둥이 자매의 운명에 대해 방송된 적이 있었다. 그 부모는 쌍둥이를 낳고 경제적 어려움으로 인하여 큰애는 미국으로 입양 보내고 작은애는 부모가 키웠다. 그리고 30여년이 지난 후 두 사람의 모습을 취재하여 방송한 프로그램이었다.

30여년이 지난 후 두 자매의 모습은 어떠했을까? 언니는 미국 유수의 대학에 교수로 재직하고 있었고, 동생은 신 내림을 받아 무속인으로 살고 있었다.

여기서 생기는 궁금점, 쌍둥이라 함은 사주와 관상학적으로도 같은 모습인데도 불구하고 다른 형태의 삶을 살고 있는 이유는 무엇일까? 우리가 알고 있지 못하는 어떤 힘이 이 둘의 삶을 달라지게 한 것은 아닐까라는 의문이 생긴다. 그 보이지 않는 힘에 대해 영국 BBC방송에서 실험 한 적이 있다.

영국에 한 공원에 같은 토양, 같은 햇빛인 조건을 만들고 한날 한시에 12그루의 나무를 심었다. 12그루 나무가 자라 사람들이 쉴 수 있을 정도의 무성한 나무그늘이 만들어졌을 때 각 나무에 예수의 12제자 이름을 붙여놓았다. 그러자 공원을 찾는 사람들은 유다나무만 빼고 자리를 잡는 것이었다. 부득이 앉을 자리가 없을 땐, 마지못해 유다나무 밑에 앉았지만 그리 행복한 표정들은 아니었고 심지어 그 나무를 향해 한마디씩 하기도 했다. "이 나쁜 유다야 예수님을 팔아먹은 놈"이라고...심지어 꼬마들은 욕을 하기도 하였다. 그리고 몇 년이 흐르고 다시 찾은 공원에는 유다나무만 말라죽어 버렸다.

위 두 가지 사실이 나타내는 의미가 무엇인지 우리는 한번 심사숙고할 필요가 있다.

동일한 사주를 갖고 태어난 쌍둥이, 동일한 조건에 한날 한시에 심어진 나무들, 이치적이나 역학적 관점에서 본다면 같거나 최소한 비슷한 삶을 살아야 하겠지만 현실은 그렇지 않다.

왜?

도대체 왜 그런 것일까?

그 보이지 않는 힘은 무엇일까?

보이지 않는 힘의 실체

우리는 앞에서 어떤 보이지 않는 힘에 의해 운명이 갈리는 사례를 보았고 의문을 갖게 되었다. 그렇다면 과연 그 보이지 않는 힘이란 무엇일까?

소리의 힘

우주만물은 모두 소리(진동)가 난다. 진동하는 것에는 소리가 나고, 이 소리가 분열하면서 에너지를 발산한다. 따라서 귀를 통해 소리가 들리는 순간 바로 뇌로 전달되고 뇌에선 생각이라는 염파를 생성케 한다. 따라서 이 생각이 마음을 움직이게 하는 원동력이 된다. 이를 염파 즉 기(氣)라 한다. 기는 눈에 보이지는 않지만 우리의 마음과 육체를 자유자재로 움직이게 하는 파동의 에너지가 된다. 우리가 노래를 부르거나 말을 하는 것도 그 뜻을 알기 위한 수단으로 소리를 낸다. 입(파동)을 통해 뇌신경으로 전달 되고나면 소리(파동)는 곧바로 죽어버리지만, 뇌신경에서는 소리를 통해 상대방의 뜻을 분석한다. 그 소리의 뜻이 뇌신경에서 분석되면 또 다시 말초신경으로 보내져서 곧바로 그 뜻에 따라 각각의 반응으로 나타난다. 예를 들어 사랑과 정염의 뜻이 전달되면 성기에서 반응이 일어나고, 맛없는 음식의 뜻이 전달되면 코를 찡그리거나 구역질을 하며 눈살을 찌푸리게 된다. 뿐만 아니라 감미로운 클래식을 들으면 마음이 안정되고, 락(Rock)이나 헤비매탈 같은 시끄러운 음악을 들으면 절로 흥이 고조되고 기분이 달뜨게 된다. 이와 같이 이름(소리)에는 그 소리 속에 깊고 강한 뜻이 담겨 있어 사람의 마음을 움직이게 하는 힘(에너지)이 담겨 있다.

말의 힘

실험1) 물 실험

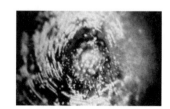

사랑, 감사   망할놈

몇 년 전 일본에서 물의 결정체를 촬영한 사진이 공개되면서 크게 화제가 되었다. 생수를 두개의 병에 따라 하나는 '사랑, 감사'라는 글을, 다른 하나엔 '망할놈'이라는 글을 써 놓고 24시간 동안 사람들에게 병에 써 있는 데로 그 병에 말을 하게 했다. 24시간이 지난뒤 두개의 물을 접시에 따라 물을 얼린 후 현미경으로 결정의 모양을 확인한 결과 '사랑, 감사'라는 물은 마치 인공적으로 만든 조각품처럼 완벽하게 아름다운 형체를 만들었는데 반해 '망할놈'이라는 단어의 물의 육각의 형태조차 갖추지 못하고 뭉개져있었다.

실험2) 고구마 실험

포항 축구선수의 고구마 실험

국내 프로축구 포항 팀이 고구마를 통한 실험이 뉴스에 보도됐다.

감사하는 마음과 긍정적인 말 한마디가 어떤 화를 일으키는지를 실험하기 위해, 숙소 안에다 고구마 화분 두 개를 놓았다.

그리고 한 화분엔 좋은 말, 또 다른 화분엔 나쁜 말만 하도록 하고 선수들한테 아침. 저녁으로 '좋은 말 고구마'를 향해선 긍정적이고 칭찬의 말을 건네고, '나쁜 말 고구마'한테는 부정적인 말만 퍼부었다. 60일 동안 똑같은 환경에서 똑같은 물을 주고 길렀는데 좋은 말 고구마 줄기는 무성하게 잘 자라는 반면, 나쁜 말

고구마 줄기는 발육이 현저히 떨어졌다는 보도다.

　실험과 같이 말의 힘이란 강력하다. 고운 말을 쓰면 그 말과 닮은 고운 파동의 에너지가 상대에게 전해지고 반대로 욕설을 뱉으면 말도 독이 될 수 있다는 사실을 실험을 통해 여실히 증명했다. 내가 사용하는 단어 하나가 상대를 그리고 나 자신을 변화 시킬 수 있는 것이다.

내 이름에 대한 긍지

노선경 (경북총괄지사장)

내 이름은 노선경이다. 물론 개명한 이름이다. 파동성명학으로 한번, 구성성명학으로 한번. 그렇게 두 번 했다. 한 번도 아니고 두 번씩이나 한 내 개명후기다. 내가 두 번씩이나 개명 한 이유는 무슨 큰 포부가 있어서는 아니었다. 내 삶이 버거워서는 더욱 아니었다. 또한, 내 이름이 마음에 들지 않아서도 아니었다.

25년쯤 전 우연히 파동성명학을 배웠다. 그때 받은 이름이 내 첫 개명이다.

이름은 받았으나 법 정리는 하지 않은 채 차일피일 미루다 몇 년이나 지난 후 정리했는데 그로부터 얼마 지나지 않아 구성성명학을 알게 되었다. 미루는 김에 조금만 더 미루었으면 좋았을 텐데 앞일을 알 수가 없는 노릇이니, 구성성명학으로 보면 내 본명은 굳이 개명하지 않아도 되는 이름이었다.

오히려 본명이 더 나은… 그것을 알고는 첫 개명 이름은 거의 쓰지 않았다. 그래서 파동성명학으로 지은 이름은 나에게 별 의미가 없다.

항상 성명학에 관심을 갖고 있다 보니 2009년, 예지연회장님의 '성공하는 이름 흥하는 상호'를 발간한다는 것을 회장님 블러그를 통해서 알았다. 출간되자마자 바로 구입했다. 모르긴 해도 온라인상의 구입은 내가 처음일 것이다.

책 내용이 좋아서 체계적으로 배우고 싶었지만 구미에서 인천까지는 만만한 거리가 아니었다. 그래서 우선 책으로 공부해 보기로 하고 짬만 나면 읽고 또 읽었다. 오랫동안 파동성명학을 공부해서인지 대부분은 알겠는데 제일 중요한 그 무엇을 혼자서는 도지히 알 수가 없어서 고민 끝에 인천에 가서 회장님께 배웠다. 나름대로 꽤 오랜 시간 성명학과 접해 있었고 책으로 꾸준하게 예습한 덕분인지 회장님 강의가 스펀지처럼 속속 들어왔다. 그렇게 공부하는 동안 이 매력 있는 학문을 많은 사람들과 함께 나누고 싶은 마음이 생겼다.

다지음 작명법의 핵심은 소리다. 소리의 중요성은 이미 여러 실험을 통해서 과학적으로 밝혀졌다. 이름이 인생의 전부를 좌우하지는 않을 것이다. 하지만 어느 정도는 좌우한다는 것이 그 동안 성명학계에 몸담으면서 내린 결론이 그래서 작명법은 이치에 맞아야 한다.

소리의 올바른 기운으로 작명하는 다지음 작명법이야 말로 바른 작명법이다.

그런 마음을 갖게 되면서 많은 사람들에게 좋은 이름을 나눌 수 있는 지사를 해볼까 하는 마음이 생겼고, 회장님도 흔쾌히 허락해 주셨다. 그렇게 난 회장님의 수많은 제자들 중에서 지사를 낸 첫 번째 제자가 되었다. 뿌듯하기도 하지만 늘 모범이 되어야 한다는 부담도 갖고 있다.

그 당시 회장님은 나에게 '잘 한다.' '잘할 것이다.' '최고가 될 것이다.' 라고 말씀 하셨다. 난 그 말에 힘이 났고, 망설임 없이 2012년 6월, 노선경이라는 이름과 함께 '다지음경북총괄지사'를 열었다. 그렇게 회장님만 믿고 지사를 내면서 교육생을 모집했는데 처음인데다 적지 않은 수강료임에도 6명이나 모집 되었다. 감사하게도 회장님은 새벽 강릉에서 출발하여 나의 첫 제자가 되는 1기생 여섯 명한테 정성껏 강의를 해 주셨다. 그때 회장님의 열정 덕으로 오늘의 내가 있다고 생각한다.

그렇게 처음 지사를 열고 1주일에 한번, 하루 4시간씩 5주의 회장님 강의가 끝나고 다시 내가 5주 강의를 했다. 처음 하는 강의라 많이 부족했지만 그래도 소신껏 가르쳤다. '선경'의 9.1.3 중심 기운 덕분인지 조금의 두려움도 없었다. 1기생들도 회장님께 한번 듣고 다시 나에게 두 번째 들어서인지 모두 잘 따라 했다. 그렇게 교육을 마치고 나자 자신감도 생겼고 스스로 많은 공부가 되었다. 그러다 보니 금방 2기생이 모집되었다. 2기생부터는 회장님 도움 없이 혼자 꾸려 나가야 된다는 부담은 있었지만 언제라도 도움을 청하면 달려오실 회장님이 계셔서 걱정 없었다. 1기생도 열심이었지만 2기생도 그 못지않게 모두 열심이었다. 사무실을 열어 놓고 고객이 없는 시간에는 공부하고 고객이 오면 상담을 하면서 그 동안 공부해 온 이론을 현장에서 나만의 실력으로 만들어 나갔다. 그 열정 덕분에 '다지음경북총괄지사'는 지금까지 9기의 교육생을 배출하였고 그 교육생 중 많은 분들이 지금 전국에서 '다지음지사장'으로 활동하고 있다.

나는 현재 '금오공과대학교사회교육원'과 '경북도청'에서 한글구성성명학을 강의를 통해 알리고 있고, 유튜브에선 '점방티브'를 통해 저변확대에 일조를 가하고 있다. 그 열정으로 인해 지금까지 경북총괄에서 배출한 지사만도 십여 개 지사가 넘는다. 그동안 몇 번의 고비가 있었지만 요즘 다지음 본사 홈페이지를 들여다보면 화면이 꽉 차게 올라 와 있는 전국의 지사들을 보면 내심 뿌듯한 마음이 앞선다. 그래서 더욱 더 초심을 잃지 않고 총괄로서의 모범을 보여야지 그런 다짐을 하게 된다.

어느덧 다지음 총괄지사로 활동한지가 8년이 되었고 이름을 바꾼 지도 그쯤이다. 난 그 누구보다 이름을 잘 바꿨다고 확신한다. 이렇다 할 꿈도 없이 하루하루 평범하게 지내던 나에게 노선경이라는 이름은 나의 평생직장인 '다지음'을 갖게 했다. 어디 그뿐이랴! 대학원에서 성명학 논문으로 석사학위를 받았고, 지금은 다지음 한글구성성명학으로 박사 논문을 준비 중에 있다. 구미와 서울을 오가며 대학원을 다니느라 힘이 들지만 노력한 만큼의 박사학위가 미소 짓고 있어 행복한 요즘이다.

이름을 바꾼 후로 항상 좋은 일만 있었던 것은 아니었다. 하지만 분명한 것은 좋은 일이 훨씬 더 많았다는 점이다. 그래서 노선경이라는 내 이름이 매우 좋다. 난 고객이 많던 적던 관계없이, 처음부터 예약으로 상담하였다. 다만 예약 시간은 많은 여유를 두었다. 지금은 30분을 정규 상담시간으로 하지만 그때는 두 시간을 잡았다. 처음인 데다 나도 덜 여물어서 상담을 시작하면 두 시간을 넘기는 일이 다반사였다. 지금 생각해 보니 상담하는 사람이나 받는 사람이나 모두에게 참 부질없는 일이었다. 물론, 안타까운 마음에 두 시간 아니라 세 시간, 네 시간 상담해야 되는 경우도 있었고 지금도 필요하다면 그리하고 있다. 하지만 특별한 경우를 제외한 대부분은 두 시간이든 30분이든 상담자와 피상담자 모두가 거의 같은 말을 반복한다는 것이다. 그것을 깨닫고부터는 아쉬워도 상담시간을 30분으로 조절하려고 애쓴다.

지금부터 7년쯤 전이니 2013년 봄이었나 보다. 이런저런 책을 뒤적이며 차 한 잔의 여유를 즐기던 나른한 봄날 오후였던 것 같다. 예쁘장하게 생긴 중년 부인이 예약시간을 1분도 틀리지 않게 딱 맞추어서 왔다. 다소 새침한 첫인상이었는데 이야기를 나누다 보니 아주 많이 밝고 싹싹한 사람이었다. 이름은 개인정보 보호로 주파수만 올린다.

X59 375 1XX

X60 486 2XX

성에서 1.2.3.4.7.8이 없고 이름에는 5.6. 7.8이 극을 받고 있었다. 이름에 1.2.3.4는 비교적 큰 무리는 없지만 5.6.7.8이 문제였다. 천간지지 모두 5.6이 1.2를 보고 있어 파재가 예상되고 이름의 가장 중요한 자리에 3.8과 4.7이 되어 천간지지로 7.8이 동시에 극을 당하고 있어 남편과의 인연이 약하다 했더니 주말부부라고 했다. 잘 했다고 하니 곧 합친다며 어찌해야 되느냐고 물었다.

이런 이름은 주말부부로 지내면 큰 문제없이 지나가는 경우도 있지만 부부가 같은 공간에서 보편적이고 정상적인 결혼생활을 한다면 거의 대부분 문제가 생긴다. 더구나 이름의 끝 자에도 온통 7.8을 극하는 식상기운인 것도 간과할 수 없다. 이런 이름은 차라리 배우자에 대한 기대나 욕심 없이 조금은 아쉬운 듯이 살아가면 오히려 부부이별을 피하기도 한다. 그렇지만 남들처럼 평범하거나 행복한 가정생활을 원하면 개명하는 것이 좋을 것 같다고 했더니 그러겠다고 해서 아래와 같이 개명해주었다.

X59 3X X75

X60 4X X86

몇 개의 이름 중 위의 배열의 이름을 선택하였다. 당사자에게 맞는 이름을 나로서는 몇 날 며칠을 심혈을 기울여 작명해서 고객에게 제시하면 대부분 최상을 선택하지만 가끔은 이런저런 이유로 최상의 이름을 선택하지 않고 차상이나 제시한 이름보다 훨씬 못한 기운의 이름을 선택하기도 한다. 이왕이면 최상을 선택

하라고 얘기를 해주는데도 본인이 싫다고 하는 사람도 있다. 그러면 어쩔 수 없이. 차선이나 차차선의 이름으로 정하게 되지만 마음은 조금 무겁다.

어찌되었던 저 이름자를 선택하고 몇 해가 지난 어느 날 그분에게서 연락이 왔다. 조그만 프랜차이즈 식당을 개업하게 되었다고 좋은 날을 잡아 달라고 했다. 마침 상호도 그분과 잘 맞아서 날도 잡아주고 나름 풍수에도 맞게 조언을 해주었는데 개업식을 하기 전부터 손님들이 몰려왔다. 주위에 식당이 많은 곳이었지만 그 집만 유독 장사가 잘 되었다. 식사를 하고자 줄을 서서 기다리는 것이다. 장사가 잘 되다 보니 1년 조금 지나서 가게를 인수하겠다는 사람이 생겼다. 그래서 꽤 좋은 조건으로 가게를 넘기고 한동안 쉬더니 다시 가게를 하고 싶다고 사무실을 방문했다. 같은 자리 같은 메뉴의 가게에 같은 기술을 물려주고 나왔는데 자기가 할 때와 달리 손님들이 점점 줄어든다고 했다. 그런 것을 보면 자기는 이름을 잘 바꾸어서 잘 되는 거라며 고맙다며 나를 보고 웃었다. 그 웃음을 보는 나도 같이 웃었다. 그녀는 웃음이 많은 사랑스러운 사람이다. 나도 그녀만큼 웃음이 많은 편이다. 웃음 많고 낙천적인 것이 고민스러웠던 시절이 있었다. 그때는 시크 한 것이 멋져 보이던 시절이었다. 하지만 이제는 고민하지 않는다.

그녀가 행복한 것은 이름이 좋아서기도 하겠지만 본인 스스로 자기 이름이 아주 좋다고 생각하는 당당하고 긍정적인 마음과 밝은 웃음을 가지고 있어서 라고 생각한다. 개운의 방법은 여러 가지가 있다. 그 중 가장 가성비가 좋은 것이 개명이라고 나는 단언한다. 내가 정성껏 지어 준 이름 덕으로 행복하다는 그녀의 환한 웃음을 보며 함께 웃을 수 있는 나는 또 얼마나 행복한 사람인가. 좋아하는 일을 직업으로 두었으니 나야말로 행복한 사람이고, 그

것으로 타인도 행복하게 할 수 있으니 또한 너무나 소중하고 감사할 따름이다.

흐뭇한 소식을 들으니

제 작년, 비슷한 또래의 두 여인이 사무실을 방문하였다. 서로 친구인데 옷차림과 표정이 그렇게 다를 수가 없었다. 한사람은 귀부인처럼 꾸몄고, 또 한 사람은 대충 걸친 차림새가 마지못해 따라온 듯했다. 그들의 얘기를 들어보니 제자인 연구원이 멋쟁이 차림의 친구의 이름을 감명해 준 모양이었다. 꽤나 잘 맞아 친구의 이름도 상담 받았는데, 막상 친구의 이름에서 개명의 필요성을 느끼자, 제자가 그러지 말고 사무실에 직접 찾아가서 확실한 상담을 받아보라 권했던 것 같다. 막상 이름을 풀어보니 개명을 해야 되는 이름이라 권했더니 많이 망설이는 눈치였다. 멋쟁이 친구가 또 다른 친구의 이름 몇 명을 더 물어보더니, 조금의 주저함도 없이 친구에게 선물로 주겠다며 개명을 의뢰했다. 모처럼 친구간의 아름다운 우정을 보는 듯해 내 마음도 흐뭇했다. 사실 쉽지 않은 일이다.

그리고 몇 개월이 지난 어느 날, 개명을 선물로 받은 친구가 환한 표정으로 찾아 왔다. 친구의 권유로 이름을 바꾸긴 했지만 솔직히 그렇게 까지 생활에 좋은 변화가 올 거란 기대는 하지 않았다고 했다. 그런데 놀랍게도 개명하고 얼마 지나지 않아, 평소 마음에 둔 직장에 취직되었고, 소원했던 남편과의 관계도 좋아졌다고 밝게 웃었다. 무엇보다 직장생활 하면서 동료들로부터 인정도 받게 되었다며 몇 번이나 감사의 표현을 했다.

그러면서 마흔 넘은 오빠가 사기를 당해 타지에서 힘들게 혼자 살고 있다며 하루빨리 노총각 신세를 면할 수 있도록 좋은 이름을 지어달라며 방긋 웃었다. 그때가 일년 전 쯤의 일이다. 이번에도 상기된 목소리로 찾아 왔는데 이유인 즉, 오빠가 좋은 여자를 만나 결혼하게 되었다며 이왕이면 올케 될 언니의 이름도 상담 받아보고, 좋지 않으면 바꿔주고 싶다고 했다. 그런데 막상 이름을 풀어보니 좋은 이름이었다. 남편 복이 좀 부족하긴 했지만, 늦은 결혼으로 이를 슬기롭게 넘겼다고 볼 수 있어 굳이 개명을 권하지 않았다. 그랬더니 그때서야 올케 언니 될 사람의 얘기를 꺼냈다.

서울에 이미 아파트랑 가구를 장만해 놓고, 그것도 부족해 오빠와 함께 일할 아담한 점포까지 마련해 두고 있어, 그야말로 오빠 처지에선 로또 같은 하늘이 내려준 천사와 같은 올케 언니였다.

모처럼 흐뭇한 소식을 들으니 절로 기분이 좋아졌다. 따뜻한 봄날, 4월에 웨딩마치를 올리게 될 두 사람의 축복을 위해, 이곳 구미에서 서울은 좀 멀긴 하지만 축하 차 가볼 요량이다.

물론 이와 같은 좋은 소식이 개명 때문만은 아니겠지만 어쨌든 이름을 바꾼 후 이루어진 일들이다 보니 덩달아 기분이 좋고, 모르긴 몰라도 좋은 이름이 한몫 거든 것만은 틀림없다고 생각한다. 이렇듯 좋은 이름을 지어주고 듣는 소리처럼 짜릿한 순간은 없다. 누군가에게 행복한 삶을 살 수 있게 도움을 주는 일이야말로 얼마나 축복받는 일인가!

· 연락처 ; 010-6264-5568
· 멜주소 ; sk5568@daum.net
· 사이트 ; http://경북다지음.com

이름이 성공을 좌우한다

    사람들이 수시로 불러주는 이름엔 눈에 보이지 않는 영기(靈氣; 텔레파시)가 있는데 그 영기를 바르게 활용하지 못해 불행의 길로 가는 사람들이 의외로 많다. 거기에는 자신과는 떨래야 뗄 수 없는 이름에 엄청난 운명의 비밀이 숨어있기 때문이다. 대부분의 사람들이 이름에 무슨 운세가 작용하겠냐고 가볍게 여기는 사람들이 있겠지만 이거야말로 잘못된 생각이다.

    사주는 불변으로 운명을 개조할 수 있는 방법이 없지만 이름은 개명을 통해 얼마든지 운명을 개조할 수 있어 사주보다 한수 위라 생각한다.

    사주에 따라 운명이 각각 다르듯이, 이름 또한 같은 이름이라도 태어난 년도에 따라 저마다 각기 다르다. 세상에 모든 것은 형체가 있든 없든 혹은 크든 작든 간에 이름이 없는 것은 없다. 왜냐하면 사물을 인식하는 데는 불러주는 소리에 의해 그 사물이 무엇인지를 인지할 수 있기 때문이다. 그런데 하물며 사람의 이름이야 말하면 무엇 하겠는가!

우리의 이름은 '나' 라는 개체에 대한 상징이요, 부호이며 또 하나의 얼굴이다. 그러한 까닭에 작명에 대한 인식은 미래에 대한 가치고 투자다.

무엇보다 시중에 시판되고 있는 성명학 책을 들여다보면 저마다 자신의 이론이 최고라고만 주장했지, 그 근원이 어떻게 해서 생겼는가에 대해 선명하게 밝힌 책은 없다. 그러다 보니 사회에 암적 요소가 되는 악덕 술객들로부터 정신적, 물질적 피해를 입지 않았으면 하는 바람에서 성명학에 관련된 모든 것들을 이 책에 전부 담았다. 그러므로 그들의 현란한 말솜씨에 속아 넘어가지 않기를 간절히 바라는 마음이다.

무엇보다 수시로 불러주는 이름에는 소리(파동)에 의해 성격이 형성되고, 그 성격에 의해 운명의 길흉이 결정된다. 뿐만 아니라 이성적인가, 감성적인가, 혹은 적극적인가, 소극적인가의 사고에 따라 성공이 좌우된다.

따라서 운명에 상호작용하는 여러 가지 요소들, 즉 육친을 숫자로 알기 쉽게 기술해 성공한 사람들의 이름이나 개명한 후 달라진 사람들의 사례를 다지음 학회의 전국 지사들의 후기로, 이 책에 '이름이 성공을 좌우한다' 라는 사실을 밝히고자 한다.

이름대로 살아갈 자신이

박유경(경남총괄지사)

결코 짧지 않은 기간 동안 많은 이들을 상담하면서 깨달은 것이 있다면, 사람 사는 모양이 틀린 것이 아니라 서로 각기 다르다는 것을 늦게나마 알게 되었다. 그럼에도 많은 이들은 아직 '다름'을 '틀리다'고 이야기한다.

각설하고 적어도 뭔가 부족해서 찾아오는 이들한테 육친으로 운세를 풀어주는 것도 좋지만 한 가지 더 첨가한다면 상담가로서의 면모를 갖추었으면 하는 바람이다.

어느 더운 여름날, 중년의 여성이 화장기 하나 없는 창백한 얼굴로 나를 찾아왔다. 어떻게 알고 왔냐고 물었더니 유튜브를 보고 뭔가 답을 찾을 수 있을 것 같은 막연한 희망에 찾아 왔다고 했다. 이야기인즉슨 남편 때문에 숨조차 쉬기 힘들다고 하소연을 했다. 초등학생 딸 둘과 시어머니와 함께 사는데 먹고 사는 데는 크게 부족함이 없으나 그 무엇보다 남편 때문에 힘들어하는 눈치였다. 그나마 남편에 비해 시어머니는 좋은 분이라고 했다. 남들은 시어머니로 인해 스트레스를 받는다고 하는데 그 중년은 도리

33

어 시어머니 때문에 가정생활도 유지하고 있다고 덧붙였다. 남편과의 관계에서도 울타리가 되어 여느 집에 비해 도리어 시어머니가 남편으로부터의 보호막이 되어 준다고 했다.

그럼에도 불구하고 남편과의 관계에서 사사건건 부딪치다보니 결국엔 아이들 앞에서 거친 말과 폭력이 오고갔다. 맞은 상처로 인해 육체적 아픔은 있지만 무엇보다 아이들한테 못 볼 것을 보이는 것이 정신적인 고통으로 다가왔다.

딸아이들이 살아가면서 아빠한테 느끼는 폭력성과 엄마에 대한 강한 연민이 성장하면서 여자로서의 트라우마로 남게 될까봐 그것이 염려되었다. 아이들한테 부모가 상처로 남는다면 그걸 무엇으로 보상해 주겠냐며 내 앞에서 하염없이 울었다. 우는 그녀한테 티슈를 건네주며 나도 함께 울었다. 젊은 날 그녀가 겪었던 그러한 고비를 나 역시 무수히 넘기며 예까지 왔기에 그녀의 울음이 곧 내 아픔이었다.

이름을 풀어 보니 짐작한 대로 3,4의 중첩과 7,8의 문제가 이들 부부의 관계를 궁지에 몰아넣고 있었다. 오행 표를 펼쳐 놓고 이름에서 발현되는 火의 기운과 金의 기운의 불협화음으로 인한 이름의 불균형을 오행으로 설명해 주었다. 상생 상극의 원리로 이름에 대해 인생의 선배로서 1시간 이상 상담해 주자 그녀의 얼굴에 화색이 돌기 시작하더니 어느새 목소리까지 밝고 경쾌해 졌다. 환한 표정으로 개명을 의뢰하면서 그녀가 힘차게 말했다.

"선생님~ 앞으론 선생님이 주실 이름대로 살아갈 자신이 있어요" 라고.

이름이 미신이 아님을

다지음 학회의 한글구성성명학에 매료되어 열정하나만 갖고 유튜브나 그 외 모든 활동에서 쉬임없이 매진하면서도 피곤한 줄 몰랐다. 갓 태어난 신생아들을 위해 아기엄마들한테 이름의 중요성을 언급하기도 하고 작명 상담을 통해 개명의 중요성도 언급했다. 또한 성명학강의를 하다보면 대개의 경우 반신반의 하는 경우가 많은데 특히 젊은 사람들의 경우는 긍정적인 부분보다 부정적인 부분이 더 많았다. 그동안 십여년의 세월 동안 쉴 새 없이 전국을 다니며 강의도 하고 작명도 해주었지만 그중 가장 인상에 남는 사람은 아주 오래 전에 개명을 해준 젊은 여성이었다. 기독교인인 탓에 개명을 하고도 한동안 그 이름에 대해 믿음을 갖지 못했다. 그러던 그녀가 고백하듯 내게 이러한 개명 후기를 보내왔다.

이름을 바꾸면서 내 마음에 느껴지는 변화도 많았고 실제로 일어나는 경험도 있었습니다. 저의 예전 이름에서 선생님께서 질병이 있다고 해서 무척 놀랐습니다. 실질적으로 우울증과 불면증이 있어 고생 중이었고, 그러한 병들을 앓으면서 그냥 그렇게 사는 건가보다 하고 살아온 세월이 꽤 오래 되었습니다.
저는 모태신앙이라 이러한 얘기를 들으면 꼭 미신 같아서 한쪽 귀로 듣고 한쪽 귀로 흘러버리곤 했습니다.
그런데 어느 날은 우울증이 너무 심해 이렇게 살다가는 내 인생이 이렇게 끝나고 말겠구나 하는 불안감이 생겼습니다. 그때 제 이름을 풀이해준 선생님의 생각이 번개처럼 스쳐지나갔습니다. 그동안 이름을 단순히 미신이라고만 치부하기엔 뭔가가 있지 않을까(?) 그런 생각이 드는 순간 지푸라기라도 잡고 싶은 심정에 선생님께 개명을 의뢰했습니다. 내가 바꾼 이름으로 이 세상에서 행복하게 살면 이 또한 하나님의 뜻이 아닐까? 건강해진 마음으로 복음을 전도하면 하나님도 이런 나를 이해해 주시겠지, 이런저런 생각들을 하면서 애써 나 스스로한테 위안을 삼았습니다. 그리고 선생님께 개명을 의뢰하고 나서 '좋은 이름으로 건강하게 살 수 있도록 하나님 도와주세요.' 이렇게 기도도 드렸습니다.

지금까지 살아왔던 삶이야 어쩔 수 없지만 남은 삶이라도 행복하게 살고 싶었습니다. 사람들로부터 사랑도 받고 싶고 하나님께도 기쁨이 되는 사람이 되고 싶었습니다. 그런 마음으로 개명을 의뢰해서 그런지 이름을 받고 놀라웠던 것은, 신기하게도 며칠 지나고 나자 잡다한 생각들이 거짓말처럼 사라졌고, 그리고 일년 정도 지나자 귀찮게만 여겨졌던 아이가 너무 귀엽고 사랑스러웠습니다. 그리고 또 얼마간의 시간이 흐르자 이번에는 남편이 소중하게 느껴졌습니다. 그야말로 우울증이 있을 때는 한번도 느껴보지 못했던 행복한 감정들입니다.

사십 여년을 살아오면서 그동안 '행복'이란 단어가 남의 얘기처럼 들렸는데 내가 행복이란 감정들을 느끼고 나자 모든 게 새롭게 느껴졌습니다. 그동안 '사랑'이나 '행복'이란 단어들을 머리로만 이해하고 있었다는 것을 깨달았을 때, 내가 너무 대견해 이런 나를 향해 칭찬을 아끼지 않았습니다. 항상 마음이 불안하고 초조했던 내가 이제는 무엇이든 다 할 수 있다는 자신감 때문에 하고 싶은 것도 많이 생겼고, 아울러 해야 할 일도 무엇인지 알게 되었습니다.

그러기에 이름을 통해 내 삶을 바꿔주신 하나님께도 감사드리고 또한 좋은 이름을 지어주신 선생님께도 감사드립니다.

내가 다지음학회에서 총괄지사장으로 수없이 많은 활동들을 하면서 가장 행복했던 순간들이 바로 개명하고 달라진 당사자들의 감사의 인사를 받을 때다. 이는 비단 나 뿐 만이 아닌 우리 학회의 모든 지사장님들도 함께 느끼는 공통된 공감일 게다.

· 연락처 ; 010-5318-3586
· 멜주소 ; candy6801@hanmail.net
· http://다지음경남총괄.com

이것이 이름의 정체다

입에서 불리워지는 소리(구성)의 힘은 매우 강력하다. 즉 좋은 말을 하면 그 말과 닮은 고운 파동의 에너지가 전해지고, 반대로 욕설을 뱉으면 그 말이 독이 되어 다시 메아리쳐 돌아온다. 그러기에 입으로 불러서 겉으로 나타나는 음향을 소리음이라 한다. 짐승이 울거나 소리를 치거나 고함을 지른 것은 자신이 생각했던 마음속의 뜻을 상대방에게 알리기 위한 수단이다. 따라서 말과 생각 하나하나엔 눈에 보이지 않지만 그 파동의 기(氣)가 에너지를 일으켜 운명에 적잖은 영향을 미친다. 그러다보니 건강한 소리는 에너지에 의해 화목한 가정과 성공이 보장되고, 나쁜 소리는 건강을 잃게 하거나, 파산하며, 가정도 파단에 이르게 할 수 있는 것이다.

이렇듯 이름도 마찬가지다.

이름 석자의 담긴 뜻이 만약 흉하다고 한다면 필히 개명하여 그 운기를 개선시키는 것 또한 인간의 인위적인 노력이라 할 수 있다.

좋은 이름을 가진 사람이 건강을 잃거나 수명이 짧은 사람은 드물다.

문제는 우리말 우리글인 소리의 파동을 확실히 모르기에 이름을 지어놓고도 그 글자의 본 뜻이 좋고 나쁜지를 모르는데서 성명학의 불신으로 믿을 수 없는 미신적인 이야기라는 말을 쉽게 해버린다.

부르는 소리에 의해 저마다의 성격이 형성되고 두뇌가 발달하며 정신과 건강에 영향력을 미치면서 좋고 나쁜 사람으로 분류된다. 그래서 아기가 출생하면 곧바로 좋은 이름을 지어서 불러주려고 노력들을 한다.

후천 운 다시 말해 미래의 운명을 보완할 수 있는 것에는 여러 가지가 있겠지만 그중 이름이야 말로 이렇듯 상당한 영향력을 갖고 있기 때문에 절대로 함부로 지어서는 안 된다.

한글의 뜻을 그대로 응용하면 그 사람의 이름에 나타난 뜻 그대로 추출하여 사용하면 그대로가 바로 그 사람의 운명과 적중한다.

즉 마음속에 생각한 뜻을 입으로 전달하는 과정을 소리라 하며, 만약 이름에서의 운기가 좋다고 하면 이름을 부를 때마다 좋은 뜻이 상대방의 입을 통해 전달된다.

이것이 이름의 정체임을 알아야 하겠다.

살고 싶어요

혜안(인천총괄지사)

상담 오는 사람들 중에 유독 기억에 남는 한 사람이 있다.

이제 겨우 스물여섯의 미혼 여성인데 초췌한 모습으로 사무실을 들어섰다. 왠지 나이답지 않은 어두운 분위기가 내 기분까지 서늘하게 했다. 그렇지만 모른 척 밝은 표정으로 그녀와 마주 앉았다. 그런데 첫 마디가,

"선생님 저 살고 싶어요."

까칠한 표정에 비해 그녀의 눈빛은 매우 강렬했다. 대개의 경우 죽고 싶은 사람의 눈빛에서 찾아볼 수 없는 절규에 가까운 구호신호였다.

"에~고. 젊은 아가씨가……!"

오죽 하면 처음 보는 나한테 저렇게 까지 자기의 속내를 거침없이 쏟아낼까 싶어 말없이 들어주기로 했다. 자기는 늘 죽고 싶다는 말을 입에 달고 살았다고 한다. '죽고 싶다'의 반대는 결국엔 '살고 싶다'는 강한 욕구의 표현이다.

귀로는 그녀의 얘기를 듣고 눈은 김○○ 이름을 분석하고 있었다.

내 딸보다도 어린 처자가 과연 무엇 때문에 그리 힘들었을까를 생각하며 이름을 풀어 보니 그도 그럴 것이 이름 전체가 사고와 생각을 나타내는 3.4의 기운을 파괴하는 9.0(水)의 수리가 너무 많았다. 뭐든 중첩되면 그 수리에 해당하는 육친이나 극을 당하는 쪽 모두가 흉하게 작용한다. 9.0이 중첩되었다는 것은 그만큼의 심적 고통이 많았다는 뜻이다.

경제적으로 윤택한 가정에서 지내다보니 나름 대학공부도 마치고 그리 밉지 않은 외모 덕에 사람들의 시선을 끌었지만 사춘기 시절부터 지금까지 본인조차 알 수 없는 그 어떤 무력감에 아무것도 할 수 없었다고 했다. 꼭 어떤 강한 기운에 의해 짓눌려 사는 느낌이랄까? 여하튼 이제는 부모님을 위해서라도 뭐든 해야 될 것 같다는 간절함에 여기를 찾게 되었다고 한다. 나 역시 딸을 키우는 입장이다 보니 자신보다 부모님을 먼저 걱정하는 그녀의 마음 씀이 기특해 순간 가슴이 저며 왔다.

그래서 이름에서 발현되는 흉한 기운에 대해 설명해 주고 개명을 권유했다. 그랬더니 진솔하게 상담해주어 고맙다면서 개명을 의뢰하고 돌아갔다. 그리고 몇 개월이 지난 후, 밝고 환한 표정으로 그녀가 자기를 닮은 예쁜 꽃 한 다발을 손에 들고 꽃향기와 함께 찾아 왔다. 그 모습이 불과 몇 달 전과 너무나 다른 모습이라 그야말로 눈부시게 예뻐 보였다.

그녀 스스로도 신기할 만큼 달라지는 자신의 모습에 자기도 깜짝 놀랐다고 했다. 그래서 그 모습을 지켜보던 가족들이 제일 먼저 신기해하고 주변 모두 또한 밝아진 그녀의 모습을 보고 같이 기뻐했다.

그녀의 밝은 표정을 보자 '저 살고 싶어요' 하던 몇 달 전의 절규에 찬 음성이 지금은 '저 이렇게 잘 살고 있어요' 환호의 찬 음성으로 메아리쳐 들려오자 가슴 한 켠에서 기쁨이 파도처럼 밀려

왔다. 교회 장로님이신 아빠와 엄마는 물론 그 주변에 있는 지인들까지도 그녀 덕에 여덟 명이 개명을 했다. 감사 또 감사하다며 그녀가 고맙다는 인사와 함께 꽃다발을 주고 간지가 엊그제 같은데 벌써 수년이 흘렀다. 아직도 그녀의 밝은 표정이 기억에 스치면 나도 모르게 잔잔한 미소가 가슴으로 퍼져나간다.

이름의 중요성을 새삼 느끼면서

아까운줄 모르고 생각 없이 돈을 쓰고 다니던 딸 때문에 힘들어 하고 있을 즈음 친구가 개명을 권했다. 이름을 감명해 보니 인성(학문)이 많고, 재성(금전)이 없어 대개 이런 이름들은 게으르고 재물이 없다면서. 친구가 어렵게 말을 꺼냈다. 그랬더니 딸아이도 왠일인지 순순히 개명에 응해 법적인 개명신청도 마쳤다. 그리고 일년이 지난 요즘에 딸아이를 지켜본 나로선 달라도 너무 달라진 모습에 깜짝 놀랐다. 그동안 자식의 게으른 성품이 이름 때문이었다는 것을 실감했다. 요즘은 힘든 직장 생활도 군말 없이 다니고 있고, 바쁜 와중에 시간을 쪼개 친구도 만나고 여행도 즐기고 있다. 어디 그뿐인가! 알뜰살뜰하게 저축하는 것을 보고 더욱 놀라왔다. 달라도 너무 달라진 모습에 그런 딸을 지켜보는 마음이 지금은 마냥 행복하기만 하다.

어쨌든 전혀 생소한 모습으로 변한 딸을 지켜보고 있노라니 새삼 이름의 중요성을 절감하게 되었다. 그 덕에 성명학 공부를 더욱 열심히 하게 되면서 학회사업에도 동참했다. 얼마 전 퇴근시간 즈음에 전화가 걸려 왔다. 상기된 목소리로 추측해선 기분 좋은 일이 있는 것 같다. 요즘 와서 전화목소리로 상대방의 기분을 가늠하는 버릇이 생겼다. 상담을 오래하다 보면, 습관처럼 생기는 병인데 기분에 달뜬 상기된 목소릴 들으면 분명 기분 좋은 일로 전화를 거는 것이고, 그렇지 않음 안부를 묻는 일이거나, 다른 사람의 이름을 감명해 달라는 전화라 그 또한 두말할 것도 없이 늘 반갑기만 하다. 아니나 다를까! 역시 예감대로 좋은 일이 생겨 자랑하느라 건 전화였다.

그동안 상담을 하면서 느끼는 감정이지만 이름의 중요성을 깨닫다 보니 하루라도 빨리 우리학회의 구성성명학을 한사람이라도 더 많이 널리 전파해야겠다는 사명감 비슷한 생각이 용솟음친다. 그만큼 이름의 소중함을 몸소 느끼기 때문이 아닐까?

· 연락처 ; 010-8161-3681
· 멜주소 ; zestchoi109@naver.com
· 사이트 ; http://인천다지음.com

이름, 왜 중요한가?

사람이 태어나서 제일 첫 번째 받는 선물이 이름이고, 태어나서 죽을 때 까지 가장 많이 불리워지는 것 또한 이름이다. 그렇기 때문에 이름은 매우 중요하다. 그러기에 사람들은 누구나 좋은 이름을 지었으면 한다. 그래서 유명(?)하다는 작명가를 찾아다니며 많은 돈을 지불하고 이름을 짓지만 안타깝게 기존의 작명방식 자체가 잘못된 이론이다. 그래서 일반인들이 잘못알고 있는 작명상식의 허와 실을 설명하고자 한다.

첫째, 먼저 이름을 지으려 하면 사람들은 수리부터 맞추려 한다.

둘째, 여름에 태어난 사람은 더우니까 물(水)자를 넣어야 하고, 추운 겨울에 태어난 사람은 추우니까 불(火)자를 써야 된다고 알고 있다.

셋째, 또한 태어난 사주에 오행이 없으면 이름에 없는 오행이 들어가야 한다고 믿고 있다.

넷째, 뿐만 아니라 집안의 장손이니 돌림자를 꼭 써야한다고 고집한다.

다섯째, 아울러 좋은 뜻의 한자풀이를 고집하는 경우도 있다.

불행하게도 일반인들은 이렇듯 작명에 관한 잘못된 상식으로 이름에서 나타나는 불행한 기운들을 떨쳐내지 못하고 살아가고 있다. 더구나 수년간 신문지상에 오르내리며 유명하다는 작명선생들(?) 마저도 위의 것들의 테두리를 벗어나지 못하고 있는 실정이다. 많은 사람들의 이름을 풀어보면 수리하고는 전혀 무관한 파동에 의해 이름의 길흉이 나타난다는 사실이다.

마음속에 생각한 뜻을 입으로 전달하는 과정을 소리라 하며, 소리(口聲)는 자신의 속마음을 상대방에게 알리기 위해 나타나는 수단이다.

이름에서 불리는 소리(口聲)는, 그 속에 잠재된 기운이 파동을 일으켜 인간의 운명에 적잖은 영향을 미친다. 즉 이름에서 망해라! 망해라! 하면 망하고, 잘된다! 잘된다! 하면 잘되듯이 이름에 그런 엄청난 기운이 숨어 있다. 이름은 불릴 적마다 상대방의 입을 통해 여러 가지 성질의 기운이 조화를 일으켜 발현되므로, 이름이 성공의 척도가 됨은 물론 건강, 배우자, 자식의 운까지도 좌지우지하기 때문에 이름이야말로 매우 중요하다. 평생 불러주는 이름이야말로 발음 기관인 입을 통해 소리가 나오기 때문에 그만큼 입으로 불리는 에너지가 인생 전반에 걸쳐 큰 영향을 미치게 된다.

따라서 좋은 이름은 자신은 물론 가족도 변화시킬 수 있다. 그러므로 우리 인생에서 선택의 갈림길에 섰을 때 어떤 이름을 사용하느냐에 따라 운명이 바뀔 수 있다. 건강한 에너지를 전해주는 말의 힘! 우리 한글이야말로 소리에너지의 원천으로서 이름을 대표하는 기본이 된다.

안타까운 죽음

김민경(대전총괄지사)

357. 547. 64
선　은　희
579. 769. 86 세운(기해년. 기사월. 기유일)

　62년 임인(壬寅)생 선은희는 어린 시절 읍면 작은 소재지에서 교편을 잡았던 부친 덕에 풍족하게는 아니나 그런대로 부족함이 없이 자랐다고 한다. 이는 성에서 나타나는 3.5.7로 식신(식록) 3이 재성 (재물) 5를 생하고 또한 재성이 관성(남편과 직업) 7을 생하니 그녀의 말대로 유년에는 무탈하게 살았다고 보는 수리다.
　그동안 상담하면서 경험한 것에 의하면 성에서 남편을 나타내는 관성 7.8이 반복적으로 나타나고 있는 상태에서 이름에서 3.4 가 중첩되거나 3.4가 7.8을 극하면 대개의 경우 두 번 결혼하는 것을 종종 보게 된다. 또한 성에서 7의 편관수리를 갖고 있는 여성들은 경찰이나 군인, 소방관 등의 강한 직업을 가진 배우자를 만나면 그런대로 결혼생활을 유지하나 그 외는 일부종사가 어렵다.

그런 점을 미루어 볼 때, 선은희 역시 그렇게 무난한 배우자를 만났다고 장담하기는 어렵다. 어찌 보면 3.5.7에 의해 무탈할 것 같지만 이름 첫 자의 5.4.7이 그동안의 삶이 편치 않았음을 엿볼 수 있다. 편재 5의 성향과 편관 7의 수리의 조합을 볼 때 우선 성격이 활달하고 강하며 비록 여자지만 남성적인 기질이 다분하다.

이름 첫 자에서 암시하듯 4.7의 배합에 의해 결혼하고 아들 하나를 낳았지만 얼마 살지 못하고 바로 이혼하고, 그리고 또 다시 재혼을 하였다. 그렇지만 그 또한 얼마 살지 못하고 헤어지고 말았다. 이름에서 관성(남편)이 4.7에 의해 온전하지 못하니 남편 덕이 없음이 당연하다. 재물은 성에서 3.5와 5.7에 의해 타고난 금전 운은 있으나 이름 전체에 5.6의 수리가 매우 많다보니 돈의 대한 욕구가 강하다고 볼 수 있다. 그러므로 본인이 노력해서 차곡차곡 축적하기 보다는 재물적인 욕구로 인해 투기성이 발동할 수 있다고 풀이된다.

그래선지 선은희 또한 동료들과 항상 노름을 즐기다보니 정상적인 생활보다 다방면에 걸쳐 다양한 종류의 직업에 전전하며 살았다. 이 또한 재성(재물)과 상관(생각과 사고)성의 성격이 이름에서 발현된 탓이라 본다.

무엇보다 후천운의 성에서 역마성 5.7.9가 발현되다보니 형제한테 돈을 빌려 타지로 나가 연하남을 만났다. 여성의 이름에서 5.6이 7.8을 생하는 수리배합이 많으면 남자로 인해 돈을 벌거나 남성을 상대로 영업을 할 경우 그에 따른 도움을 받게 된다. 그래선지 그녀 또한 연하남과 노래방을 운영하였는데 생각보다 영업이 잘되어 제법 많은 돈을 벌었다. 앞서도 잠깐 언급했지만 이름에서 5.6의 수리가 많으면 재물에 대한 욕구가 강하다. 그녀 또한 모아둔 돈으로 더 큰 확장을 결심하고 연하남과 주점을 차리기로 합의 하였다. 그런데 문제는 그녀와 함께 생활하던 가장 아끼던 동생이 그만 선은희의 연하남과 눈이 맞아 둘이 연애 중인 것을 모르고 모든 재정 관리를 그 남자한테 맡겼다.

사업 확장에 따른 억대의 잔금을 치르기로 한 그 날짜에 연하남이 잔금을 치르지 않아 그로인한 다툼과 분쟁과 갈등이 많았다. 결국엔 그 분을 참지 못해 그녀는 극단적인 선택을 하였다. 그녀가 자살을 결심한 기해년, 기사월, 기유일에 연하남과의 수없이 많은 전화 통화 기록만을 남긴 채 그녀는 세상과 하직하고 말았다. 지금은 고인이 되어 정수장(화장터)에서 한줌에 재가 되어 부모님이 계신 납골당으로 안치 되었다.

이십 여년 동안, 형제들과 소식도 없이 지내다가 차디찬 시신이 되어 가족한테 연락이 왔으니 참으로 안타까운 일이 아닐 수 없다. 이름을 감정 하다보면 상생으로 이름이 무난할 것 같아도 세운이나 월운, 일운도 같이 보면 깜짝 놀랄 때가 한두 번이 아니다. 어찌 보면 '선은희'의 이름에서 4.7에 의해 배우자 덕은 없으나 재성(재물)의 수리는 그리 나쁘지 않다. 그렇더라도 이와 같이 4.7의 흉한 수리가 있으면 세운에서 이를 합세하는 기운이 강하면 선은희와 같은 흉변이 예고된다.

그동안 많은 사람들이 띠 삼재(三災)를 두려워하거나 걱정하지만 그래도 이름 원명이 좋으면 무탈하고 조심하면 그런대로 넘어간다. 그러나 이름 배합이 나쁜 상태에서 삼재가 오면 간혹 큰 재앙을 당하는 사람들을 종종 보게 된다.

또한 이름에 복음이 되거나 3.4가 7.8을 극하거나 9.0이 3.4를 극하면 이성으로 인한 구설과 재물의 손재로 극단적인 선택을 하는 경우를 본다. 3은 생각과 사고를 나타내는데 이를 인성 9가 극하면 구설로 인한 분탈이 생길 수밖에 없다. 따라서 복음이 많을 때, 어떻게 보면 띠 삼재보다 복음이 내 개인적인 생각에는 더 염려스럽게 느껴진다.

병마와 싸우고 있는 그녀를 보면

921 971 953.
　윤　인　옥
365. 315. 397.

56년 병신(丙申)생인 윤인옥은 성에서 9.2.1 이다. 무엇보다 성에 편인 9가 비겁 2.1을 생해 비겁이 왕성하면 형제나 동료로 인한 재물로 인한 분탈이 생길 소지가 많다. 아울러 성격을 나타내는 중심수가 9인 경우는 논리적이고 합리적인 성격의 소유자다. 따라서 이름 첫 자에 9.7.1은 자기주장이 매우 강하다. 이름에 7.1은 숨은 재성으로 절약가적인 기질로 재물에 대한 집착이 강하다.

성에서의 3.6.5는 돈에 대한 욕구가 강하나 탐욕이 발동하면 이름 첫 자, 지지 명운의 1.5에 의해 파재가 예고된다. 성에 관성(남편) 7.8이 없다보니 이십대 초에 결혼하고 백일도 채 되지 않은 딸만 남긴 채 남편이 교통사고로 사망을 하였다. 사고보상금으로 변두리에 조그마한 집 한 채를 구입하였다.

윤인옥과는 꽤 오랜 전부터 알고 지낸 지인이라 당시에 주변에서 돈을 빌려달라는 사람이 있을 것이니 절대 빌려주지 말라고 신신당부했다. 그러면서 여유 자금이 있으면 차라리 부동산에 묻어 두라고 일러주었다. 그렇게 신신당부 하였건만 시동생이 결혼하고 나서 돈을 빌려 달라고 한 모양이었다. 그녀도 왠지 미심쩍은 부분이 있어 나에게 상담을 의뢰했지만 지지에서 발현되는 1.5의 흉한 기운 탓인지 빌려주지 말라고 그렇게 극구 말렸건만 결국 빌려주고 말았다.

이와 같이 성에서 발현되는 중첩된 2.1과 이름에서 나타나는

1.5에 의해 돈을 빌려 주고 결국엔 한 푼도 받지 못했다. 그 덕에 야쿠르트 배달을 하면서 딸과 함께 모진 고생을 했다. 따라서 성에서 비겁이 강하고 이름에서 재물을 극하는 1.5가 있으면 내 재물이 분탈 될 수밖에 없다.

중심주파수 9인 경우는 맏이 노릇을 하기 마련인데 아무리 논리적이고 합리적인 성품이라 하더라도 1.2가 중첩되면 내 것 주고 제대로 말도 못하는 성정이다. 그로인해 온갖 고생을 다하였으니, 편인이란 9의 수리는 그래서 어찌보면 고생의 수라고 판단할 수 있다.

윤인옥은 육십 평생을 바쁘고도 모질게 고생하며 살아 왔지만 결과는 참혹한 현실뿐이다. 그동안 야쿠르트 배달로 억척같이 돈을 모아 하숙으로 좀 더 나은 하숙이나 치르면서 살겠다고 큰 평수의 아파트로 이사했지만 그 행복도 잠시였다. 입주와 동시에 I.M.F로 인해 융자받아 산 아파트에 대출 이자가 감당이 되지 않아 아파트를 세를 주었다. 그리고 또 다시 우유배달로 목돈을 마련하여 다시 아파트로 들어가 살았다. 그런데 이번에 좀 살만하다 했더니 하나밖에 없는 딸이 다단계에 빠져 많은 빚을 지었다. 그로인해 아파트를 팔아 딸아이의 빚을 갚고 보니 오갈 데가 없었다. 궁여지책으로 나이트클럽의 주방 일을 보면서 차디찬 통로에 매트하나 깔고 거기서 잠을 자며 지냈다. 그리고 얼마 지나지 않아 혼자 사는 남성과 재혼한다는 소식을 알려왔다.

그동안 힘들게 고생하고 살아왔지만 그래도 남편을 만나 가정을 꾸리고 시골에서 전원생활로 마음이 편해 그런지 목소리가 밝고 환했다. 그런 그녀의 안정적인 모습이 보기 좋아 나 역시 좋았지만 그것도 얼마 가지 못해 건강 검진을 받던 중 폐암이란 걸 알게 되었다. 견디기 힘든 항암치료로 지금 병마와 싸우고 있는 그녀의 삶의 무게가 너무나 힘들고 고통스럽게 다가왔다. 그래서 그녀만 생각하면 마음이 매우 아팠다. 나이트클럽의 담배 연기 자욱한 차디찬 바닥에서 몇 년을 지내고 살았으니 폐암이 생긴 것이 어쩌면 당연한 일인지도 모른다.

이와 같이 이름의 후천운의 수리가 재성 5가 비견 1에 파괴되니 금전이 남아 있기 어렵고. 9.3의 배합에서 인성 9가 식상(자식) 3을 극하니 하나밖에 없는 딸조차도 지금까지 계속해 떠돌아다녀 모친의 애간장을 태우고 있다.

그동안 참으로 안타깝게 굴곡진 삶을 살아 왔건만 바로 얼마 전, 전화 통화에서 '이제는 더 이상의 약이 없다'며 체념에 가까운 소식을 전했다. 그동안 모진 풍파로 고생만 하고 살아온 윤인옥의 시한부 인생이 같은 여자로서 그녀의 인생 여정이 너무나 마음 아프게 다가오고 있다.

· 연락처 ; 010-4005-3385
· 멜주소 ; hj2350@nate.com
· 사이트 ; http://대전다지음.com

이름(성명)이란?

이름을 다른 말로 하면 성명(姓名)이라 한다.

성명의 근원을 알아보면 낮에는 표정이나 제스처로 자신의 생각을 표현 할 수 있으나, 저녁때가 되면 날이 어두워 표정이나 제스처가 보이지 않아 입을 통해 자신의 의사를 전달하게 된다. 그래서 저녁 석(夕)자에 입 구(口)자를 합성해 명(名)이 되는 것이다.

$$夕 + 口 = 名$$

따라서 이름이란 우리가 늘 불러주는 소리, 즉 입으로 불러주는 구성(口聲)에 따른 파동에너지를 뜻한다. 그러기 때문에 입으로 불리는 소리는 그 속에 잠재된 기운이 파동을 일으켜 인간의 운명에 적잖은 영향을 미친다. 만약 이름에서 관성(남편)을 극하면 즉 '넌 남편하고 못살아!' 하는 이름이라면, 사람들이 불리워지는 소리(口聲)의 파동 속에 '너 그 남편하고 어떻게 사니?' 보는 사람마다 한마디씩 하면 결국 헤어지게 된다는 사실이다. 이렇듯 소리(파동)엔 그 소리만이 갖고 있는 강한 오행의 뜻이 담겨 있어, 재물운, 건강운, 자식운, 배우자운. 학문운, 부모운, 명예운, 수명운 심지어 성격까지도 알 수 있다. 그러기 때문에 이름이 삶에 직접적인 영향을 끼친다.

한글구성성명학이란?

한글구성성명학은 필자가 漢字수리성명학과 자음파동성명학을 공부하고 연구하던 중 수천명의 이름을 감정하면서 느꼈던 커다란 모순을 해결하고자 이를 연구하여 새로운 학설로 일으킨 성명학의 완결편이다.

자음과 모음의 완벽한 조화를 통해 마음속에 생각한 뜻을 입으로 전달하는 과정을 소리라 하며, 소리는 음의 파동을 통해 자신의 속마음을 상대방에게 전달하는 것으로 사람들이 늘 불러주는 이름에서 발현되는 소리야 말로 그 속에 잠재된 기운이 파동을 일으켜 나에게 부족한 기를 충전하고, 유익한 기를 증폭할 수 있는 매개체이며, 그것을 오행으로 분류해 성격이나 운세를 판단하는 것이 바로 한글구성성명학이다. 또한 한글구성성명학은 사주 푸는 원리를 그대로 성명학에 접목해 연구된 학문이기 때문에 굳이 사주를 보지 않아도 이름 당사자의 운명을 80% 내지 90% 이상 유추해 낼 수 있다. 사주란 신의 영역으로 불변의 숙명성, 즉 예를 들자면 컴퓨터 하드웨어인 컴퓨터 그 자체이고 이름이란 신이 인간에게 부여한 가변성의 운명으로 즉 컴퓨터의 소프트웨어에 해당된다. 컴퓨터가 아무리 좋은 사양을 갖고 있더라도 윈도우가 없으면 구동을 못시키고 익스플로러가 없으면 인터넷 접속을 못하듯 사주란 고정불변의 컴퓨터 기계 그 자체지만, 이름은 고정불변의 컴퓨터를 보다 효율적으로 사용할 수 있게 만드는 키인 것이다.

이렇듯 인간에게 있어서 이름이란 존재는 매우 중요한 것이며 이 중요한 존재를 가장 확실하게 나타낼 수 있는 학문이 바로 한글구성성명학이다.

한글구성성명학의 원리

한글은 입모양을 본떠 만든 세계 유일 무일한 소리글자다. 따라서 한글은 초성. 중성. 종성이 어우러져 소리가 난다. 입으로 불렸을 때, 파동에너지가 그대로 발생하는 파동성명학은 바로 한글구성성명학 밖에 없다. 무엇보다 한글은 자음과 모음이 결합되어야 소리가 날 수 있다.

요즘 자음파동, 소리에너지라 해서 성명학이 유행하고 있다 보니 많은 사람들이 개명하고 있다. 파동, 음파, 파장, 울림, 소리에너지라 하면서 정작 자음만으로는 어떠한 소리도 나지 않는다는 사실이다.

예를들어 김이라 한다면 ㅣ가 들어가 김이고, ㅏ가 되면 감이고, ㅗ가 되면 곰, ㅜ가 되면 굼, ㅕ가 되면 겸으로 ㅓ가 검, 이렇듯 입에서 불리워지는 소리에 의해 어떤 생각을 일으키게 된다. 이 생각이 행동으로 옮겨지면서 운명이 만들어지는 것이다. 그러기 때문에 한글은 자음과 모음이 결합되었을 때 소리(파동)가 난다.

그렇다면 자음과 모음을 사용하는 한글구성성명학과 자음만을 사용하는 자음파동성명학의 차이를 비교를 통해 알아보도록 하자.

한글구성성명학과 자음파동성명학의 비교대비

1) 72년 壬子생 〈임정숙〉

51	46	39		551	455	379
임	정	숙		임	정	숙
62	35	40		662	366	480

551	495	359		501	415	339
엄	장	석		염	종	식
662	306	460		692	326	440

　자음은 위와 같이 임정숙의 이름을 ㅇ. ㅁ과, ㅈ. ㅇ과 ㅅ. ㄱ
으로만 풀이하다보니, 엄장식이나 염종식도 똑같은 임정숙과 같
은 해석이 나온다. 이 세 사람의 이름을 아래와 같이 성씨와 이름
을 각각 나눠 풀이하면 해석이 천양지차가 된다.

성씨의 비교대비 (상생상극 도표보고 설명)

〈자음〉		〈모음〉		
51	531	551	541	501
임	임	엄	음	염
62	641	662	632	692

〈임〉은 자음파동에선 무조건 재물을 극해 없다고 한다만,
〈임〉은 식신생재로 재물이 있는 이름이다.
〈엄〉도 중첩된 재물을 극해줘서 재물이 많은 이름이다.
〈음〉도 〈임〉과 마찬가지로 재물이 있는 이름이다.

〈염〉은 공부와 인연이 없는 이름이지 재물이 없는 이름은 아니다.

이번에 〈정〉에 대해서 알아보겠다.

〈자음〉		〈모음〉			
45	455	495	475	315	445
정	정	장	중	종	증
39	366	306	385	426	336

〈정〉은 자음파동에선 중심에 4가 있으면 매우 흉한 중심에너지나 재물 5를 생해주어 재물은 있다고 판단한다.

〈정〉은 재물 5. 5가 중첩되면 오히려 재물이 없다.

〈장〉은 재물을 논하기에 앞서 4. 9는 자식을 극해 흉한 이름이다.

〈중〉은 4. 7로 남편과 이별수를 겪는다.

〈종〉은 1. 5로 재물을 극한다.

〈증〉은 중첩된 3. 3은 자식덕과 남편덕이 없게 된다.

〈숙〉에 대해 비교해 보겠다.

〈자음〉		〈모음〉			
39	379	359	319	339	396
숙	숙	석	속	식	삭
40	480	460	420	440	405

〈숙〉은 자음에선 자식을 극하는 흉한 이름이다

〈숙〉은 자식이 남편을 극하는 이름이다.

〈석〉은 자식이 재물을 생해 주는 이름이다

〈속〉은 총명하고 학문에 열중하는 이름이다.

〈식〉은 한자식은 귀한 자식(貴子)나 한자식은 속 썩이는 자식이다.

〈삭〉은 3. 9가 자식을 극하나 5가 0 극제해주므로 자식한테 해가 없을 뿐만 아니라 숨은 명예가 있는 이름이다.

이렇듯 같은 이름일지라도 해석이 명확히 갈린다. 그것은 소리의 파동에너지를 강조하고 있는 자음파동성명학에서는 실질적으로 자음만으로는 어떠한 소리, 즉 이름을 만들어 낼 수 없는 구조기 때문에 이름 속에 담겨진 정확한 정보를 유추할 수 없다. 소리의 파동에너지를 중시한다는 학문이 소리를 낼 수 없는 구조라면 이거야말로 어불성설이다.

이름은 가족 모두가 좋아야

윤재희(서울총괄지사)

최근 개명을 하는 사람들이 점점 증가하고 있다. 개명을 하는 이유는 여러 가지가 있다. 누군가는 자신의 이름이 너무 흔한 이름이라 흔하지 않고 세련된 이름으로 바꾸고 싶어하고, 누군가는 지금 자신이 하고 있는 일이 잘 풀리지 않아서, 더 좋은 에너지를 받고 싶은 마음으로 개명을 희망하기도 한다. 사업, 취업, 연애 등 인생사에서 중요한 이슈들이 원하는대로 흘러가지 않을 때 '내 이름에 문제가 있는 것은 아닐까?' 하는 의문을 갖고 사람들은 개명에 대해 관심을 가지기 시작한다. 적극적으로 사회생활을 하고 싶고, 자신의 운명을 스스로 개척하고자 하는 욕구들이 사람들로 하여금 자신의 이름을 바꾸게 하는 것이다.

2019년 알게 된 고객, '준'님이 있다. 인연을 맺은지 1년이 넘었음에도 아직 얼굴을 마주한 적은 없지만, 1년 이상 전화로 상담을 꾸준히 하고 있다. 이 분은 과거 나에게 작명을 의뢰하면서 다지음 성명학 온라인 강의와 오프라인 강의를 수강했던 한 사업체

사장님의 지인이시다. 이 사장님은 성명학에 대해 공부하면서, 사람의 이름이 얼마나 중요한지를 가슴으로 느꼈고, 이후 자신의 직원들의 이름을 직접 감정(?) 하면서 성과가 부족한 직원들을 소개 해 주었다. *준*님도 이 사장님의 직원 중 한 명이었다.

'준'님이 나를 찾아온 이유는 부부관계가 가장 큰 문제였다. 남편과 자주 다투고 대화가 잘 되지 않아서 매일 이혼을 해야 할지 말아야 할지에 대해서 고민을 많이 하고 계셨다. 하지만 딸과 아들을 생각하면 남편과 이혼하는 것 보다는 노년까지 다투지 않고, 지금의 가정을 지키며 행복하게, 재미있게 잘 살고 싶어하셨다. 또 다른 문제는 직장생활. 아직은 더 일을 하고 싶은 *준*님이었지만, 회사 생활을 많이 힘들어하셨다.

'준'님은 현재 50대 초반으로 본명이 '준'[375-711-97/486-822-08]이다. 이름을 풀어보면, 선천운에서 식상 3/4가 남편을 의미하는 관성 7/8을 만나고 있다. 여자 이름으로서는 안 좋은 수리이다. 선천운에서 모친을 뜻하고 문서와 교육을 의미하는 인성 9/0도 없으니 재물운도 부족하고, 남편과 관계가 좋지 않은 이름일 수 밖에 없다. 비견인 1.2도 없으니 동기간의 우애도 없으며 건강도 좋지 못한 이름이다. 하지만 성에서 이런 에너지가 있기 때문에 바꾸기는 어렵다.

이 이름에서 남편과의 관계를 돈독히 할 수 있어야 하는데, 남편을 뜻하는 관성 7/8이 너무 많은 것으로 나타났다. 많은 것은 흉이다. 없는 것도 흉이고 극을 받아도 흉이지만, 이렇게 중첩이 되는 것도 흉이라고 볼 수 있다. 또한 자식을 의미하는 식상인 3/4가 없다. 이는 자식으로 인해서 스트레스를 받거나, 힘든 일이 생길 수 있고, 건강도 좋지 않을 것으로 보인다.

'준'님에게 이름에 대한 해석을 해 드렸다. 본인이 남편과의 관계, 자녀들과의 관계, 직장에서의 어려움이 컸는데, 이름에 대한 해석을 듣고는 꼭 개명을 하고 싶다고 하셨다.

개명한 이름은 '재'(375-80-135/486-79-246)이다. 이 이름의 에너지를 보면, 남편과 관계를 개선시켜 남편과 서로 사랑하고, 좋은 관계를 이어 갈 수 있도록 하였다. 또한 자식들도 일이 잘 풀리고, 바라는 대로 이뤄질 수 있도록, 그리고 말년까지 재물이 부족하지 않도록 하였다. 무엇보다 직장 내에서도 화합이 잘될 수 있도록 보완했다.

'준'님은 자신의 이름과 동시에 딸의 이름도 함께 상담을 받고 싶어했다. 개명 전 딸의 이름은 ○○혜 [864-46-76/531-13-63]이다. 딸은 총명함과 재물운, 남편복 그리고 건강까지 모두 잘 갖추고 있는 좋은 이름이었다. 하지만 선천운이나 이름 전체에 모친과 공부, 문서를 의미하는 인성 9/0이 없었다. 학창 시절에는 공부와 인연이 약하고 모친과 인연이 약한 이름이다. 이름 중심수가 4일 때는 총명하고 창의적인 경제활동에 더 적극적이기 때문에 직장과는 인연이 약한 편이다. 또한 성격이 예민하고 부정적이라서 가족 간에 불화를 초래하는 경우가 많다. 딸의 성격과 심리적인 면에 대해서 이런 설명들을 해주었는데 이 얘기를 듣자 '준'님은 어떻게 자신의 가족들과 함께 산 사람처럼 잘 알고 설명해주냐고 할 만큼 놀라워 하셨다.

이름만으로 이렇게 자신과 딸의 성향을 정확하게 알아차릴 수 있다는 것에 굉장히 놀라워했던 '준'님은 자신의 딸도 개명을 하고 싶다고 하셨다. 개명한 딸의 이름은 임○○(864-58-924/531-45-891)이다. 딸이 가진 재능을 살려 직장생활을 잘 할 수가 있으며 남편복, 재물복, 자식복 등 만복이 가득하게 개명을 해주었다. 그리고 모녀를 모두 한문도 자원오행을 맞추었다.

나는 사람들이 이름의 중요성, 이름이 가진 영향력을 더 많이 알았으면 하는 마음으로 2019년 2월부터 유튜브를 시작했는데, 시작하고 얼마 뒤 약간은 흥분된 목소리의 전화를 받았다. "선생님~~저 OOO인데, 혹시 기억하세요?"

당연히 기억하는 분이다. '준'님이었다. '준'님은 "개명하고 에너지가 너무 좋아져서 감사하다"는 말을 하고 싶어 전화하셨다고 했다. 개명한 이후 "직장에서도 에너지가 바뀌어 가는 것을 제가 피부로 느끼거든요!"하고 말씀하시는데, 가슴에서 벅찬 듯 흥분한 목소리가 전화기 넘어 까지 들릴 정도였다. 그 생생한 목소리에 지난 25년이란 오랜 시간동안 성명학이라는 한 분야를 깊이 파고들면서 전문가가 되었고, 작명가라는 직업에 보람을 느끼는 순간이었다.

'준'님은 이내 말씀을 이어갔다. 남편과 아무 이유도 없이 사이가 안 좋아서 이혼까지 말이 나왔었는데, 개명을 하고 나서 남편과의 사이가 점점 좋아지기 시작했다는 것이다. 게다가 딸도 개명 전 이름에서 직장운이 좋지 않아서였는지 취업에 대한 의지가 별로 없었고, 쇼핑몰을 하고 싶어해서 직접 차려주셨단다. 하지만 개명을 하고 난 후 마음이 바꾸었는지 쇼핑몰을 그만두고 취업 공부를 시작했고, 감사하게도 모 기업의 보험회사에 취업했다는 것이다. "너-무 감사해요". 떨리는 '준'님의 목소리가 바로 귓가에서 들리는 것 같았다.

'준'님은 개명으로 자신의 삶이 크게, 그리고 더 좋게 바뀌었다는 것을 몸으로 느꼈고, 다른 사람들에게도 알리고 싶어하셨다. 하지만 성명학에 대한 본인의 지식이 부족하기에, 자신의 이름이 어떤 원리에 의해서 더 좋은 에너지로 바뀌게 되었는지에 대한 구체적인 설명을 듣고 싶어서 유튜브를 보고 전화하신 것이었다.

유튜브에 일반 고객분들의 사례는 잘 올리지 않는 편인데, 감사하게도 '준'님은 자신의 이름의 원리와 변화에 대해서 알고 싶다고 하시면서, 유튜브 방송에서 공개적으로 설명해 달라고 요청도 하실 만큼 열정적이셨다.

'준'님은 자신의 아들에게도 개명을 권하셨다. 하지만 아들은 아직 개명에 대한 의지가 없었다. 아들이 직접 유튜브를 볼 수 있으면 좋겠다는 말씀을 하셔서 아드님의 이름도 유튜브 방송에서 해석을 해 드렸었다.

아들의 이름을 보면 ○○주(319-593-25/086-260-72)으로 선천운에서는 서로 상생으로 이어져 비견 1 나를 중심으로 세력이 집중되어 집념도 있고 3식신으로 설기가 된다. 이는 재능이 있고 총명하다는 의미이다. 이름의 중심수가 5편재로 재물과 인연이 많고 사업성과 역마로 활발하게 활동을 할 수 있는 이름이다. 실제로 아들은 영업직으로 일을 하고 있다고 했다. 연애운을 보자면 이름에서 2겁재가 5를 극하고, 지지에서 2겁재가 6을 극하고 있기 때문에, 결혼을 하더라도 해로하기가 힘들다. 이런 이름을 가진 사람들은 인물이 좋은 편이라 연애는 많이 할 수 있지만, 여자가 정말 원하는 것이 무엇인지 그 마음을 잘 헤아리지 못하는 경향이 있어 연애를 하더라도 그 관계가 오래가지 못하고, 결혼을 해도 해로하기 어려울 뿐만 아니라, 재물 손재수도 따르는 이름이라고 말씀드렸다. 이렇게 한동안 설명을 드렸더니, 어머니이신 '준'님께서는 너무 놀라하셨다. "맞아요! 아들이 여자친구를 만나도 곧 헤어지고 또 만나면 헤어져요. 이러다가 결혼할 나이가 되어서도 결혼을 못 할까봐 걱정이 되요. 그리고 연봉도 높은 편인데 그 돈이 어디로 갔는지 본인이 관리한다고 하는데 돈이 없는 것 같아요."

이 이름은 〈연애는 하는데 결혼하기 힘든 이름〉이라는 주제로 유튜브 방송을 했다. 방송 이후 '준'님과 아드님이 함께 방송을 보셨는지, 얼마 지나지 않아 아들도 개명신청을 하셨고, 아들의 이름은 결혼을 하면 부인과 해로하고 하는 모든 일이 잘 되도록 개명을 해주었다.

사람의 삶에 가장 큰 영향력을 미치는 존재는 바로 가족이다. 서로가 좋은 에너지를 주고 받으며, 이해하고 배려하는 관계가 지속될 때 온 가족이 행복할 수 있다.

'준'님의 가족은 이름에서 상대방과의 관계가 나빠지는 에너지를 품고 있었고, 그로 인해서 부부사이에 큰 갈등을 겪고 있었다. 하지만 개명을 통해서 가족들이 서로 긍정적인 에너지를 주고받게 되었고, 본인들이 놀라울 정도로 그 관계가 좋게 변했다. 즉, 이름은 개개인의 운명에 영향을 미치는 것뿐만 아니라 온 가족의 운명과 행복을 좌우한다.

· 연락처 ; 010-5637-6356
· 멜주소 ; jeahee0627@hanmail.com
· 사이트 ; http://다지음서울.com

한글구성(口聲)성명학의 원리는?

〈상생 상극 도표〉

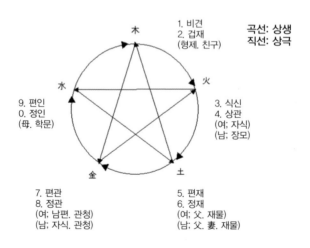

우리가 늘 입(口)으로 불러주는(聲) 이름 석자엔 인간의 가장 관심사인 건강운, 재물운, 배우자운, 자식운, 학문운 등, 사주 다음으로 상세하게 알 수 있다. 그 이유는 사주 푸는 방식을 그대로

성명학에 도입해 체계화시킨 학문이기 때문이다. 따라서 타고난 사주팔자가 바꿀 수 없는 숙명적 요소라면 이름은 운을 전환시키는 개운의 요체가 된다.

이를 좀 더 구체적으로 구성성명학의 원리를 설명하자면, 상생. 상극 도표를 기준해 육친을 대입하면 이해가 쉽다.

• 상극의 배합
〈1.2-5.6〉, 〈3.4-7.8〉, 〈5.6-9.0〉, 〈7.8-1.2〉, 〈9.0-3.4〉
상극이 많은 이름은 건강을 해치거나 수명이 단축된다.

－ 건강이나 수명을 해치는 이름

079 093 994
최   진   실
291 215 116

이름은 거의 대부분 상극(9.3-3.0-0.4)으로만 이루어진 수리 배합이다.

494 437 505
장   진   영
494 437 505

대부분 상극의 배합으로만 이루어진 이름이다.

• 상생의 배합
〈1.2-3.4〉, 〈3.4-5.6〉, 〈5.6-7.8〉, 〈7.8-9.0〉, 〈9.0-1.2〉
재물은 5. 6의 수리이지만 이러한 수리가 3. 4에 의해 상생되거나, 7. 8에 의해 상생되면 재물운이 좋다.

- 상생의 좋은 이름

588 50 818
정 주 영
588 50 818
재물을 나타내는 5. 6이 상생으로 연속적으로 이어진 이름이다

53 957 64
이 건 희
03 402 97
이 또한 재물이 연속으로 상생되는 이름이다.

- 돈과 부인이 없는 이름

고영욱(1976년 丙辰생)
35 949 914
고 영 욱
57 151 135

고영욱의 이름은 3. 5에 의해 여자가 많으나, 1. 5. 1에 의해
여자가 극을 받아 가정(부인)이 없거나 불미스런 일이 발생하게
된다.
심형래(58년 戊戌생)
997 251 31
심 형 래
997 251 31
7. 2에 의해 한 때 영화제작자로 많은 돈을 벌었지만, 1. 5에

의해 결국 재물의 파재를 당했다.

앞에서 예를 들었던 사실에서 보듯이 이름이란 사람의 운명을 좌지우지하는 중요한 매체임에도 불구하고 현실은 시대가 바뀌고 사회적 통념은 바뀌어가는 데, 중요한 이름을 작명하는 행위는 아직도 몇 백년전에 기인한 학문을 근거로 옛것에 머물고 있는 실정이다. 아무리 좋은 뜻을 갖고 있는 한자를 써서 이름을 짓더라도 그 불리움이 좋지 못하다면 과연 그 이름은 좋은 이름일까?

우리나라는 세종대왕이라는 위대한 국왕께서 백성들을 위하여 세계 어느 곳에서도 찾아볼 수 없는 소리에 근간을 둔 훈민정음이란 글자를 만들었다. 이 글자는 자음과 모음이 결합하여 세상 천지 만물 및 소리, 빛깔등 표현하지 못하는 것이 없는 위대한 우리의 글자이다. 이런 자음과 모음이 어우러져 나오는 소리의 앙상블을 무시하고 모음을 배제한 자음만으로 이름을 짓는 기형적인 모습의 작명법도 나오고 있는 현실이다. (자음파동성명학)

과연 모음을 배제한 자음만으로서 좋은 소리를 만들어 낼 수 있을까?

개명 후 밝아진 성격

박예본(부산총괄지사)

90년생인 임성은의 사주는 잘 타고 났다. 그런데 그녀의 부모가 대구의 파동성명의 창시자라 하는 이ㅇㅇ한테 90년도에 그녀의 이름을 지어왔다. 당시 유명하다는 자음파동에서 지은 이름이기에 이름에 대해 달리 불만이 없었다. 그렇지만 그녀는 임성은이란 이름에서 발현되는 중첩된 식상에 의해 모든 것이 마땅치가 않았다. 그녀는 자존심이 강해 웬만해선 자신의 속내를 밖에 잘 표출하지 않는 편이라 밖에서는 밝은 표정으로 지냈다. 그렇지만 집에만 들어오면 역류되는 감정을 추스리지 못해 심한 우울증에 빠져 들었다.

그녀의 이름을 풀이해 볼 때 흉한 배합에서 나타내는 현상이 뚜렷하기에 넌지시 이름에 대한 설명을 해 주었다. 무엇보다 임성은의 이름은 남편을 극하는 중첩된 식상이 많은 것이 흉하고, 거기에 중첩된 인성이 생각과 사고를 나타내는 식상의 기운을 죽이고 있어 성격적인 장애가 발생하게 된다. 그녀의 이름 첫 자인 중심수가 고집과 주관을 나타내는 1의 성향이 두뇌와 총명성을 나타내는 중첩된 3을 생하고 있어 누구의 말도 믿지 않게 된다.

거기에다 재물을 파괴하는 2.5의 흉한 기운이 역력하게 나타나고 있어 이러한 설명을 해주면서 개명할 것을 권유했다. 그랬더니 그녀는 자신의 이름이 잘못된 이름이란 소리를 들었음에도 의심이 많아 개명을 차일피일 미루고 있었다.

그러던 중에 예쁜 얼굴에 아름다운 눈을 가지고 있었지만 더 예뻐지고 싶은 욕심에 성형을 생각했다. 남편이 생활비로 준 돈을 아끼고 아껴 인터넷을 뒤져 우리나라에서 제일 잘한다는 성형외과를 찾아가 거액의 돈을 주고 쌍꺼풀 수술을 했다. 그런데 막상 하고나서 보니 눈이 짝짝이가 되었다. 그녀는 매일 거울을 들여다보면 전보다 못한 눈 때문에 속이 이루 말할 수 없이 상했다. 그래서 다시 인터넷을 뒤져 복원수술 잘하는 곳을 찾아 가, 더 비싼 돈을 주고 수술하고 나니 조금 마음이 안정되었다.

그녀의 이름 끝 자에서 7.2의 성향은 허튼 돈을 쓰지 않고 절약가 적이나 재물을 파괴하는 2.5에 의해 결국엔 돈이 나가고 만다. 중첩된 3.4에 의해 우울증이 심하고 중첩된 9.0에 의해 생각을 나타내는 3.4를 파극하는 기운에 의해 무슨 일이든지 결정을 빨리 못하고 이럴까 저럴까 망설이다 기회를 놓치거나 때늦은 후회를 한다.

그래선지 임성은은 무슨 일이든 한 가지 일에 생각이 꽂히면 그것을 주변에서 극구 말려도 결국엔 고집대로 강행하다 후회하는 일이 비일비재하다. 쌍꺼풀 수술 후에 잘되면 유방성형도 하려고 마음먹었다.

그러나 그녀는 쌍꺼풀 수술이 실패한 후에 개명을 하게 되었고 막상 이름을 바꾸고 났더니 그전에 성격들이 변화되는 것을 많이 느꼈다. 무엇보다 쌍꺼풀 성형에 대한 재수술과 유방성형에 대한 간절함이 없어졌다. 그리고 매사 부정적인 생각에서 긍정적인 사고로 바뀌면서, 개명 후에 밝아진 자신의 모습에서 비로소 이름의 중요성을 인지했다.

근래 들어 수영장서 운동을 꾸준히 한 탓인지 가슴도 예쁘게 커지고 주변과도 자주 왕래한다고 전해 왔다. 그러면서 밝아진 성격 덕에 몸과 마음이 건강해졌고 남편과의 사이도 좋아졌다고 했다.

그동안 한글구성성명학으로 이름을 풀이해 보면 대부분 사람들이 이름에서 발현되는 기운대로 살아가는 것을 많이 보게 된다. 임성은 이야말로 개명 후 달라진 자신의 변화에서 이름의 소중함과 중요성을 느끼고 주변사람들을 많이 소개하고 있다. 그녀는 직장생활 1년 후에 결혼하고 집에서 육아만 하던 젊은 새댁이었지만 의심 많던 그녀가 개명하고 달라진 자신의 모습에서 자신감을 얻고 바로 법원에서 개명신청부터 하였다.

· 연락처 ; 010-7329-8333
· 멜주소 ; dajiumbusan@naver.com
· 사이트 ; http://부산진다지음.com

잘못된 학설에 속고 있다!

81수리성명학

현재 사용되고 있는 성명학 종류는 여러 가지가 있지만 그 중 가장 많이 사용하는 것이 한문획수로 풀이한 81수리성명학이다. 그런데 이 작명방식은 일반인들도 책만 있으면 누구나 쉽게 배울 수 있다. 그러다보니 이 간단한 원리로는 쉽게 접근되지 않으니까 여기에 추가되는 것이 사주용신 성명학이다. 즉 사주에 물이 없으면 물 수(水)변을 넣어주고, 금이 필요하면 쇠 금(金)변을 넣어 지어주는 방식이다. 이는 사주를 알아야 가능하기 때문에 작명가한테 의뢰하게 된다.

또한 음양 오행성명학, 주역 64 대성괘 성명학이 있으며, 이와 비슷한 광미명성학이 있고, 곡획성명학이 있다. 또한 현재는 거의 사용하지 않지만 측자파자 성명학 등이 있다. 여기에 추가되는 몇몇 작명방식이 있지만 주로 원형이정의 한문획수가 대세를 이루고 있다. 그중 전부 생략하고 가장 많이 쓰이는 수리성명학과 파동성명학에 대한 모순점만 논하기로 하겠다.

81수리성명학은 주역의 건(乾)괘에서 표현되는 천도의 운행 원리인 원(元) 형(亨) 이(利) 정(貞)의 네 가지 격을 가지고 81수리의 표에 의하여 주인공의 마음에 내재된 격을 살펴 운명을 풀어가는 방식이다.

1에서 81까지의 수는 성(姓)과 이름자의 획수를 조합해서 나온 수리다. 숫자 하나가 원형이정의 격을 갖추어 81가지 수(數)의 제각각 길흉이 정해져 있다. 어떤 수는 매우 길한가 하면 어떤 수는 매우 흉하다.

대부분의 역술인들이 이 수리성명학으로 이름을 작명하는데, 한자획수에 따라 1획부터 81획까지의 길흉화복을 정해 놓고 그 수리에 따라 판단하는 작명방식이다. 그렇지만 여기서 한 가지 문제점을 논한다면 부수에 의해 획수가 변한다는 사실이다.

예를 들어 정(鄭)은 15획이나, ß (우부방)에 고을 읍(邑)변 부수에 의해 7획이 된다. 따라서 19획이다. 그런데 이렇게 부수에 의해 달라지는 획수를 갖고 어떤 작명가는 15획으로 썼을 때 좋은 이름이라 하고, 또 어떤 사람은 19획으로 썼을 때 좋은 이름이라고 제각각 주장이 다르다. 때문에 부수에 의해 획수가 달라지는 수리 성명학의 논리가 맞지 않는 것이다.

경부고속도로 건설로 우리나라 경제발전에 한층 가속화 시켰던 현대그룹 정주영회장의 이름으로 노년을 나타내는 총획을 가늠해 보겠다.

鄭(15)
周(8)
永(5) = 총획 28획 (파란풍파격)

鄭(19)

周(8)

永(5) = 총획 32획 (의외득재격)

28획 파란풍파격

망망한 푸른 바다에 한 폭의 조각배와 같이 변란이 많고 일신에 영화를 얻었다면 가정에 파란이 속출하고 행운이 다가와도 일시적이요, 대개가 수액(水厄)으로 돌아간다. 매사가 중도에서 끝나고 끝을 맺지 못하며 처자의 인연마저 희박하여 파란을 자주 만난다. 부부간에 생별 혹은 사별하고 불구와 단명 형벌을 면치 못하여 객지에서 변사(變死)할 수다.

32획 : 의외득재격

바람과 모진 서리가 다시 지난 뒤 따뜻한 날씨에 하늘이 맑게 개고 바닷물이 잔잔함으로 배를 띄워 즐겁게 놀이하는 현상이다. 뜻밖의 재물이 생기고 명예와 지위가 있고 만사가 뜻대로 이루어져 수복강녕 하는 대길한 수리다.

이와같이 현재 작명가들이 가장 많이 선호하고 있는 수리성명학 이론이야말로 모순점이 많다.

또 다른 예를 든다면,

8 金

3 大

4 中

원(元)격 초년 7획 독립격
형(亨)격 중년 11획 신성격
이(利)격 장년 12획 박약격
정(貞)격 노년 15획 통솔격

장년을 나타내는 이격이 12획 박약격이다. 그럼에도 불구하고 누구보다 정치생명이 가장 길었던 대통령이다. 여기에 또 한가지 문제점을 지적한다면, 金大中이란 똑같은 이름을 가진 사람이 누구는 대통령이 되는가 하면, 누구는 지극히 평범한 서민으로 살아가고 있다는 사실이다.

자음파동 성명학

파동이란 잔잔한 물에 돌을 던지면 그 자리에 파동이 생기고 그 파동을 중심으로 원형의 파문이 사방으로 퍼져 나가는 것을 뜻한다. 즉 소리가 공기에 진동하여 파동이 생기는 현상을 파동성명이라 하며 이를 오행으로 분류해 성격이나 운세를 판단하는 방식을 말한다. 그러면서 한글획수를 자음인 첫소리와 받침인 끝소리 자음글자만을 갖고 오행을 분석한다.

한글은 자음과 모음이 있으나, 자음 14자로만 오행을 정하고, 모음은 아예 처음부터 보조어로 배제시키고 있다. 첫소리 자음과 받침 자음으로 구분한다. 따라서 어떤 글자라도 앞에 쓰는 글자는 첫소리라 하고, 끝에 받침으로 쓰는 글자를 끝소리라 부른다.

예를 들면 한의 ㅎ은 첫소리고 ㄴ은 끝소리가 되며, 가운데 소리는 도움을 주는 보조어의 글자로 파동성명학 상으로는 중요시하지 않는다.

그런데 문제는 자음으론 어떠한 소리(파동)도 나지 않는다는 사실이다. 한글의 소리(파동)음은, 자음과 모음의 결합 없인 절대 음(파동)을 만들어 낼 수 없다. 이러한 근본적인 모순점을 안고 연구된 자음 파동은, 무엇보다 파동의 논리구조에 어긋난 학설이다. 따라서 파동성명학의 창시자라 일컫는 대구 某 학회의 파동(음파) 성명이야말로 웃기는 소리에 불과하다. 차라리 '파동'을 뺀 성명학이라면 어느 정도 수긍은 된다. 왜냐면 다른 성명학에 비하면 성격 하나만큼은 기막히게 잘 맞으니깐.

자음파동과 구성성명의 대비

이대영(71년생)

3	6	44		42	64	474
이	대	영		이	대	영
6	7	55		53	75	505

이대영이란 이름은 자음으로 풀이하면 식신 3이 정재 6을 생하고, 정재가 또 상관 4를 생하므로 상생의 기운이 배합된 좋은 이름이라 생각하기 쉽다.

지지(地支)에서 발현되는 정재 6이 명예를 나타내는 편관 7을 생하고 관성 7이 다시 또 사업적인 재물 5를 생하므로 명예는 물론 금전도 융성하리라 판단한다만. 모음이 들어가면 직업(명예)이 깨지고, 중첩된 재성(5.5)으로 인해 재물의 파재를 맞고, 문서도 깨지게 되는 흉재의 조짐이 많다.

따라서 이런 이름의 주인공은 선천운에서 나타나는 4.2는 상관 생재로 좋은 의미를 담고 있다. 그러나 이름의 첫 자인 〈대〉는 정재 6으로 재물이 있다고 착각하기 쉬우나, 안타깝게 성에서의 모음 재물을 파괴하는 겁재 2가 땀 흘려 벌은 정재 6을 극하므로 파재(破財)가 된다.

뿐만 아니라 끝자 〈영〉은 편관 7을 상관 4가 위아래서 상극하는 것이 악재다. 선천(天干)운은 유독 상관 4가 중첩되어 많은 것이 흠이다. 대개 이런 이름은 관재구설이 끊이지 않게 계속된다. 상관 4의 특성상 남과 다투기를 잘하고 교만하여 사람을 얕보는 특성이 있다. 고로 내심은 온정을 품고 또 재능의 소질이 있더라도 이러한 특성 탓에 타인의 오해와 비방을 받기 쉬우며, 세인의 방해, 반대, 경쟁, 소송 등을 야기하기 쉬워 늘 관재를 달고 다닌다. 이름에 4가 많아도 자식을 극해하거나 명예에 치명적인 손상을 입게 된다. 심성이 거만하고 음험하여 남의 지탄을 받는 일이 많으며, 또한 혼담의 장애가 많으며 결혼 후 이별수가 있어 부부간에 해로하기 어렵다.

이러한 악재의 기운이 후천 地支 명운에서도 여실히 나타난다. 〈이〉의 모음 3이 〈대〉의 자음 편관 7을 직격탄으로 상극하므로 선천운의 기운과 합세하여 이를 사정없이 파괴한다. 이렇게 되면 명예에 치명적인 손상을 입게 되고 자식에게 해가 미친다. 중첩된 편재 5가 과욕을 불러 일으켜 파재는 물론 색정으로 많은 이성과의 교류로 부부간에 이별(이혼)내지는 반목으로 갈등을 빚게 된다. 아울러 중첩된 편재 5가 정인 0을 위아래서 상극하면 학문과 인연이 없고, 나이가 들수록 문서가 깨지는 형극이 되어 곤궁한 액(厄)을 면치 못한다.

그나마 다행인 것은 이름의 첫 자 선천운에서의 6.4와 후천 운에서 7.5가 재물적인 운세와 명예적인 측면에서 지탱해주고 있어 중년까지 그런대로 유지될 수 있으나, 이름 끝 자에서 발현되는 〈영〉의 흉칙한 배합이 앞으로의 운명에 어떠한 영향을 미칠지, 그 향방이 자못 염려되는 바다.

한성주(75년생)

79	68	6		720	688	50
한	성	주		한	성	주
79	68	6		720	688	50

한성주라는 이름은 乙卯년 천간 지지가 같은 해에 태어났다. 그렇기 때문에 그 기운이 두 배로 나타난다.

성에서 7.9는 관인상생으로 학문과 명예가 따르고 이름의 첫 자 〈성〉은 6.8로 재생관이 되어 재물과 명예는 물론 끝자 〈주〉 정재 6 또한 물 흐르듯 재물을 상생시켜 주어 늦게까지 재물이 융성해 좋은 이름이라 할 수 있다. 그래서 파동으로 지었을 때 거의 완벽한 이름이 된다.

그러나 다음과 같이 모음이 들어가면 그에 따른 해석이 달라진다.

이런 이름의 주인공은 천간 지지가 같은 해에 태어나, 이름에서 발현되는 기운이 좋으면 두 배로 좋고, 흉하는 그 기운도 두 배로 불길하게 작용한다.

따라서 어떻게 보면 충극의 배합이 별로 눈에 띄지 않아 대체적으로 무난해 보이기 쉬우나, 자세히 살펴보면 이 이름에서 가장 눈에 띄는 부분이 관살이 혼잡되어 있다.

〈한〉의 편관 7과 이름의 첫 자 〈성〉의 관성 8.8이 중첩으로 매우 혼잡하다. 또한 乙卯년은 천간지지가 같다 보니 그 기운이 두 배로 강화된다. 따라서 관살(남자가 많은 흉성)이 많은 것이 유독 눈에 띈다. 이는 여러 번의 혼인관계(8.8)를 예상하거나 복잡한 이성 관계를 뜻한다.

그리고 자식인 식상을 나타내는 3.4가 없는 것도 취약한 문제로 등재된다.

무엇보다 이름에 육친이 나타나지 않으면 없는 것도 문제요, 너무 많은 것도 문제가 된다. 그중 없는 것 보다 많은 것이 더 흉이 된다. 많은 것은 극제 해주는 것이 묘미인데, 이를 극제 시켜주는 3.4가 없어 악재로 작용한다. 여성의 이름에 3.4는 자식을 나타내므로, 따라서 이런 이름은 복잡한 이성관계로 구설이 분분하고, 자식이 없게 되는 것이 흠이다.

또한 5.0의 배합은 5.6은 父요, 9.0은 母다. 이는 나를 중심으로 5.0은 부모가 되기 때문에 유일하게 상극으로 보지 않는다. 그러나 이 이름처럼 0.6이나 5.0으로 반복해 나타나면 부모님이 각각 두 분이 된다는 의미다.

이는 복잡한 가정환경으로도 해석되지만, 학문과도 연계되기 때문에 아무리 석. 박사 학위를 취득한 재원이더라도 끝까지 학문으로 이어지지 못한다.

내 이름 좀 봐 주이소

한효경(대구총괄지사)

34년생 갑술생 박 춘 덕(본명 박순덕)

甲 411 699 971
박 춘 덕
戌 855 033 315

2015년 8월 어느 날, 그야말로 대구의 아스팔트가 녹을 만큼 더위가 한창인 뜨거운 오후였다. 마치 소부대를(?) 이끌고 오듯 왁자지껄한 소리와 함께 손님들이 한꺼번에 들이닥쳤다.

일주일전 작명증서를 찾으러 온 사람이 일곱 명의 많은 가족들을 동원하여 데리고 왔다. 아들과 딸 그리고 모친과 모친의 언니들과 그의 자녀들까지 전부 대동하고 방문하다보니 사무실이 매우 비좁아 보였다. 그래선지 많은 숫자에 눌러 웬만해서 기가 눌리지 않는 편인데 그날은 그야말로 내가 주눅 들기 딱 좋은 분위기였다. 한사람씩 차례대로 이름감명이 거의 끝날 무렵에, 곁에

서 말없이 지켜보던 모친이,

"그럼 마, 내 이름도 좀 봐 주이소"

연세가 연세인 만큼 조용히 설명만 듣고 있던 모친이었기에 순간 나도 모르게 당황했다. 당시 34년생으로 82세였다. 연세가 연세인지라 이름에 대한 설명을 딱히 드리기가 면구스러웠다.

"어르신 이것저것 다 겪으셔서 힘겹고 어려운 일이 많으셨겠지만 딱 두 가지만 말씀 드릴께요. 하나는 몸을 다치는 일들이 많아 내 발에 내가 걸려 넘어질 수 있는 이름이구요."

그리고 또 한 가지는 남편과 자식들과 그동안 힘겹게 살아온 세월들이 안타깝게 느껴진다고 덧붙여 설명해 주었다. 그랬더니 두 말도 않고,

"마. 내 이름부터 당장 바꿔 주이소."

이름 설명을 하기 무섭게 당장 이름을 지어달라고 하는 통해 잠시 난감했다.

"이름을 바꿔 달라고 하시니까 드리는 말씀인데요. 저희 학회의 작명비가 비싸다고 하는 사람들이 많아요."

"비싸도 그냥 마 해주이소."

그렇지만 그에 앞서 나이가 있어 법원에서 개명을 해 줄지가 의문스러웠다.

"연세 때문에 법원에서 개명을 해 줄지가……"

즉 법적으로 개명을 해야 그 효과가 월등 좋기에 개명허가에 따른 장담은 하지 못하겠다고 단호하게 말씀 드렸다. 그랬더니 봉투에서 삼십 만원을 꺼내 바로 내 손에 건네주었다. 그때 어르신의 배포(?)에 깜짝 놀라기도 했지만 구성성명학을 믿고 그 연세에 개명을 결심하는 그 믿음에 감동되어 도리어 내가 다시 삼십 만원 중에 십 만원을 건네주었다. 대부분의 사람들은 깎아 달라, 또는 너무 비싸다 하는 소리들을 하고 깎아 달라고 조르는 편

인데 반해 어르신은 그렇지가 않았다. 그래서,

"십 만원은 제가 어르신께 다시 드리는 저의 마음이니 이 돈으로 맛있는 것 사 드시고...... 그리고 오래 오래 건강 하세요~"

십 만원을 손에 쥐어드리면서 인사를 드렸더니 굳이 안 받겠다며 사양했다.

"깎아주지 말고 제대로 받고 그 돈만큼 좋은 이름으로 작명해 주이소"

난 그야말로 그 많은 연세에 선뜻 이름을 바꾸겠다는 그 생각이 궁금해,

"어떻게 이름을 바꾸실 생각을 하셨는가예?"

하고 여쭈어 보았다. 그랬더니 당신이름과 같은 이름을 가진 주변 사람들을 보면, 한결같이 힘들고 어렵게 사는 사람들이 더러 있다면서 비록 늦은 나이지만 개명을 생각한 거라 말씀하셨다.

그리고 그 후, 6개월이 지난 어느 날. 어르신의 따님이 지인을 모시고 다시 상담하러 왔다. 개명한 후의 안부가 궁금해 모친의 소식을 물으니, 매일 밤낮으로 내가 지어준 이름을 노래처럼 부르고 다니신다 하였다. 그래서 변화는 없었느냐고 물으니까,

"웬걸요. 아주 큰 변화가 있었지예"

그동안 큰아들 내외랑 함께 살면서 매일같이 다투고 지지고 볶고 해서 편한 날이 없었는데 개명한 후 며느리와 사이가 좋아졌고, 아들 내외 부부도 서로 아껴주시면서 행복하게 사는 것을 보니 이제야 사는 맛이 난다면서 이와 같이 기쁜 소식을 전해 주었다.

전해 듣는 순간 믿기지 않을 정도로 내 몸에서 소름이 돋았다. 늘상 감정을 하면서 느끼는 것이지만 불러주는 이름에 내포된 파동의 기운에 의해 길과 흉으로 나뉘어 나타나는 것을 보고 다시

한 번 또 구성성명학에 놀라고 또 놀랬다. 어찌되었든 깨달은 바가 컸던 소중한 날이었다.

그래선지 개명하고 달라진 소식을 들을 때면 뿌듯한 행복감이 향긋한 커피 향과 함께 온 몸으로 퍼지는 걸 느끼게 된다. 무엇보다 다지음학회와 인연을 맺고 십여년 가까운 세월들을 돌이켜 생각해 보면 지금에서야 새삼 모든게 감사하게 느껴진다.

임신되지 않은 이유가

햇살이 따사로운 늦은 오후, 잠시 창밖을 내다보니 횡단보도를 지나는 사람들의 모습이 꽤나 바빠 보였다. 저마다 어디를 저리도 바쁘게 가고 있는 걸까(?) 잠시 생각에 잠겨 있는데 정확한 예약 시간에 맞추어 벨이 울렸다. 보통 늦는 것이 다반사인데 의외였다. 순간 나도 모르게,

"어서 오시라예."

인사를 나누고 보니 표정 없는 얼굴에서 살짝 보일 듯 말듯 미소가 스쳐 지나갔다. 거의 대부분 아는 사람의 소개로 찾아왔다며 먼저 자신을 밝히는 편인데, 이 사람은 말을 아끼는 편이었다.

"누구 이름이 궁금하신가예?"

"그냥 잘 보신다하기에…"

병진(丙辰)생 최연희는 맏이 주파수이며 도량이 넓고 문장이 뛰어나 타인에게 친절하다. 또한 언변이 좋고 총명하며 이론에 밝아 따지기를 잘한다.

아울러 중심명운 9의 수리는 자기 속을 잘 드러내지 않는 성품이며, 모래로 성을 쌓는다는 주파수라서 언제나 고생만하고 공이

서지 않는다. 여성의 이름에서 9.0이 3.4와 마주하면 자식으로 인한 애로 사항이 많게 된다.

"자식은 있나요?" 물었더니, 놀란 듯한 어조로

"왜요?" 하고 궁금한 듯 물었다.

"그동안 제가 본 바에 의하면. 이런 이름의 여성들 대부분이 자식이 없거나 있더라도 자식으로 인해 눈물 흘리는 경우가 많기에 물어 본 것이라예"

또한 성에서 나타난 7. 8은 관살혼잡이라 남편복과 자식복이 없기에,

"남편과는 별다른 문제가 없나요?"

하고 다시 물었다. 그랬더니,

"그렇담 이름을 바꾸면 내 인생도 달라질까요?"

그때서야 함구만 하고 있던 그녀가 자기 속내를 들어내며, 한결 부드러운 표정으로 물었다.

"달라지고 말구예"

알고 보니 최연희씨는 혼기가 꽉 찬 나이임에도 불구하고 아직까지 미혼이었다. 그러면서 이혼한 남성과 교제하고 있었는데 이상하게 피임을 따로 하지 않는데도 임신이 되지 않았다. 그런데 그 이유가 이름에 있다고 하니 놀라지 않을 수밖에.

"선생님이 자식이 있냐고 했을 때, 사실 깜짝 놀랐어요."

딱히 사주를 말한 것도 아닌데 정확하게 짚어내는 것을 보고 솔직히 충격을 받았다고 했다. 그러면서 좋은 이름을 부탁한다며 웃으면서 나가는 모습을 보고 왠지 명치끝이 알싸하게 아픔 같은 슬픔이 느껴졌다.

거의 대부분의 사람들이 이렇듯 이름에서 발현되는 기운대로 살아간다. 그러면서 그 이름의 범주에서 크게 벗어나지 못하고 산다. 좋은 이름은 상관없으나 흉한 이름인 경우 이름의 기운대

로 힘들게 살아가는 모습을 바라볼 때면 내 마음 또한 매우 안쓰럽고 안타깝다.

　그러기 때문에 이름을 함부로 지어서도 또한 지어줘서도 안되는 것을 뼈저리게 느낀다. 무엇보다 이름의 중요성을 얼마나 더 강조하고 피력해야 믿게 되는 것일까? 더욱이 갓 태어난 아기의 이름일 경우, 더욱 더 중요성을 느끼는데 말이다.

　· 연락처 ; 010-4213-5568
　· 멜주소 ; hhk5568@naver.com
　· 사이트 ; http://대구다지음.com

해례본과 운해본 오행이 다르다?

한글은 입모양을 본 따 만든 세계 유일 무일한 소리글자다. 따라서 입(口)을 통해 이름이 불러지는 소리(聲)에 의해 사람들의 운명을 정확하게 유추해 내는 구성성명학에 따른 관심도가 갈수록 높아지고 있다. 2012년 초에 출간한 '이름이 성공을 좌우한다' 책에 외국인 이름을 풀이해 놓았지만, 동. 서양을 막론하고 이름만으로 운명을 정확하게 예측하는 학문은 한글구성성명학 밖에 없다고 확신한다.

무엇보다 사람의 발음기관에서 나는 소리 즉 입을 통해 소리가 나오기 때문에 이름과 운명은 서로 밀접한 관계가 있다. 즉 '너 망해라. 망해라' 하면 망하고, '잘된다. 잘된다' 하면 반드시 성공이 보장된다. 막상 구성(口聲)성명학을 완성하고 보니, 이처럼 불러주는 소리(파동)에 의해 운명이 결정되는 이름의 중요성을 누구보다 절실히 깨닫게 되었다.

그래서 올바른 학설을 전파하기 위해 2007년 한글구성성명학의 이론서인 '성공하는 이름. 흥하는 상호' 책을 쓰기로 맘먹다보니, 명색이 한글성명학인데 한글의 탄생배경과 제자 원리를 모르고는 성명학의 기초이론을 설명할 수가 없었다. 그래서 훈민정음 해례본과 언해본을 탐독했다. 그런데 그동안 기존 자음파동에서 ㅇ.ㅎ은 土요, ㅁ.ㅂ.ㅍ는 水라 알고 있었는데, 해례본엔 그 반대였다. 즉 ㅇ.ㅎ은 水요, ㅁ.ㅂ.ㅍ가 土로 되어 있었다.

그래서 이 부분을 명확하게 검증하기 위해 일 년을 꼬박 임상을 통해 확인에 들어갔다. 그런 결과 ㅇ.ㅎ은 土고, ㅁ.ㅂ.ㅍ가 水가 맞았다. 그리고 몇 년이 지난 후에서야, 신경준이 쓴 운해본에 ㅇ.ㅎ은 土요, ㅁ.ㅂ.ㅍ는 水로 되어 있는 것을 알게 되었다.

안타까운 사실은 나한테 배운 몇몇의 제자가 훈민정음 해례본을 들먹이며, ㅇ.ㅎ은 水요, ㅁ.ㅂ.ㅍ가 土로 되어 있다며 그렇게 가르치고 있다. 이런 겁 없는 행동이야말로 선무당이 사람을 잡는 짓이라 할 수 있다. 부디 스스로들 자각했음 하는 바람이다.

외국인도 놀란 개명 사례

해본(부산광역총괄지사)

본인에게 아주 인상 깊게 남는 상담사례가 있었다.

2012년생 아들을 둔 눈에 띄게 예쁘게 생긴 한 엄마가 지인 소개로 상담 신청을 해 왔다. 이분은 한 회사의 외국 주재원으로 일하는 남편을 따라 외국에서 살다가 잠시 한국에 귀국해 있는 상태였다. 남편과의 갈등도 있었고 유복한 환경임에도 불구하고 심리적인 안정이 안 되어 행복하지 않은 삶을 살고 있다고 힘겨워했다. 특히나 아들 양육과 관련하여 아들을 감당을 못하겠다며 자녀 양육으로 힘겨운 나날을 보내고 있다고 하소연을 했다.

모든 심리테스트나 병원 상담, 교육, 신앙적인 접근 등을 통해 자신이 해볼 수 있는 것은 다 해봤다고 했다. 다양한 정보도 많고 자신에 대해서도 많이 알게 되었지만 모두 하나의 정보일 뿐이고 실제로 아무런 해결이 되지 않았다고 했다. 그러다가 한국을 방문했을 때 친구로부터 성명 상담에 대한 소개를 받고 이게 정말 마지막이라고 하는 마음으로 상담 자리에 오게 되었다고 자신의 상황을 설명했다.

먼저 내담자의 이름에서 보면 중심 명운이 2로 자기중심적인 데다가 식상 3.3.4의 과도한 중첩을 위, 아래에서 2가 다시 한번 강하게 생을 해주고 있었다. 천간과 지지가 같음으로써 이 형세는 더욱 강렬하게 몰아가고 있었는데 당연히 심리적인, 정서적인 안정을 유지하기가 힘들어 보였다. 이것은 남편과 자녀와의 거리감도 형성하니 분명 행복하지 않아 보였다. 하지만 주변 사람들은 자신이 가진 좋은 환경에서 왜 행복하지 않으냐고 자신을 질책하는 것에 대해 오히려 감정적 괴리감도 있었던 것이다.

본인은 내담자의 이런 이름의 영향은 너무나 당연하게 보였기 때문에 자신을 절제하고 마음이 단단하고 심지가 견고해지며 남편 덕과 자식이 잘 살아 있는 기존 이름과 완전히 반전하는 새로운 이름의 배합을 구성하였다. 너무 흔해 빠진 기존 이름이 싫어서 차라리 별명으로 불리는 걸 좋아했던 주인공은 비로소 자신을 잘 드러내는 세련되고 멋진 이름을 받아보니 에너지 반전은 물론이요, 어감상의 만족은 덤으로 크게 찾아왔다. 좋은 소리의 배합이 주는 영향력은 두말할 것도 없이 심리적 안정감을 찾고 만족스럽고 행복해졌다고 했다.

두 번째로 소개할 극적인 개명 후기사례는 바로 이분의 아들이었다.

이 아들의 이름은 성에서부터 5.5의 강한 중첩을 이루고 있는데 이름 첫 자 또한 5로 시작되다 보니 이미 천간 중심에서부터 중심 명운까지 5.5.5의 과도한 중첩을 이루고 있고 1.1.1의 중첩 또한 배치되어 있으므로 주위 사람을 깜짝 놀라게 정도의 과단독행을 일삼고 고집도 센 성향을 띤다. 이 중첩에너지 또한 위아래에서 생을 받아 더욱 강해지는 모습이었다. 실제로 아이가 가진 활동성은 타의 추종을 불허한다고 한다. 아이가 잠시도 가만히 있지 않는 데다 4가 8까지 보고 있으니 어린 아이지만 늘 사건, 사고, 문제를 유발하며 구설에 휘말렸다. 엄마는 이미 기갈이 센 자녀의 에너지를 품고 있는데 아들 이름의 에너지 또한 이러하니 두 사람의 배합은 힘든 그림이 완벽하게 이루어져 있었다.

 의심이 많은 내담자는 고민을 거듭하다가 속는 셈 치고, 이게 마지막이라 생각하고 힘들게 힘들게 본인의 이름과 아이의 한국 이름과 영어 이름 두 가지를 받아 갔다. 학교에 개명 사실을 알리고 방학이 끝나 학교생활이 시작되었다. 그런데 얼마 지나지 않아 학교에서 연락이 또 오기 시작했다. 평소에도 수업 태도며 학교생활에 잠시도 가만히 앉아 있지 못하고 사고를 많이 쳐서 늘 학교에 불려 다니기 일쑤였는데 이번에는 학교에서 담임 이하 내부 긴급 미팅을 하겠다는 통보를 받았다고 했다. 긴장된 마음으로 학교로 불려간 부모가 들은 이야기는 이 아이에게 지난 3개월간 있었던 모든 환경상의 변화를 다 알려달라는 내용이었다. 부모 관점에서 아무리 생각해도 환경적으로 딱히 변한 것이 없기에 어안이 벙벙했다고 한다. 생각한 끝에 다만 처음에 말씀드린 대로 아이 이름이 바뀐 것, 그것 하나뿐이라고 했다. 학교에서는 정말로 그것뿐이냐고 재차 확인했고 아무리 생각해 봐도 변화라고 있어봐야 유일하게 아이 이름이 바뀐 것뿐임을 상기했다. 그랬더니 학교 선생님들은 하나같이 입을 모아 "오! 동양의 신비여~"라며 감탄을 한 것으로 미팅은 종료되었다. 처음에 아이 이름이 바뀌었다고 학교에 알렸을 때 학교에서는 반대가 심했다고 한다. 이름을 바꾼다는 자체가 서방세계에서는 도무지 이해할 수가 없는, 선례가 없는 사실이었기 때문이라며 혼선이 있으니 바꾸지 말기를 종용했다고 한다. 그러나 이왕에 이름을 받았으니 아이 엄마는 고집을 꺾지 않고 아이의 인생이 새롭게 시작을 하라는 의미에서 동양에서는 이렇게 이름을 바꿔주기도 하니 제발 그렇게 바꿔 달라고 요청을 해서 간신히 학적부에 이름을 바꾸었다. 그런데 이름이 바뀌고 이 아이의 생활방식이 너무나 달라졌고 아이는 말할 수 없을 정도로 점잖아졌다고 한다. 게다가 탁월한 성과를 내면서 이제는 칭찬 일색에 아이의 평판이 바뀌기 시작했다고 한다. 그전까지 문제를 일으켜 며칠이 멀다 하고 학교에 불려 다녔던 엄마가 이제는 며칠이 멀다 하고 학교에 상 받으러 간다고 했다. 아이의 이런 변화는 그 부모가 여실히 경험한 탓에 처음에 상담 신청할 때의 그 의심은 완전히 사라질 수밖에 없었다. 그래서 그 일대의 한국 사람들에게도 이 소문이 퍼져 나가 본인은 얼떨결에 카톡으로 국제상담을 요청받기도 했었다. 이처럼 이름의 에너지대로 형성되고 자라가는 아이들은 나쁜 이름의 운기가 채 굳어지기 전에 좋은 이름을 받았을 때 그 변화가 참으로 드라마틱하다. 이 아이는 삶의 무대가 미국, 인도, 중국 등 전 세계를 다니며 좋은 교육 현장에서 영향을 받기 때문에 더더욱 기대가 많이 된다.

그 뒤에 재밌는 일은 이 엄마가 상담할 때만 해도 남편과의 이혼을 진지하게 고민을 하고 있었는데 어느새 마음이 편안해지고 남편과도 사이도 너무나 좋아졌다고 했다. 약 1년 정도 지난 어느 무더운 여름 7월에 갑자기 이 엄마로부터 연락이 왔다. 한국에서 다시 만났을 때는 놀랍게도 홀몸이 아닌 상태로 행복한 미소를 지으며 둘째 아기 이름을 의뢰하러 왔다. 딸아이를 위한 좋은 이름을 너무나 기분 좋게 감사하며 지어갔다. 그러나 그것이 끝이 아니었다. 이분이 만삭이 되어서 한국에서 출산을 하러 와서 조리원에서 지내는 동안 조리원 동기들 사이에서 아기 이름이 이슈가 되었는데 이때까지 있었던 이름과 관계된 자신의 모든 생생한 이야기와 체험을 조리원 동기들과 나누게 되었다. 이름이 그 당시 조리원의 최고 이슈 거리가 되어 그 뒤로 본인은 본의 아니게 날마다 조리원으로 출근하며 한 달 넘게 상담 번호표를 줘가며 상담을 하게 되었다. 조리원 부부를 대상으로, 그리고 조리원 산모의 집안 식구며 시댁 식구들까지 꼬리에 꼬리를 물고 그 "동양의 신비"를 설명하고 소개하며 많은 분이 좋은 이름을 갖게 되었다. 그때 알게 된 귀한 인연이 지금까지도 끊이지 않고 간간이 자신의 소중한 사람의 소개에 소개를 이어가며 연락이 오는 반가운 귀한 인연이 되어 있다. 처음에 그 첫발을 떼기가 힘들었으나 마침내 좋은 결실을 행복하게 누리는, 언제나 미소 짓게 만드는 뿌듯한 인연이다.

이름에 대한 불신이 긍정으로

분명히 약 1년 전에 상담했던 사람이었는데 갑자기 상담 재요청이 들어온 적이 있었다. 그 당시 새 이름을 받았던 지인의 소개로 자신도 성명 상담을 하고 싶어 가벼운 마음으로 자신을 포함하여 다양한 지인에 대해 질문을 했었던 것으로 기억한다. 새로운 일을 막 시작하면서 자신을 포함하여 자신의 공동 사업자 중심으로 평소에 좋게 보이던 사람부터 궁금했던 사람에 대한 정보를 얻는 식으로 설명을 들으며 꼼꼼하게 메모를 하던 내담자의 모습이 인상적이었다.

1년이 지난 후에 만난 내담자는 약간은 격앙이 된 모습이었다. 마치 뭔가 준비가 된 사람의 모습이라고 하는 것이 더 나을지도 모르겠다. 자신의 이름을 의뢰하면서 다시 상담을 신청하게 된 진짜 계기와 이유에 대해 말하기 시작했다.

놀랍게도 1년 전에 분명히 본인의 생각에 너무 좋아하고 존경하고 있던 사람에 대해 나에게 설명을 들으면서 너무 자신의 느낌이나 생각과는 전혀 다른 얘기를 한다고 느꼈다고 한다. 자기 생각과 느낌과는 다른 생소한 내용에 내심 의아함을 가지고 있었지만, 일단은 나의 설명을 일일이 꼼꼼히 받아 적었다. 상담은 그렇게 많은 정보를 갖고 종료되었고 그렇게 1년이 지나면서 자신의 현장 경험이 쌓이면서 의아하다고 생각했던 사람에 대한 검증이 이루어졌다고 한다. 내용은 숱한 마음고생을 통해 결국 본질을 보게 되었다고 했다. 상담 당시의 수첩을 기억해 찾아 꺼내 읽어보며 그 속에서 실제로 자신이 경험한 그 사람들에 관한 모든 것이 다 적혀 있었다고 했다. 그래서 경악을 금치 못하게 되었고 생생한 경험에서 온 확신이 생겼다고 했다. 더불어 그 당시 새 이름을 받고 자신에게 소개했던 사람은 1년이 지나면서 성품이 달라지는 모습과 눈부시게 변화, 발전되는 모습을 본 것도 자신의 이러한 확신을 더욱 뒷받침하게 되었다고 했다.

1년 후에 다시 본인을 찾아온 내담자는 이미 1년 전의 그녀가 아니었다.

설렘과 신뢰를 가득 안고 초롱초롱 빛나는 눈빛으로 나와의 상담을 기대하는 마음으로 1시간이 넘는 먼 길을 달려와 앉아 있었다. 이미 그녀는 행복한 마음으로 새 이름을 받을 준비가 되어 있었다.

작명장을 우편을 통해 전해 받고서도 그 뜻과 의미가 너무나 마음에 든다며 거듭 진정한 감사의 회신을 잊지 않았다. 감격하는 마음으로 새 이름을 받는 이들을 볼 때 나도 모르게 그에 대한, 이름의 영향력의 파동 또한 급속하게 커져 나갈 것과 기대감이 감추어지지 않는다. 건실한 학문의 열매는 그렇게 행복으로 또 전해졌다.

개명하고 건강 찾아 복귀

전화로 넌지시 들려온 내담자의 목소리는 참으로 예쁘고 고상하게 말을 하던 서울 말씨의 고운 목소리였다. 물론 지인의 소개로 걸려온 전화였기에 반갑게 응대를 해주었다. 내담자는 남편의 이름을 요청했고 특이하게도 단 한 가지만의 부탁만을 요청했었다. "선생님, 우리 남편, 다른 건 다 괜찮구요, 다만 건강한 이름이면 됩니다. 건강한 이름을 부탁드립니다."

처음에 생각하기를 대부분 사람이 건강을 가장 중요하게 생각하니 그런가 보다~어떤 특별한 요청이라기보다 그냥 힘 있는 좋은 이름을 요청하는가 보다고 생각을 했다. 그리고 원명을 풀어보니 1974년생 ㅎ님은 성에서부터 이름 전체에 7이 1을 강하게 공격하는 배합이 4개나 있었고 그 외에 연동하는 힘들도 7, 8이 극을 받는 관에 관한 극한 구조를 지니고 있었다. 한눈에 봐도 몸이 아프고 건강하지 않은 이름이었다. 그래서 새 이름은 이와 완전히 다른 구조로 건강하고 자신이 강건하게 세워지는 이름 배합으로 조심스럽게 구성하여 전달하였다. 새 이름을 받고 너무 좋아서 한달음에 개명신고를 하러 뛰어갔다며 작명 전달 후의 이야기를 전해 주었다. 나중에 알고 보니 이분은 국가공무원으로 잘 지내다가 건강이 급속도로 나빠져서 일을 그만두고 시골에 요양하고 있던 차에 지인으로부터 이름에 관한 얘기를 듣고 상담을 하였던 것이었다.

참으로 좋았던 것은 시간이 채 1년이 지나지 않아 반가운 목소리를 다시 들려주는데 남편 건강이 너무 좋아져서 다시 서울로 복귀하게 되었다며 인사를 전해 왔다. 내담자는 그나마 시골에서 남편이 건강을 조심하며 살 정도만 되어도 좋겠다며 건강하기만을 바랐던 탓에 가족이 계속 시골에서 지낼 생각이었다. 그래서 평소에 자신이 공부방을 하나 하고 싶었던 꿈이 있었기 때문에 그곳에서 공부방을 열며 학원 이름을 하나 부탁을 하였다. 꿈같은 좋은 조건에 계약하며 모든 일이 잘 풀려서 지금은 학원이 너무 잘 되고 있는데 남편 복귀로 인해 그만두어야 한다며 기쁜 울상을 지었다. 서울로 가셔서 그 상호로 계속하면 잘 될 거라며 위로 아닌 위로를 했다. 남편 건강도, 문서도 모두 힘을 얻고 좋아진 강력한 케이스여서 아직도 기억에 선명하다. 처음에 어떤 정보도 주지 않고 단 한 가지 요청만 했던 내담자는 옳은 선택을 하니 결국 모든 것을 회복하는 기쁨을 누렸다. 몇백 명 앞에서 강의하는 사람의 나쁜 배합의 이름은 파급효과 또한 커서 이처럼 젊은 나이에도 그 에너지가 강력하게 발현하여 그 아픔을 감당하며 거쳐 가는 모습을 볼 때 참으로 그 힘이 대단하지 않을 수 없다.

현장에서 느끼는 개명의 신뢰성

개명하면서 내담자들이 받는 아주 현장감 있는 내용이 있다.

어떤 분은 기존 이름이 하도 극을 많이 당해 갑갑함이 많은데 그 갑갑함이 그냥 일상이 되고 습관이 되어 있는 상태에서 새 이름을 받게 되면 신체적인 변화도 실감하게 되는 모습을 목격하게 되었다.

1970년생 K는 주요에너지에 강력한 극이 많았고 매사가 뜻대로 안 풀리던 내담자는 새 이름을 전달받고 불리자마자 갑자기 "선생님, 잠깐만요! 갑자기 숨이 잘 쉬어져요, 어, 이상하다, 숨이 저 아래까지 쑥 내려가네요~" 라고 새 이름 전달받은 후의 생생한 후기를 즉각적으로 전달을 해 줘서 나도 놀라고 감동했던 적이 있었다. 처음에 상담하는 내내 곧잘 깊은 한숨을 쉬던 내담자의 모습을 보며 한숨 쉬는 것이 습관인 줄 알았는데 답답한 마음에 연유한 것인지 평소 숨까지 깊이 잘 못 쉬고 있었던 모양이었다. 이름을 전달하면서 이런 즉각적인 후기사례는 참으로 예상치 못했고 놀라웠던 사례였다.

물론 조금 예민한 분이 실감하게 되는 부분이라 모든 사람이 다 느끼는 것은 아니지만 이런 현상이 K 한 사람뿐이면 그분의 개인적인 상황으로 그럴 수도 있겠거니 했겠지만, 또 다른 분의 입에서 나오는 현장감 있는 전달은 오히려 내게 좋은 이름이 지닌 강력하고도 즉각적인 힘에 대한 확신을 더욱 강력하게 피드백해 주었다.

또 다른 내담자는 1981년생 C는 이름을 부르자 눈에 힘이 들어가고 눈이 번쩍 뜨인다며 좋아했다. 본인도 신기해서 한밤중에 깼을 때 비몽사몽인 경우가 많은데 그때 본인 이름을 불러보며 새벽에도 이런 현상이 있는지 실험을 해 봤다고 한다. 역시 눈이 번쩍 떠지며 같은 결과를 얻었다며 자신의 경험에 의한 확신을 기뻐하며 전해 주었다. 특정 에너지로 향하는 강력한 상생으로 인한 힘의 배합이었다. 이분은 이름이 지닌 신기한 힘을 즉각적으로 느끼며 알게 되니 하나의 이름으로 만족할 수 없다며 여러 가지 다양한 좋은 이름을 갖고 싶어 했다. 마침내 이분은 자신의 호를 3개나 더 갖게 되었다. 그리고 그 호를 여러 장소에서 다양한 활동 명으로 쓰면서 만족과 자부심이 느껴진다고 했다. 이분처럼 천간지지가 같은 사람은 다양한 에너지의 배합이 한계가 있을 수밖에 없는데 이런 자신의 한계를 이렇게 극복하는 지혜로운 마니아층도 보게 되었다. 보석같이 귀한 것이 무엇인지 알아 거기에 아낌없이 투자하는 사람은 그 결실이 이처럼 만족스러운 것은 기정사실인 것이다. 좋은 이름은 전달해 준 사람도, 받은 사람도 항상 함께 그 힘을 공감하며 교감하며 느끼는 진행형이다.

개명 후의 결실들이 너무 많아

평소 알고 지내던 지인인데 넘치는 삶의 에너지와 생기가 참으로 대단한 분이었다. 끊임없이 도전하고 노력하고 포기하지 않고 또 도전하는 모습이 보통 사람을 뛰어넘는 듯했다. 그날도 베트남으로 회사가 진행하는 사업을 맡아 추진했던 결과에 대해 전화로 알려주는데 내용은 아무런 결실이 없는 쓸쓸함이었다. 지인이었기에 그저 지켜만 봐왔던 나는 그 답답함에 이날은 말을 하지 않을 수가 없어 진짜 옳은 이름을 갖는 것이 어떻겠냐고 물었다. 이분은 이미 한번 개명을 한 상태이고 또 그 이름에 좋게 생각하고 있었기 때문에 평소 나도 말을 아끼고 있었던 차였다. 그날은 옆에서 지켜보던 내가 하도 답답해서 나도 모르게 내 말을 믿든, 안 믿든 자유지만 내가 해줘야 할 말은 꼭 해줘야겠다고 설명을 했다. 현재 이름이 어떻고 바뀌기 전이나 후나 똑같은 이름의 배합을 가지고 있다고 설명을 해주었다. 이런 이름으로는 성공을 이루기보다는 꿈은 언제나 꿈으로만 존재하게 하는 아무 힘이 없는 이름이라고 했더니 놀랍게도 이분은 당장 바꾸겠다고 즉석에서 입금하며 나에게 착수를 요청했다. 평소 진취적이라고 생각했지만, 나의 말에 바로 실행하는 모습은 역시 그 사람의 추진력이었고 감탄하게 되었다. 1964년 Y는 성에서 타고난 힘은 그야말로 힘이 있고 좋아 보이지만 이름에서는 문서가 극을 받고 강력하게 재물을 깨고 있었다. 지인이기에 평소 자신이 살고 싶은 삶의 모습에 대해 말을 해 왔기 때문에 잘 알고 있었고 기부를 할 수 있을 정도의 재력과 힘을 원했다. 바뀐 이름을 전달할 때는 얼굴이 환해지도록 기뻐했다. 얼마 전 개명 후기사례 모음 때문에 개명하시고 어떤 점이 좋아졌는지 알려달라고 하니 대략 간단한 메모를 보내왔다. 1. 드디어 억대연봉자가 되었다. 2. 회사에서 고속 진급하였다. 3. 10년 된 중고차에서 최신형 BMW로 갈아타게 되었다. 4. 빚도 80%를 갚게 되었다. 5. 시간의 자유도 갖게 되었다. 6. 부모님께 용돈도 여유롭게 그리고 고정적으로 드리는 아들이 되어있다. 총 6가지 내용의 메모를 보내왔다. 그리고 이건 모두 해본님 덕분입니다! 라고 언급까지 덧붙여 왔다. 내가 읽어도 참으로 감동적이지만 너무나 현실적이면서도 구체적이고 심플한 남자다운 답변이라는 생각이 들었다. 하지만 이 또한 실제적인 하나의 중요한 개명 후기사례이니 내용이 수치로 계산이 되는 소중한 자료인 것이다. 내담자가 현실에서 얼마나 노력하는지 지켜보면 눈물이 날 정도로 가상한데 그것을 담는 본인의 그릇이 깨져 있으니 옆에서 보기 안타까울 정도였던 것 같다. 하지만 고집이나 자기 생각을 내려놓고 신뢰하고 도전하는 가운데 뭔가 새로운 역사가 쓰임을 발견하게 된다. 물론 좋은 이름만으로 모든 것을 이룰 수는 없다. 그러나 이분처럼 자신의 환경적인 노력과 더불어 옳은 이름을 가졌을 때 맺는 좋은 결실은 불을 보듯이 너무나 당연하다. 나는 참으로 좋은 것이 이들에게 언제나 소중하고 고마운 사람으로 남아 있다는 것이 이토록 뿌듯한 것 같다. 이뿐만이 아니라 크고 작은 개명 후기 결실들이 너무나 많음에 나는 항상 설레고 감사하게 된다. 앞으로도 또 드러날 좋은 결과물들에 또 감사와 설렘이 있다.

개명자가 직접 보내온 글을 받고 보니

개명 전 이름전체에서 관성(남편과 직업)인 7.8 전무하고 생을 받는 식상 3.3의 과도한 중첩이 있었으며 재물의 중첩 또한 있어서 이름 전체의 배합이 좋은 결실로 가지 못하고 특정 에너지로 항상 치우쳐 있었다.

남편과 자식과의 거리감이 있어 가정에서 안정감을 누리지 못하고 막연한 목표를 가지고 바깥 활동에만 전념하고 있었던 차에 개명하게 되었다.

개명 후 이름의 에너지 배합은 남편과 명예에 해당하는 관성 8과 자식을 의미하는 식상 3을 잘 배치하였고 풍족한 재물이 곳곳에 있어 모든 힘이 순탄하게 서로가 서로를 도와주는 상생구조가 개명의 배합 포인트였다.

중심명운은 4에서 8이라는 정반대인 에너지로 바꾸어 줌으로써 개명자가 평소 자신의 성격과 성향이 너무나 달라지는 것을 생생하게 경험하게 되었다. 남편과 아이와의 관계도 놀라울 정도로 좋아졌으며, 아이를 별로 좋아하지 않던 개명자가 얼마 전에는 둘째를 낳아 이전에 겪어보지 못한 행복함을 매일 누리고 있다고 자주 안부를 전해왔다.

그리고 자신 주변에 마음이나 삶이 힘든 사람을 만나면 나에게 상담 받을 것을 권유하며 계속해서 소개가 이어지고 있다. 행복하기를 바라는 마음이 진실 되게 전해져 힘이 있는 그릇에 담아 받게 되니 이 힘이 전해지는 곳마다 행복과 감사와 웃음꽃이 늘 피어난다.

다음은 개명자가 본인에게 직접 보내온 개명후기 소감글이며 생생한 자신의 경험과 생각이 그대로 담겨있다.

〈보내온 글〉
이름을 바꾸면서 내 마음에 느껴지는 변화도 많았고 실제로 일어나는 경험도 있었습니다. 저의 예전 이름 에너지 중에서 머리 쪽으로 질병이 생기는 게 있다고 해서 무척 놀랐습니다. 25살에 기면증 진단을 받았고 28살에 우울증과 불면증이 생겼습니다.

그러한 병들을 앓으면서 그냥 그렇게 살아온 세월 또한 10년이 훌쩍 지나서야 이 이야기를 듣게 되었습니다. 저는 교회를 다니고 있었기 때문에 이러한 이야기를 들을 때 미신 같아서 한 귀로 듣고 한 귀로 흘렸습니다.

그렇게 또 몇 달이 지났습니다.

어느 날 우울증이 너무 심해서 '이렇게 살다가는 10년 후에 내가 이 세상에 살고 있을까?' 라는 생각을 할 때 번개처럼 이름에 대해서 들었던 것이 생각났습니다. 이름이 미신이라는 것에 가려져 있는건 아닐까?

내가 이름 바꿔서 이 세상에서 행복하게 살면서 전도하면 하나님이 싫어하진 않겠는데... 생각이 이에 이르자 해본선생님께 이름을 바꿔달라고 얘기하고 하나님께 이분을 통해 이름을 달라고 계속 기도했습니다.

내가 살아왔던 삶은 어쩔 수 없지만 남은 삶을 행복하게 살고 싶다고~

아브라함이 받았던 축복도 받고 싶고 하나님의 기쁨이 되고 싶다고~

그렇게 해서 우여곡절 끝에 이름을 받았습니다.

이름을 받고 놀라웠던 것은 3일이 지나자 머리 속에 쉴새 없이 떠오르던 잡생각이 없어지고 6개월이 지나자 우리 딸이 너무 이뻐 보이고 또 6개월이 지나자 우리 남편이 너무 이뻐 보였습니다. 그리고 행복하다는 생각이 계속 들더라구요. 우울증이 있을 때는 느껴보지 못했던 감정입니다.

39년을 살아오면서 내가 과연 행복이라는 단어를 머리로만 이해하고 있었다는 것을 깨달았습니다. 항상 마음이 불안하고 초조하고 그랬는데 이제는 무엇이든지 할 수있다는 자신감이 계속 생기더라구요. 하고 싶은 것도 생겼고요.

내 삶을 바꿔주신 하나님께 감사드리고 좋은 이름을 지어주신 해본선생님께도 너무나 감사드립니다.

· 연락처 ; 010-8671-5613
· 멜주소 ; haebon7@naver.com
· 사이트 ; http://dajium7.modoo.at

상담 사례를 통해

홍기학(서울동작지사)

얼마 전의 경험이다.

어느 여성분의 전화를 받았다. 박초희라는 40대 초반의 여성이었는데 본인과 아들의 이름에 대한 감명을 원하고 개명에 관심이 있다고 했다. 그런데 남편이 개명을 원치 않고 있어서 고민이라는 말과 함께 어떻게 감명을 받을 수 있느냐고 물어 왔다.

나는 대면 감명을 위해 어느 장소든 문제가 없다고 답을 했고 그 여성은 전화를 통한 상담에 무게를 두었다. 그러면서 상담을 받기 전에 기본 감명의 내용을 문자로 받기를 원했다. 나는 과거에도 몇 차례 경험이 있었지만 대부분의 경우 문제가 없었기 때문에 믿고 기초 감명을 만들어 보내줬는데 약 이틀 뒤에 문자가 왔다. 내 감명 내용이 틀린 부분이 많아 감명 상담을 취소하겠다는 내용이었다. 찜찜한 기분이 들었지만 나는 그런 기분 이전에 우선 나에게 전화를 했던 박초희라는 여성의 이름은 반드시 개명이 필요한 이름이었다. 남편을 나타내는 편관(7)이 너무 강해 남편, 직장 등이 불안하고 숨어있는 재운이 약간 보이지만 이마저도 친구, 혹은 형제들과의 관계로 인해 매우 불안하다. 지능은 나쁘지 않아 하는 일에 순발력을 보이지만 자식(3) 궁을 극하는 기운이라 그게 염려되었다. 또한 스스로의 마음고생이 심할 수도 있어 결국에는 자신의 건강에도 치명타가 올 수 있다.

나는 개명에 대해 상당히 보수적이지만 간혹 여성의 경우 이름에 나타나는 인생의 굴곡이 보일 경우 특히 자식을 극하는 기운이 강하면 개명을 넌지시 권한다. 물론 선택은 본인이 하는 것이겠지만 아직 나이가 젊은 박초희의 경우 이름에서 발현되는 기운이 현실로 다가 오지 않다보니 심각하게 느끼지 못하는 것 같았다. 대부분의 사람들이 소 잃고 외양간 고치는 것을 많이 본다. 감명할 당시는 경험이 없어 느끼지 못하다가 막상 그런 일들이 벌어지고 나면 뒤늦게 후회하는 경우가 대부분이다.

더욱 안타까운 것은 불행을 겪고 나서 개명을 하게 되면 그만큼의 상처가 남고 난 뒤다. 나이 40이면 이제 중년 초반이라 할 수 있는데 기초 감명이 본인의 현 사항과 맞지 않는다고 개명의 필요성을 느끼지 않는다면 어쩔 수 없다. 그러나 이름의 중요성을 절실하게 깨닫고 있는 감명자의 입장에선 박초희라는 여성의 앞날에 불행한 일이 나타날까 늘 노심초사하는 맘은 숨길 수 없다.

오랜 경험은 아니지만 간혹 자신의 이름에 대해 의문이 생기면 그 때부터 이미 자기 영혼의 울림이 예민하게 느끼기 시작했다는 증거다. 그럴 경우 조금 더 적극적으로 대처하는 것이 어떨까 한 번쯤 생각해 보는 바다.

긴장목도리

현대 사회를 사는 사람들은 항상 어느 정도의 긴장의 목도리를 목에 두르고 산다. 여우털 목도리가 아닌 긴장 목도리라고 할까? 이는 도심에 살수록, 아이가 성장 과정에 있고 그것을 지원해야 하는 부모일수록, 하는 일과 관련된 조직에서 나이가 먹어갈수록… 목도리의 무게는 점점 더 무거워진다. 그 무게가 어깨를 늘 짓누르고 있어 나이가 오십이 넘어가면 모든 이의 어깨가 조금씩 굽어간다. 이를 세월 탓이라고 할 수 있으나 좀 더 구체적으로 들여다보면 긴장 목도리 탓이 더 크다고 볼 수 있다. 세상을 살아가노라면 어떤 한 분야에 종사하는 사람들끼리만 어울려 살기 어렵다. 어쩌다 나의 하던 일과 다른 일에 종사하는 사람들과의 만남의 관계에서 서로 어울린다는 게 그리 쉬운 일은 아니다. 그럼에도 우리는 그걸 극복하기 위해 무던히도 애쓰고 노력한다. 그렇지 않음 인생에서 도태되는 느낌을 갖게 한다. 이런 것들이 긴장 목도리를 더 두텁게 하는데 아주 효과적으로 작용한다. 자신이 제어할 수 없는 일들이 인생에서 늘 일어나고 그 일어남에 대응하면서 살다가 또 다른 일어남을 만나고 하다 보니 요령도 생기고 지혜도 생기지만 긴장 목도리 자체를 내려놓는 것은 불가능하다. 보이지 않고 냄새도 없고 맛도 없지만 누구나 살면서 느끼고 있다.

나 자신의 지난 시간을 돌이켜 보면 사실 내 계획대로 내 의지대로 된 것은 기억이 별로 나지 않지만 내가 아프게 받아 들여야만 했던 어떤 일어남에 대해서는 늘 아쉬움이 남는다. 그것을 조금만 일찍 알았더라면, 조금만 더 일찍 예상 할 수 있었더라면, 조금만 더 일찍 철이 들어 그런 일이 일어나지 않게끔 살았더라면… 등 등 나에게 사전 예고 없이 아니 내가 사전 인지를 못했던 갑작스런 일들이 나한테는 꽤나 아픔이었고 가슴에 남았고 그 가슴 안의 덩어리가 늘 긴장 목도리를 더욱 강하게 조여 매게 했다. 다시 실수하지 않기 위해. 그런 모습을 다시 보여주지 않기 위해. 그럼으로써 나의 이미지나 서 있는 자리를 개선하고 합리화하기 위해…….

성명학은 이런 나의 필요성에 대해 많은 도움을 주고 있다. 상대방의 이름을 통해 그 사람의 기본 성향에 대해 스스로 이해하고 그 사람 인생의 전반적인 흐름에 대해 나름 해석을 하다 보면 더 이상 과거에 했던 실수를 하지 않을 수 있다는 생각이 든다. 성명학은 단순 생활 수단을 위한 도구로서가 아니라 실제 인간 사회 안에서 나와 다른 사람을 어떻게 조화시켜야 하는지에 대한 조언과 지혜를 주고 있는 것이 사실이다. 아직도 신기하게 느껴질 때가 많지만 사람의 이름을 통해 그 사람의 선천운과 중년 말년에 걸친 인생 전반적인 흐름을 볼 수 있다는 것은 매우 경이로운 일이다.

얼마 전 광화문에 나갔을 때 봤던 그 수많은 사람들 속에서 나는 하나의 작은 점에 불과하겠지만 그래도 나는 나의 주어진 삶에 가능한 의미 있고 실속 있게 그리고 보람되게 살고 싶다. 난 늘 내가 가야할 방향과 그에 대한 방법을 모색하고 있다. 하나의 작은 점 밖에 되지 않는 나의 인생에 대해 어떤 가치 있는 지침을 줘야할지 그 선상에서 늘 헤매고 있다. 그나마 다행인 것은 내 나름의 인생길에서 성명학은 항상 내 곁에서 길을 제시해 주고 있어 위안이 되고 있다. 항상 내 의지와 함께.

자존감

　사람은 누구나 공평하게 한 번의 인생을 산다.

　물론 이 말은 물리적인 개념으로 봤을 때의 얘기다. 일정 기간 살다가 이전과는 다른 모습으로 살면서 다른 인생을 산다고 말할 수는 있지만 그 사람의 물리적 생명의 끈은 단 한번이다. 그 끈의 길이는 사람마다 다르고 그 길이 안에서 누구나 본인이 원하는 대로 살고 싶은 욕심은 누구에게나 있다. 아무 생각이 없이 욕심을 내려놓고 산다고 말 한다면 그 자체가 본인이 선택한 이기적인 삶에 대한 표현일 것이다.

　인간의 스스로에 대한 자존감은 다른 사람을 위한다기 보다는 본인의 삶에 대한 애착과 스스로의 행복을 추구하는데 아주 중요하다. 많은 사람들이 자신의 태어남의 가치에 대해 주위나 부모, 특히 엄마로부터 들은 경험이 있을 것이다. 어떤 이들은 자신의 태어남이 여러 사람의 축복 속에 태어났다는 말을 들었을 것이요 어떤 이들은 자신의 태어남이 여러 가지 아쉬움을 만들어 냈다는 얘기도 들을 수 있다. 이 두 가지의 경우를 들었을 때, 특히 그 시기가 어렸을 때인 경우 당사자가 느끼는 스스로에 대한 자존감에 많은 영향을 미치게 된다. 아무리 성인이 되면서 스스로에게 긍정적인 자존감을 살리고 보태려 해도 어렸을 때 들었던 자신의 태어남에 대한 주위의 아쉬움은 떨쳐버리기 어렵고 평생 마음의 부담이 되기도 한다. 그만큼 원천적 자존감은 한 사람의 인생에 매우 큰 영향을 미치게 된다. 우리는 가능한 주위 관계인들에게 긍정적 에너지를 줄 수 있는 멘트를 가려서 할 필요가 있다. 특히 가족인 경우 더욱 그렇다. 듣는 이에게 출신 자체에 대해 자존감을 잃게 하는 언어는 거의 폭력 이상이라고 할 수 있다.

　사람은 살아가면서 그리고 성취해 가면서 후천적 자존감을 키워 나간다. 공부를 하고 주어진 사회적 시스템 안에서 본인의 입지를 강화하기 위해 거의 평생 노력한다. 그리고 그렇게 만들어진 후천적 자존감은 선천적(원천적) 자존감을 거의 잊게 하거나 오히려 자신의 인생에 대한 자신감, 만족감을 더 하기도 하지만 그렇다고 해서 거의 본능적으로 숨겨진 선천적 자존감을 완전히 무시하지는 못한다. 그만큼 선천적 자존감은 평생 우리를 지배하게 된다.

삶은 주위 환경에 대한 스스로의 자세와 태도라고 하는 얘기가 있다. 즉 선천적보다는 후천적 노력 및 성취에 그 가치를 더 둔다는 말일 것이다. 맞는 이야기다. 그리고 선택할 수 없는 선천적인 부분 보다는 당연히 스스로 만들어 나가는 후천적 부분에 더 가치를 두는 것이 마땅하다 할 수 있다. 그 만큼 모든 이는 스스로의 인생에 대해 최대한의 긍정적 가치를 부여하고 노력하는 과정을 통해야 한다. 자신의 존재의 이유에 대해 스스로 거름을 주고 가꾸어야 한다는 말이다. 자신을 제일 잘 아는 사람은 자신일 수밖에 없다. 자기 인생은 자신이 사는 것이라는 아주 흔한 얘기는 흔하지만 아주 큰 진리라고 할 수 있다. 응원 받는 삶과 그렇지 않은 삶은 차이가 많을 것이다. 그 응원은 우선 스스로에게서 나와야 한다. 어느 누구도 나 자신만큼 자신을 사랑하고 응원해 줄 수 없다.

과거 장훈이라는 야구선수가 있었다. 일본 프로 야구에서 전설적인 사람이지만 한국 사람이고 한국 이름을 지켰다. 많은 일본인들이 귀화를 종용했지만 그는 거부했다. 그리고 그 이유를 그는 이렇게 말했다. "나는 한국 사람이다"라고. 그래서 그 사람은 야구장에서 아주 많은 야유를 받게 되었다. 본인이 타석에 들어섰을 때 들려오는 "죠센징"이라는 야유를 들으면서 그 사람은 무슨 생각을 했을까?

모르긴 해도 본인이 가지고 있는 스스로의 자존감으로 극복을 하지 않았을까 싶다. 그 야유 속에서 홈런을 치고 베이스를 돌 때 그 사람은 어떤 생각을 했을까? 자신에게 야유를 하던 일본인들을 향해 통쾌한 미소를 보냈을까? 아니면 스스로의 자존감으로 이겨낸 자신에 대한 벅찬 마음으로 가슴속 희열을 느꼈을까... 개인적으로 후자이지 않았을까 생각한다.

만일 이 사람이 귀화를 했었다면 지금의 장훈이란 사람이 갖는 이미지 즉 가치는 존재할 수 없었을 것이다. 그 사람이 현재 무엇을 하고 있는지는 모르지만 아마도 평생 자신이 쌓아 올린 스스로의 자존감으로 가슴이 뿌듯한 삶을 살고 있지 않을까 생각한다.

삶은 주위 환경에 대한 스스로의 자세 및 태도이다. 다시 한번 새겨 볼 말이다. 누구나 다른 환경을 가지고 있다. 그래서 각자의 삶에 대한 자세 및 태도는 다를 수밖에 없다. 다르기 때문에 그 만큼 중요하고 가치가 있다.

자신의 이름은 자신을 대표하는 하나의 로고이며 심볼(Symbol)이다. 그 이름에 따라 자신에 대한 주위의 이미지는 많이 다르게 된다. 또한 자신의 인생의 앞으로 펼쳐질 길이 이름으로 인해 달라지게 된다. 본인이 느낄 수도 있고, 느끼지 못할 수도 있겠지만 이름은 그 만큼 한 사람의 인생의 후천적 영향을 미친다. 누구나 자신에게 부여하는 스스로에 대한 자존감을 기르고 가꾸는데 이름은 항상 그 가운데 있다. 왜냐면 자신을 생각할 때 본능적으로 내 이름이 가슴 속에서 먼저 자리 잡고 시작하기 때문이다. 누구나 순간순간 자신의 인생에 대한 결정을 하면서 살아간다. 그 결정의 순간들 안에 이름에 대한 결정은 자신의 후천적 자존감을 키우는데 아주 중요한 역할을 한다는 것을 잊으면 안 될 것이다.

코로나를 통해 느낀 것이 있다면

온 나라가 우한 폐렴(코로나19) 감염 문제로 난리다. 우리나라뿐 아니라 전 세계가 긴장하고 있는 분위기가 역력하다. 나에게 이번의 경우가 기억 속의 지난 경우들과 다른 것은 대한민국이 문제의 주체가 되어 국제적 기피 대상이 되어 가고 있다는 점이다. 나는 이런 경우를 아직 경험해 본 적이 없다. 어쩌다 이 지경이 됐을까? 참으로 안타까운 일이다.

우한 폐렴이 대중에게 경고 상황으로 전달 된지 이미 한 달이 넘어 두 달이 가까운 것으로 알고 있다. 중국 우한에서 시작한 이 감염병에 대해 초기에는 단지 남의 나라 일로만 생각하여 대수롭지 않게 여기는 것이 당연시 됐었다. 하지만 이제는 우리나라가 문제의 근원지 취급을 받으며 전 세계에서 입국을 제한하는 지경에 이르렀다. 중국마저 대한민국 국민이 입국 시 격리시킨다는 보도를 보고 황당하기까지 했다... 어쨌든,

난 개인적으로 이번 문제를 보면서 우선 문제의 근원처럼 퍼져 나가는 신천지라는 종교 단체에 대해 얘기하고 싶다. 현재 확진자의 분포를 보면 신천지 신도들을 통한 전국적 확산이 두드러진 것이 사실이고 그 종교 집단 자체가 이단으로 불릴 정도로 보통의 다른 개신교 집단들과 다르다는 것에는 동의한다. 하지만 나는 그 종교 단체가 우한 폐렴 사태의 근본 원인이라고는 생각하지 않는다. 왜냐면 그 신도들이 만들어 낸 감염병이 아니며 종교 집단의 특성 상 집단으로 모이는 것은 당연하고 그로 인해 집단적으로 감염이 발생된다는 것은 더욱 당연하다. 그리고 그 신도들은 아무런 의학적 지식이 있는 사람들도 아니기 때문에 그들 스스로 최대 피해자라고 외치는 것에 공감하지 않을 수 없다. 오늘 아침 뉴스를 보니 대형 교회인 명성 교회에서도 부목사 2명이

확진을 받았다고 하는데 그로 인해 신도들이 얼마나 감염이 됐을지 알 수 없다. 경우에 따라서는 신천지의 경우를 넘어 설 수도 있다고 본다. 이런 상황에 정부는 아직도 예방 수칙만을 떠들어 대고 있다. 모든 모임이 취소되고 국민 생활 자체가 엄청난 제한을 받고 있는데 그렇게 계산할 수 없는 막대한 손실에 대한 책임은 누가 질 것인가. 신천지나 명성 같은 종교 집단을 제물로 삼아 책임의 원인을 호도하고 떠넘기지 않을까 우려된다. 나는 이번 사태의 근본 원인을 이 나라의 정부로 본다. 그들은 본인들의 정치적 목적을 위해 국민들이 짊어질지도 모르는 위험을 감수했다. 그 위험이 이 정도일지는 예상을 못 했을 것이다. 그렇지만 그것이 핑계가 될 수는 없다. 이제 와서 대구를 방문하고 이겨 낼수 있다고 격려하고 다니는 모습이 너무나 정치적으로만 보여 안타까울 따름이다. 의학적 전문가들인 의사 협회가 요구한 중국인들의 입국 금지 및 격리 조치 등을 묵살하고 이번 사태를 키운 이정부는 진심으로 석고대죄하고 국민들에게 용서를 구해야 한다. 시진핑의 방한으로 얻는 이익보다 너무나 더 큰 것을 잃어가고 있는 것 같기 때문이다. 정치는 왜 하는가? 국민들을 위해 하는 것 아닌가? 아니면 자신들의 권력 유지를 위해 하는 것인가? 국민들은 말대로 그냥 개, 돼지이므로 무슨 이벤트 등을 통해 화제가 바뀌게 되면 또 잊혀지고 입으로 밥만 들어가면 언젠가 해결이 된다고 믿는 것인가? 이 얘기를 하면서 국민의 한 사람인 나도 반성을 하게 된다.

어쨌든 이번 사태의 근본책임은 이번 정부에 있다. 이들은 본인들의 목적을 위해 국민들을 철저히 그럴 듯하게 속이고 자신들을 치장하는 것에 너무나 익숙해 보인다. 자신들의 잘못을 인정하기는커녕 잘못 자체를 인지하지 못하고 있는 것 같기도 하다. 참으로 안타까운 일이다. 이 와중에 그나마 어느 정도 먹고 살만해진 대한민국은 기득권 세력의 집단 이기주의가 엄청나게 강해지고 있다. 이번 우한 폐렴도 결국은 보통의 사람 내지는 사회적 약자(노약자 포함)들의 몫이 될 것이다. 참으로 안타까운 일이다. 여기서 또 하나의 얘기를 더 하고 싶다.

이번 사태는 우리나라에서 시작이 된 것이 아니다. 즉 다시 말해 우리에게는 그 만큼 준비하고 대비할 시간이 있었음에도 그 부분을 무시했다. 인생에 있어서 우리는 이 점을 통해 배우고 적용해야 할 것이 있다고 생각한다. 각자의 인생에 애정이 있는 사람들은 자신의 타고난 운명에 대해서 그 정도의 차이는 있겠지만 어느 정도의 조언은 살면서 듣게 된다. 그리고 직접 경험을 하면서 자신의 운명에 대해 생각도 해보고 들었던 조언이 있으면 비교하고 검증도 해 보곤 한다.

나는 이 글을 읽는 분들 중에서 자신의 이름에 대해 불만이 있거나 개명, 작명에 관심이 있는 사람들에 대해서는 왜 그런 생각이 들었는지를 곰곰이 생각해 보고 그 이유가 명확할 때에는 과감하게 행동에 옮기라고 권하고 싶다.

자기 인생은 자기 것이다. 다른 사람의 것이 아니며 시간을 놓치면 일이 더 커진다. 일이 커지거나 터진 후에 개명을 하게 되면 무슨 소용이겠는가? 물론 개명을 하면 모든 것이 해결되느냐라는 보장을 하라고 하면 그렇다. 라고 확답하기 힘들다. 하지만 분명 개인의 인생에 있어 부족하고 부정적인 면을 피하고 극복하는 데 도움이 되는 것은 확실하다. 벌어지고 나서 후회하고 그제야 개명 등에 관심을 갖는 것이 우한 폐렴의 선제 조치를 소홀히 해서 낳은 이번의 사태와 다르지 않다고 본다. 단지 국가적이냐 아니면 개인적이냐의 차이만 있을 뿐이다.

· 연락처 ; 010-4585-2814
· 멜주소 ; philip1120@naver.com
· 블로그 ; https://blog.naver.com/philip1120

잘못지은 이름 누가 책임질 것인가!

얼마 전, 某프로에서 조혜련의 이름이 나빠 새로 지어왔다는 자음파동에 관련된 업자가 지은 이름을 보고 가슴이 철렁했다.

조혜련〈70년 庚戌생〉

29	42	685	29	76	615	29	72	816
조	혜	련	조	규	린	조	그	린
07	29	463	07	54	493	07	50	493

'조혜련'은 2.6에 의해 재물이 파극되고, 9.4에 의해 자식을 극해하거나 숨은 관성(남자)에 의해 비밀리에 만나는 내연남을 뜻하기 때문에 여자이름에선 절대적으로 피하는 이름이다. 그래서 개명의 필요성이 있는 이름이다.

그런데 새로 지었다는 자음파동으로의 이름이 '규린'과 '그린'이다. 이 두 개의 이름이 공통적으로 4.9.3의 흉조를 띠고 있다. 대개 여성의 이름에서 이러한 수리는 자식을 극해하거나 아님 자궁

에 질환이 생긴다거나 내연남이 있게 된다. 그래서 반드시 피해야 하는 배합이다

따라서 본명인 '혜련'의 이름에서 감도는 4.9와 새로 지은 이름 또한 같은 운기를 내포하면 이 세 개의 이름에서 발산되는 기운에 의해 이성으로 인한 구설이 분분해 진다. 그래선지 몰라도 까마귀 날자 배 떨어진다고 그 이름이 모 방송에서 나가자마자 바로 얼마 지나지 않아 성매매 운운의 구설이 따르는 걸 보고 새삼 무서움을 느꼈다. 물론 그에 따른 소문은 루머로 끝나 일단락되었지만, 이렇듯 남의 이름을 잘못 지으면 불행의 길로 유도한다는 사실을 잊어선 안된다. 그렇다면 잘못 지은 이름 누가 책임질 것인가!

이름에도 명품이 있다

박혜강(제주지사)

일주일 전의 일이다, 쌍둥이를 낳은 산모가 울먹이는 목소리로
문의를 해왔다. 유명 연예인의 아이들 이름을 지었다는 작명가한
테 소개를 받고 쌍둥이 이름을 의뢰하고자 전화를 걸었는데 청천
벽력같은 소리를 들었다. 작명가의 얘기인 즉슨 아기들의 사주가
좋지 않아 일반적인 작명 방식으로는 작명이 어렵다는 거였다.
우선 아기 사주에 육해(六害) 살이 있고 오행 중에 금(金)이 없다
면서 이를 보완하여 지으려면 한 명당 99만원짜리 특수 작명을
해야 한다는 거였다. 그렇지 않으면 타고난 흉한 사주를 보완할
수 없다면서 고가의 작명료를 요구하는데 이를 어떻게 해야 하느
냐며 잔뜩 겁먹은 목소리로 울먹였다.

흉하다는 얘기를 듣고 특수 작명을 하자니 쌍둥이라 그 비용이
만만찮고 안하자니 걱정이었다. 그러다가 다지음 학회를 알게 되
어 나한테 전화를 걸었다. 우선은 산후조리 중인 그녀를 안심시
키고 싶었고 끝까지 몸조리 하는데 안정적인 마음을 주고 싶었
다. 그래서 두 쌍둥이들이 잘 살아갈 수 있게 하려면 좋은 이름이

꼭 필요하니 너무 걱정하지 말고 마음이 안정되면 다시 전화하라 하고 끊었다. 아직은 그 산모로부터 전화가 오지 않아 쌍둥이의 이름을 다른데서 지었는지 어떤지는 잘 모르겠다.

그렇지만 분명한 것은 설혹 사주가 좋지 않더라도 구성성명학의 원리로 얼마든지 사주를 보완은 할 수 있는 작명법이 다지음에는 있다. 하지만 특수 작명이네 뭐네 하는 그 작명가는 애초부터 이름에 대한 중요성을 인식하지 못한 사람이다. 왜냐하면 이름이 정말 중요하다고 판단된다면 금액하고 상관없이 좋은 이름을 지어주어야 마땅하기 때문이다.

그 아기들이 좋지 않다는 사주를 보완해줄 좋은 이름을 부모에게 받았을까?

이름의 중요성을 모르는 부모는 예쁜 이름, 세련된 이름, 작명료가 적게 드는 이름을 주로 선호한다.

두 쌍둥이의 사주팔자가 같아도 둘은 다른 삶을 살아 갈 것이고 그것은 이름과 환경의 영향 탓으로 쌍둥이는 타고난 사주가 같아도 삶의 향방은 분명 다르다. 왜 일까? 그것은 이름이 다르기 때문이다. 같은 사주라도 좋은 이름을 가진 사람들이 확실히 성공하는 예가 많다.

무엇보다 이름에도 명품이 있다. 다지음을 모르는 부모들 때문에 아기들의 삶이 곤고하고 힘들어 진다면…?

· 연락처 ; 010-9863-6098
· 멜주소 ; hg6098@naver.com
· 사이트 ; http://다지음제주특별자치도.com

남의 귀한 자식의 이름을!

바로 얼마 전의 일이다. 파동성명의 원조라 일컫는 대구 모 업체에서 딸아이 이름을 개명한 여사님이 있었다. 그런데 왠지 믿음이 가지 않아 몇날 며칠을 고민하다 개명한 이름에 대해 자문을 구하기 위해 사무실을 방문했다.

"91년생 딸아이 개명한 '수비', '지수', '새봄'이란 이름 어때요?"

하고 묻는 순간, "거기서 지은 것 맞아요?" 하고 되물었다.

그랬더니 작명증서를 내보이며 맞다고 고개를 끄덕였다. 아무리 생각해도 도저히 납득이 가지 않는 이름이라 무슨 생각에서 그런 이름을 지었는지 도무지 이해되지 않았다. 다시 말해 모음을 배제한 자음만으로 지었다하더라도 용서할 수 없는 작명이다. 중심주파수 1과 2는 재물을 파괴시키는 흉신으로 자음파동에서도 기피하는 수리 중에 하나다. 그런데 세 개의 이름 모두가 하나같이 중심주파수 1.2인데다 9.0으로만 이루어진 흉한 배합이었다. 그야말로 재물(5.6)과 남편(7.8)과 자식(3.4)이 없는 이름이라 어디에도 5.6과 7.8과 3.4의 수리는 눈을 씻고 봐도 없었다. 거기에 모음이 들어가면 더욱 흉조를 띄는 이름이 되어, 그래서 그들은 과연 무슨 생각으로 남의 귀한 자식의 이름을 이렇듯 함부로 지었을까, 순간 나도 모르게 화가 났다.

그런데 안타까운 사실은 앞서도 언급했듯이, 某프로에서 그 때도 연예인 이름을 잘못지어 그걸 보는 순간 가슴이 철렁했는데, 그런데 지금까지 반복되는 그릇된 현상을 보고 있자니 분개심이 일었다. 누구보다 작명업자들은 남의 이름을 잘못 짓게 되면 그 당사자의 운명을 그르치게 된다는 사실을 각성해야 한다. 잘못 지어진 이름 때문에 불행한 인생을 살아간다면 이는 누구의 책임이고 누구의 잘못인가! 바로 이름을 잘못 지어준 작명가의 책임이고, 올바른 학설을 제대로 배우려 들지 않고 이름을 지어준 모든 사람들의 책임이다. 우리가 잘못을 했을 때, 모르고 하는 것과, 알고 하는 것의 차이점은 매우 크다. 그러기 때문에 그 누구보다도 현 업에 종사하고 있는 작명가들이야말로 한글구성성명학의 원리를 제대로 배우고 이를 실천해야 한다, 다행인지 불행인지 모르나 어제 우연찮게 파동성명의 원조임을 자처한 대구 모 업체의 포털사이트 검색란에 '자음. 모음 등 모든 성명학집대성'이란 문구를 보고 혼자 실소했다. 파동성명은 그들이 원조임은 틀림없으나 모음을 외면한 성명학이기에 모순점 투성인 파동성명이다.

어쨌든 그들도 포털 검색란에 자음. 모음의 파동성명 임을 나타낸 걸 보면, 필자가 연구개발한 한글구성성명학이 두렵긴 두려웠던 모양이다. 아무리 그래도 그렇지, 남의 학설을 도용하거나 남용하려면 최소한 그 학설을 연구한 주인한테 허락을 받고 하던가, 아님 제대로 배우고 해야 하는 것이 아닐까?

파동성명의 원조임을 그들이 아무리 강조해도 이제는 고객의 수준이 높다보니 우리학회가 존재하는 한, 자음만으론 고객을 유치하기 어렵다고 판단한 모양이다. 그러나 그 행위가 고객을 유치하기 위한 눈속임이라면 이거야말로 기만행위다.

어쨌든 요즘들어 우리학회가 많은 사람들한테 회자되어선지 자음파동으로 개명한 사람들의 상담이 부쩍 늘고 있다. 파동성명이란 말에 솔깃해 이름을 짓긴 지었는데, 앞서의 여사님처럼 과연 자음만으로 소리(파동)가 날까(?) 하는 의구심을 갖기 때문이다. 그러다보니 일부 지각이 있는 사람들은 이와 같은 의문점을 갖고 필자한테 상담을 종종 의뢰한다는 사실이다.

또한 가장 최근에 알게 된 사실이다. 작명가로 꽤 소문이 난 사람인거 같다.

유명연예인의 자식들 이름을 그 사람한테 지은 것을 보면 대충 짐작은 가는 사람이다. 그 작명가한테 지었다는 某 가수의 딸 이름을 풀이해 보니 그야말로 그 아이의 앞날이 걱정 되었다. 태어난 년도가 천간과 지지가 같은 해에 태어나다보니 이름이 흉하면 두 배로 흉하고, 좋으면 두 배로 좋게 나타난다.

그런데 그 아이의 성에 3.7은 우선 남편 덕과 직업 운이 없는데다, 이름 첫 자에서 조차 재물을 극하는 1.5로 있는데다 이름 끝자에 또 다시 재물을 아래위로 극하는 2.6.1이 있다. 이렇게 되면 어려서는 부모와 인연이 없고 성장해서는 재물과 인연이 없다. 이 아이의 엄마가 워낙 유명연예인이다 보니 나이와 이름을 인터넷서 검색해 풀이해 보았다. 그랬더니 그녀 역시 성에서 남편을 극하는 7.3의 수리가 천간 지지에 있는데다 남편을 극하는 식상 3.3의 기운이 이름 전체에 반복적으로 나타나 부부 이별수가 예견되는 이름이었다.

따라서 딸아이의 이름에서 부모덕이 없음을 충분히 엿볼 수 있어 그 유명연예인 부부의 앞날이 갑자기 궁금해졌다. 다지음의 구성성명학은 아이의 이름에서 부모 덕을 유추할 수 있고 또한 부모 이름에서 아이의 향방도 얼마든지 엿볼 수 있다. 그만큼 이름대로 살아가는 것을 많이 보아 왔기에 그 아이의 이름을 통해 그 부모의 이혼 확률을 충분히 엿볼 수 있다. 향후 그 추이를 지켜볼 요량이다.

　대부분의 사람들이 한글구성성명학을 모르다 보니 이름의 중요성을 그다지 인식하지 못하고 산다. 그래서 그것이 가장 안타깝게 느껴진다.

상호가 중요한 이유는

김윤미(충북청주지사)

54년 갑오(甲午)생인 안문성은 오십 세전까지 공직에서 별 어려움 없이 생활했다. 부인 역시도 남편 뒷바라지와 아이들 뒤치다꺼리로 세상물정을 모르고 살았다. 사업을 하던 큰 처남이 부도가 나는 바람에 울며 겨자 먹기로 그가 하던 공장을 인수하느라 퇴직했다. 아파트 대출금과 퇴직금이 전부 투자된 사업에 올인 했으나 현상유지하기 조차 힘에 겨웠다. 그러던 어느 날 사업부진으로 위기에 몰린 남편이 심한 스트레스로 갑자기 병을 앓자, 그의 부인은 두려움이 앞을 가렸다.

병든 남편을 대신해 사업전선에 뛰어든 부인은 그야말로 얼마 지나지 않아 공장을 처분하고 조그마한 음식점을 하기로 맘먹었다. 남편은 공장에 투자된 금액이 아까워 자신의 병이 나을 때까지 만이라도 조금만 더 견뎌주었으면 하는 눈치였지만 부인은 그럴 여력이 없었다. 그렇지만 막상 음식점으로 전환하려고 보니 걱정이 앞섰다. 그래서 그 진위여부를 가리기 위해 나를 찾아 왔다.

"공장에 들어가는 인건비가 감당이 안되요."

버거운지 깊은 한숨을 내쉬는 입가에 씁쓸한 미소가 감돌았다. 불안의 그림자가 잔뜩 낀 모습을 바라보니 마음이 짠했다. 공장은 처음 시작단계에서 부터 상당히 고전을 면치 못했고, 그러다 보니 인건비 절약을 위해 밤늦은 시간까지 무리하게 뛰어다녀 병까지 얻게 되었다. 그나마 다행인건 적자는 면할 수 있어서 근근이 버텨갈 수 있었는데 병을 얻고 보니 심신이 피곤하고 고달펐다. 사주명리로 사업적인 운세를 분석해보니 남편의 운기가 부인의 운세보다 좋았다. 그래서 혹시나 싶어,

"상호가 뭔가요?"

하고 물었다. 그랬더니,

"세울 가에 이룰 성, 가성(架成)실업인데요"

그 순간 상호에 문제가 있음을 감지했다.

"남편이 아픈 원인도 상호에 문제가 있는 것 같아 보입니다만……"

"네...엣? 상호 때문이라니요?"

친정오빠가 비싼 돈을 지불하고 지어온 상호기에 믿기지 않은 눈치였다.

"그 작명가는 스포츠신문에도 성명학 칼럼을 연재하고 있어 선생님도 아실만한 분인데요?"

물론 그가 누군지는 나도 가끔 그의 연재를 읽은 적이 있어 알고 있다.

"어쨌든 남편의 운세가 차츰 좋아지는 운세니 공장을 처분하지 말고 상호를 바꿔보는 게 어때요"

사업적인 운세가 도래했기에 자신 있게 말했다. 그랬더니 남편도 공장을 처분하는 걸 은근히 말리는 눈치라 새로운 상호를 의뢰하고 갔다. 처음 상호를 바꿀 때까지만 해도 반신반의하던 부

인이 3년 만에 다시 방문했다. 매우 반가운 표정에 활짝 웃는 모습을 보니 반가웠다. 다시 찾은 이유는 새로 태어난 손녀의 이름을 짓기 위해서였다.

"진즉 찾아뵈어야 했는데……"

말끝을 흐리는 옅은 미소 속엔 나에 대한 고마움이 가득했다.

상호를 바꾸고 얼마 동안은 계속해 고전을 면치 못했다. 그러나 왠지 상호를 바꾸고 나자, 자신감이 솟구쳐 자신도 모르게 최선을 다해 열심히 뛰었다고 한다. 무엇보다 남편의 병세도 호전되고 사업도 회복세를 보여, 지금은 공장을 개업한 이래 가장 바쁜 성수기를 맞이했다며 반갑게 소식을 전했다.

이렇듯 사업에 있어 영업에 강력한 작용을 하고 있는 것이 있다면, 그것은 사람들이 늘 불러주는 상호에서 발현되는 파동(소리)의 힘이다. 그러기 때문에 상호란 운세를 감지할 수 있는 매체로써 영업에 알파와 같은 중요 정보가 된다. 따라서 유형무형을 막론하고 세상에 존재하는 모든 것에는 소리(파동)가 있기 마련으로, 특히 성명학에 있어 상호의 존재 의미는 그래서 매우 크다.

· 연락처 ; 010-3376-2910
· 멜주소 ; kymbbn@hanmail.net

요즘 개명하는 사람이 늘고 있다

　요즘 경제가 어려워 그런지, 아님 이름에 관심이 높아져 그런지 몰라도 대법원의 '사법연감' 통계에 따르면 개명이 늘고 있다고 한다. 개명신청 허가율도 높아져 해마다 개명을 신청하는 자가 급증하다보니, 한국 총인구수를 기준으로 했을 때, 국민 40명 중 한 명꼴이 개명 하는 셈이다. 모 채널에서 개명한 사람들의 이야기가 방송을 통해 전해진 사실이 있는데 그만큼 개명을 통해 자신의 운명을 개척하고자 하는 심리가 강하게 작용하고 있는 것을 반증하고 있다. 그런데 안타까운 사실은 앞서 조혜련의 이름이나 91년생 여자아이 이름에서 설명했듯이 남의 이름을 잘못 지어 그 당사자의 운명을 그르친다면 이는 누구의 책임이고 누구의 잘못인가! 바로 이름을 잘못 지어준 작명가의 책임이다.

　그러다 보니 그 어느 때보다 개명이 늘고 있는 시점에서 우리 학회의 저변확대의 시급함을 더욱 더 절감하게 된다. 그래야 단 한사람이라도 잘못된 이름으로 개명하게 되는 일이 없기 때문이다. 시중에 성명학의 이론서가 너무 많다보니 이름을 해석함에 있어 각자의 이론이 다 달라 고객들만 혼란에 빠트린다.

갖가지 방식들이 독자들로 하여금 나름대로 이해하고 당사자의 운명을 조금이나마 분석할 수 있다면 좋은 학문이 되겠지만 그렇지 못할 시에는 혼동만 불러일으킨다. 그래서 시중에 나돌고 있는 책을 보면 하나같이 일방적인 해설만 주장하지 그 원론이 어디에 근거하여 어떻게 이론이 정립되었는지에 대해서는 속수무책으로 방치되어 있다. 또한 성명학의 종류도 다양하다보니 책을 읽는 독자들은 이를 어떻게 해석되고 이를 어떻게 이해해야 하는지를 모른다. 그러나 한글구성성명학은 사주 푸는 방식을 성명학에 그대로 접목하여 정립된 이론이기 때문에 공식처럼 나와 있어 누구나 쉽게 이해할 수 있다. 그러기 때문에 군이 사주를 보지 않더라도 이름만으로 충분히 사주팔자를 풀어내듯 정확하게 운명을 예측해 낼 수 있다. 이는 다지음 학회에서 이름상담을 받아본 사람이라면 거의 느끼는 공통적인 생각일 게다. 특히 이러한 뚜렷한 이론체제를 중심으로 그동안 전국의 지사장들의 입을 통해 충분히 검증되고 입증되었다. 그러기에 어느 누구라도 구성성명학의 이론체제를 부정할 사람이 없다. 아니 거의 대부분 이를 인정하고 공감하게 된다.

개명이 점차 늘어나고 있는 현시점에서 이름의 중요성을 인지하고 어느 것이 올바른 학설인가 분명하게 깨달았음 하는 바람이다.

삶이 버겁게 느껴지는 이유가

임강오(서울강남지사)

천간 : 235 21 3535
　　　천　지　원
지지 : 013 09 1313

　인간에게 있어 이름이란 인격과 운명을 감지할 수 있는 매체로써 사주를 대신해 알파와 같은 중요한 정보가 된다. 그러다 보니 유형무형을 막론하고 세상에 존재하는 것에는 모두 이름이 붙게 마련이다. 사람들은 누구나 살면서 이름이나 상호를 수시로 짓게 된다. 그렇지만 이름이 성공에 중요 요소가 된다는 애기는 많이 들었어도 정작 그 말을 사실로 받아드리기엔 의구심이 많다.

　70년 경술(庚戌)생인 천지원은 영어강사로 네트웍 마케팅 분야에서 활동 중이다. 그녀의 이름을 풀이해 보면 이름 전체에 관성(직업과 남편) 7.8이 없는 것이 눈에 띈다. 천씨 성의 2.3.5는 생각하는 사고가 남보다 앞서가며 주관과 소신이 강하면서 재물적인 욕구가 강하다. 그런데다 이름의 첫 자인 중심 주파수가 2가

1과 합세하여 중첩된 비겁이 재성(재물)을 극하는 것이 매우 불길하다. 따라서 이름 끝 자의 '원'은 3.5.3.5로 금전의 욕구가 강해 한때 많은 돈을 번다고 해도 결국 중첩된 2.1에 의해 축적의 기운은 약하다.

이름 전체에 3.4가 많으면 강한 자기애가 강하고 남의 말을 귀담아 듣지 않는 것이 특징이다. 따라서 남들이 보기에는 매우 활달한 것 같으나 내면은 고독하고 외롭다.

그동안 많은 사람들의 이름을 풀어보면서 느낀 점이 있다면 이름대로 살아간다는 점이다. 천지원의 이름은 성이나 이름 끝 자에서 자식을 나타내는 3의 수리가 매우 많다. 그럼에도 불구하고 지지에서 발현되는 중첩된 0.9가 자식의 수리인 3을 공격하므로 그로인한 애로사항이 따르기 마련이다. 이름 전체에 남편이 없는데다 여성의 이름에서 0.9가 3.4를 극하면 남편보다 이성한테 관심을 기울이게 된다. 그러다보면 그로인한 이별수도 예견된다.

그동안 짧은 경험이지만 성공하는 사람들의 이름과 실패를 반복하는 사람들의 이름을 풀이해 보면 확실한 차이를 느낀다. 실제로 성공한 사람들의 이유가 무엇인가 세심히 살펴봤을 때, 확실하게 이름에서 증명하고 있는 것을 많이 보게 된다.

따라서 이름에 대한 관심과 인식이 좀 더 널리 전파되어야 각 개인의 삶 역시도 발전하리라 본다. 구성성명학은 살아가는 인생에 있어 현명한 사고의 소산이 된다고 감히 말하고 싶다. 이렇듯 이름의 중요성을 강조한 이유엔 무엇보다 한글구성성명학은 그 어떤 이론보다 정확도가 거의 사주와 맞먹기 때문에 자신하고 얘기할 수 있다. 실제로 사주방식의 원리로 풀이하여 해석하기 때문에 이름 석자 안에서 길흉의 향방이 선명하게 나타난다.

그동안 나 역시도 성명학에 대한 학설과 이론이 난무하다보니 귀가 솔깃해 이곳저곳서 고액의 수강료를 내고 성명학을 배웠다.

배워봤지만 그 이론에 대한 논리성이 정확하지 않아 의심이 들 때가 많았다. 그러다가 한글구성성명학을 알게 되었다. 막상 배우고 나자 이름대로 살아가는 주변 사람들을 지켜보면서 지사로서의 욕심도 생겼다. 작명가로서 돈을 벌겠다는 욕심에서가 아닌 좋은 이름을 세상에 많이 알리고 싶다는 생각에서다. 성명학에 대한 이론이 다양하다보니 많은 사람들이 어떤 이론이 맞는지 심지어 역술인들조차 구별하기 어렵다.

이러한 작명업계의 시장이라면 한번쯤 도전해 봐도 밑질 것이 없다는 생각에 서울의 노른자라 할 수 있는 강남지사에 승부수를 던졌다. 성명학의 이론체계만큼은 그 어떤 성명학도 구성성명학을 따라 올만한 성명학이 없다. 완전체의 파동성명학이자 사주를 접목한 사주성명학이기에 자신하고 지사 운영의 출사포를 던졌다.

구성성명학을 모르는 대개의 사람들은 이름만 갖고 어떻게 사주보다 더 정확한 운명을 예측할 수 있느냐며 반문하는 경우가 간혹 있다. 그러나 구성성명학을 한번이라도 접해본 사람이라면 그러한 의구심은 깡그리 해소되고 만다.

무엇보다 타고난 사주팔자나 운로에 의해 운명의 길흉이나 성공의 척도가 가늠되지만 그에 앞서 이름에서 발현되는 기운이 그만큼 당사자의 운명을 보완하기 때문이다. 그래선지 성공하는 사람들은 이름부터가 확실하게 다르다.

· 연락처 ; 010-3786-8666
· 멜주소 ; imgango88@gamail.com
· 사이트 ; http://다지음강남.com

성명학의 종류

현재 사용하고 있는 성명학 종류에는 구성성명학을 비롯하여 81수리성명학과 사주 용신성명학(자원오행), 한글 소리성명학, 음양 오행성명학, 주역 64 대성괘 성명학이 있으며, 이와 비슷한 광미명성학이 있고, 곡획성명학이 있다. 또한 현재는 거의 사용하지 않지만 측자파자 성명학 등이 있다.

대표적인 성명학으로는 81수리 성명학, 파동성명학, 주역 64 대성괘 성명학, 음양 오행 성명학, 자원 오행 성명학 등을 들 수 있다.

81수리성명학은 천도의 운행 원리인 원(元) 형(亨) 이(利) 정(貞)의 네 가지 격을 가지고 81수리의 표에 의하여 주인공의 마음에 내재된 격을 살펴 운명을 풀어 가는 방법이며, 사주의 용신성명학은 그 사람의 타고난 사주팔자에 오행이 부족하거나 음양의 구조상으로 꼭 필요한 오행을 찾아 이 필요한 오행을 자원오행이나 삼원 오행 발음오행을 적용하여 그 주인공의 이름을 작명하는 방법을 말하며, 음양오행 성명학은 그 주인공의 이름이 陰

과 陽, 또는 木. 火. 土. 金. 水 오행이 서로 조화를 이루고 서로 상생이 되어 돌아가도록 짓는 성명학을 말함이다.

곡획성명학은 자신의 띠에 해당하는 선천수를 찾아, 필획과 곡획을 더한 수를 이름 석자 총획에 합한 수를 선천수에 대입한 방식이다. 자음파동 성명학은 그 주인공을 부르는 이름의 소리를 발음 그대로 감정하여 음양오행으로 분류하고 태어난 운기에 대입하여 사주의 육신인 1.비견, 2.겁재, 3.식신, 4.상관, 5.편재, 6.정재, 7.편관, 8.정관, 9.편인, 10.정인의 10가지 육신(六神)을 적용하여 그 주인공의 이름을 작명하는 방법을 말한다.

한문의 글자를 분리하여 이름을 풀이하는 측자 파자 성명학은 성명의 한문 글자를 한자, 한자를 측자하거나 파자(파헤쳐)해서 그 이름 주인공의 길흉을 파악해 가는 방법이다.

구성성명학은 자음으로만 파동성명을 주장하는 절름발이식 파동과는 다르게 자음과 모음이 결합된 완전체의 파동성명이다. 거기에 사주 명식을 연구 개발하여 성명학에 도입된 국내 최초의 사주성명학이자 유일한 파동성명학이다. 그러므로 굳이 사주를 따로 보지 않더라도 이름 하나만으로 당사자의 운명을 사주 버금가게 예측할 수 있는 것이다. 말과 글이라는 것은 그 사람의 생각(마음)을 세상과 사물에 표현하고 전달하는 이치로 그 말에는 이미 그 사람이 지닌 음양오행이 담겨져 있고 형체는 보이지 않지만 소리와 에너지가 있으므로 대기 중의 기와 하나로 융화하여 상대방에게 전달된다. 이 전달된 기를 받은 생명은 이 기를 소화 흡수하여 내부로부터 변화가 일어나고 밖으로 이것을 들어내게 된다.

요즘은 독자의 수준이 점차 높아져, 과거와는 달리 고객의 욕구도 차츰 고급화, 다양화, 개성화되어 가고 있다. 이런 시점에 성명학 또한 국경 없는 무한 경쟁시대가 되었다. 그러다보니 이러한 욕구를 충족시킬 수 있는 이론만이 살아남을 수 있는 시대가 되었다.

결코 짧지 않은 시간 안에 급성장한 다지음학회의 한글구성성명학이야말로 고객으로 하여금 스스로 선택의 주도권을 잡을 수 있게 하였다. 고객 스스로들의 입에서 '이름을 이렇게 지으니 좋더라'의 탄성이 절로 나오기 때문이다.

대접할 기회 달라며 거듭 부탁을

최은교(경기수원지사)

늦은 오후 내담자의 사정으로 내담자 사무실 근처 카페에서 상담예약을 잡게 되었다. 10분 전, 도착하여 사람들로부터 시선이 먼 조용한 자리로 골라 앉았다. 그날따라 카페의 음악이 평소 내가 좋아하던 남화용의 "홀로 가는 길"의 곡이 잔잔히 흘러나오고 있었다.

"나는 떠나고 싶다. 이름 모를 머나 먼 곳에. 아무런 약속 없이 떠나고픈 마음 따라 나는 가고 싶다……."

아마 주인장이 50대 이상은 되었을 거라 생각하며 모처럼의 여유를 즐기고 있었던 순간, 카페 문에 달린 작은 종소리와 함께 댄디한 중년남성이 걸어 들어 왔다. 내 눈은 본능적으로 그를 응시하고 있었다.

그도 망설임 없이 내게로 와,

"혹시 최은교 선생님 아니십니까?"

라고 묻는 것이었다. 커피 향을 마시며 그와의 이야기가 시작되었다. 그의 직업은 변호사이며 지인의 소개로 나를 만나게 되었고 고등학교에 막 입학한 하나밖에 없는 아들의 미래가 고민이라 했다. 중학교 2학년 때까지만 해도 전교 석차가 다섯 손가락 안에 들었었는데 늦은 사춘기로 인해 공부와 담을 쌓고 밖으로만 돈다고 했다.

예전엔 부모가 그려준 그림대로 잘 따라와 주던 녀석이 이젠 말도 못 붙이게 했다. 아들의 꿈은 법관이 되는 것이었다며 말하는 내내 스스로 안타까움을 금치 못했다.

그의 이야기를 듣는 동안 나 또한 그 보다 더 한 작금의 현실이 안타까웠다.

요즘 아이들에게 꿈이 뭐냐고 물으면 장래 직업을 말한다. '판사요. 의사요. 건물주요. 게임프로그래머요. 연예인이요 등등' 한심하기 그지없다. 저들의 대답은 부모로부터 시작되었기 때문이다. 소위 엘리트라고 하는 부모들마저 자기들만의 잣대로 아이들의 꿈을 말살시키고 있다. 옛날 학교 문턱도 넘지 못한 우리네 할머니들은 적어도 자식의 꿈을 부모가 정해주진 않았다. 비록 배고프고 시린 겨울을 불편하게 보내긴 했으나 부모의 꿈으로부터 자식들은 자유로울 수 있었다.

미래의 꿈이란, 무엇을 하며 살것인가? 가 아닌 어떻게 살 것인가를 가르쳐야 앞으로 무슨 일을 하든 올바른 어른으로 성장할 수 있지 않겠는가?

내가 생각한 그대로를 진심어린 마음으로 아버지인 그에게 이야기하며 아이의 이름을 보았다.

선천운 3,4(火)의 기운이 강한데다 9.0(水)은 부족하고 중심명운 또한 3,4(火)이므로 책상머리에 앉자만 있기엔 힘든 기운이었다. 언제가 되어도 좋으니 다만 학생으로서 어느 정도 기본을 지키며 공부 할 수 있는 이름을 부탁하는 그를 보며 내심 흐뭇했다.

그 후 2학기가 시작할 즈음 아버지인 그로부터 전화가 왔다.

아들 녀석 근황에 대해 간단히 말했다. 아버지 본인의 생각을 바꾸니 개명과 더불어 아들이 제 자리로 돌아오고 있는 것 같다며, 이제는 아들과의 사이가 과거 보다 더 끈끈해져 간혹 아버지 본인의 고민도 이야기하는 친구 같은 아들이 되었다고 자랑했다. 지난번엔 경황이 없어 식사 대접을 못했으니, 가까운 시일 내 꼭 밥을 살 수 있는 기회를 달라며 거듭 부탁했다.

전화를 끊고 생각했다. 이런 맛에 이 일을 계속 하리라고…….

· 연락처 ; 010-6613-5908
· 멜주소 ; miso3555@hanmail.net
· 사이트 ; http://다지음수원.com

대통령 이름의 공통점은?

임기가 짧았던 윤보선, 최규하 대통령을 뺀 나머지 9명의 대통령 이름을 분석해 보면, 노태우, 전두환 대통령을 제외한 대통령 이름에 전부 37-48-47-38이 있는 것이 특징이다. 즉 3.4가 7.8을 **상극**하고 있다.

7.8은 관청(官廳)으로 직업이나 명예를 나타내는 것인데, 이러한 관(官: 벼슬)을 상극하는 것이 3.4다. 이를 쉽게 설명하면 일반 사람들이나 공무원은 官(관청)의 지배를 받고 살아가나, 대통령은 이러한 官을 통제하고 다스리는 최고 통치자기 때문이다.

이승만 (1875년생)	박정희 (1917년생)	전두환 (1931년생)	노태우 (1932년생)	김영삼 (1927년생)
86 658 420	544 700 97	146 66 3086	71 85 57	486 030 846
이 승 만	박 정 희	전 두 환	노 태 우	김 영 삼
53 345 197	633 899 08	924 44 1864	57 85 57	264 818 624

김대중 (1924년생)	노무현 (1946년생)	이명박 (1941년생)	박근혜 (1952년생)
375 19 819 김 대 중 153 97 697	15 51 041 노 무 현 37 73 263	42 074 988 이 명 박 97 549 633	299 947 63 박 근 혜 855 503 29

〈미국 대통령〉

아버지부시 (1924년생)	아들 부시 (1946년생)
49 55 부 시 18 44	61 77 부 시 83 99

아울러 우리나라 대통령 이름에 〈8.4〉, 〈8.3〉가 들어 있는 것이 공통이듯, 부시 대통령 부자(父子)이름에도 이와 같이 〈8.4〉. 〈8.3〉이 있는 것이 공통적이다.

좋은 이름만큼 성공하는 모습이

황규리(대구대곡지사)

"선생님, 저는 열심히 사는데 왜 돈이 안 모이는지 모르겠어
요……."

세상 근심은 다 짊어진 사람처럼 희망이 안 보이는 눈빛으로
내 앞에 앉았다. 중성적인 이름의 이은성은 1968년 무신(戊申)생
이다. 노력에 비해 재물이 축적되지 않는 이유도 알고 보면 이름
에서 그 원인을 알 수 있다. 대개의 경우 이름을 풀이해 보면 당
사자의 운명을 어느 정도 예측할 수 있다. 그 중년 여인의 이름의
주파수가 다음과 같다.

    19 103 911
    이   은   성
    31 325 133

중심 주파수 1은 자기중심적인 사고방식이 강하고, 성에서 발
현되는 지지의 3.1은 지혜와 총명을 뜻한다. 여성의 이름에 자식

을 나타내는 3을 극하면 자식으로 인한 애로가 있기 마련이다. 아울러 성에 재물을 나타내는 5.6이 없고 남편의 수리인 7.8이 없다. 그런데 이름 전체에도 7.8의 배합이 없으면 남편 덕이 없고 재물과도 인연이 없다. 무엇보다 3의 수리는 여명(女命)에 자식의 인자인데 위아래서 이와 같이 극하면 자식으로 인한 근심 걱정이 떠나지 않는다. 지지명운에 3.1.3으로 슬하에 세 자녀를 두고 있지만 0.3.9가 미심쩍어 개명을 권유했다. 그랬더니 혼쾌히 수락하여 '이경서'라는 이름으로 개명했다.

3.4는 지혜와 총명에도 해당하지만 재능, 기술 등에 두각을 나타내는 사람들이 의외로 많다. 그녀 역시도 성에서의 3.1과 지지에서의 이름 첫 자 3.2와 이름 글자 1.3.3의 수리가 많아선지 음식 솜씨가 좋아 식당의 찬모로 일하면서 맛 좋다는 평판을 받고 있다. 그렇더라도 이름에서 2.5.1은 아무리 돈을 많이 벌어도 결국은 다 깨지는 현상이라 돈이 들어오기 바쁘게 나가는 게 흠이다.

아울러 이름 전체에 남편이 없다보니 배우자와의 관계도 원만치 못해 이별내지는 외정으로 인한 심로가 끊이지 않고 그로인해 원만치 못한 가정사도 엿 볼 수 있다. 돈 걱정으로 노심초사하는 그녀의 마음을 헤아려 심사숙고하여 지은 이름이 다음과 같다.

19　561　91
이　　경　　서
31　783　13

우선 성에서 재물 운이 없기에 이름 중심에 5.6.1의 배합으로 재물을 왕성하게 하였고 지지에서 7.8.3으로 남편 덕이 있게 하였다. 중심주파수의 5는 편재(사업적인 재물)로 금전 운이 왕성하고 1.9에 의해 문서운도 왕성하다. 7.8.3은 남편 덕도 되지만 직업과 명예에도 해당한다. 또한 지지에 이름 끝 자 1.3은 자식과의 관계도 좋지만 기술(요리)적인 측면에서의 재능도 인정을 받아 앞으로 그녀의 운로에 활짝 핀 꽃처럼 밝은 희망이 엿보인다. 부디 좋은 이름으로 지금보다 더 나은 삶이되기를 기원한다.

그리고 또 이런 사례도 있었다.

2001年 신사(辛巳)생 아들을 둔 중년 여인이 아들의 개명을 의뢰했다. 개명의 이유인 즉슨 아들 본인이 이름에서 불리워지는 발음 자체가 어려워 늘 이름에 대한 불만이 이만저만이 아니었다. 대개의 경우 수리상의 배합이 좋지 않은 것이 가장 문제지만 그에 앞서 사운드상의 느낌이 좋지 않아 본인 스스로가 이름에 대해 애정을 느끼지 못한다면 이 또한 좋은 이름이라 할 수 없다.

그래서 우선 이름부터 물었다. 그랬더니 박씨 성 자체에 직업을 나타내는 관성 8.8이 중첩되어 있는데다 지지 명운에서 중첩된 식신 3.3이 관성 8을 극하고 있다. 그런데다 이름 끝 자에 1.6은 처와 인연이 없지만 재물과도 거리가 멀다.

이런 이름을 가진 사람들의 유형을 살펴보면 1.6이 있는데다 7.1이 있으면 아내보다 7.1에 의해 밖에서의 여자가 더 예뻐 보인다. 그러다가 결국엔 파재로 인해 부부 이별수가 예견되는 이름이다. 그래서 이와 같은 설명을 하면서 개명을 해주라고 했더니 좋은 이름으로 지어 달라고 했다.

무엇보다 성에서 8이 중첩되어 나와 형제를 뜻하는 기운 2를 누르면 자신감 박탈로 의욕이 저조하고 건강에도 치명타가 될 수 있다. 아울러 중첩된 3이 명예와 직업을 뜻하는 관성 8을 극하면 직업을 갖는데도 애로가 많다. 장래 공무원을 목표로 공부를 하고 있다고 하니 더욱 더 개명이 필요한 이름이다.

요즘 젊은이들은 개명을 권하면 미신이라고 터부시하는 편인데

다행히 그녀의 아들은 도리어 개명을 원하고 있으니 참으로 다행한 일이다. 좋은 사주를 타고나서 그런지 역시 자기 몸에 맞는 좋은 옷을 선택해 골라 입나보다 싶어 개명해 주는 내 마음도 매우 좋았다. 그래선지 사운드상의 발음이나 수리 배합의 조합이 생각보다 쉽게 이루어져 작명하는데 훨씬 수월했다.

우선 중첩된 8의 기운을 극제하는 수리를 넣어 주므로 관운(官運)을 좋게 했고 중첩된 3의 기운을 인성(학문)인 9.0으로 극제하여 잘 다듬어진 심성으로 주변의 평판이 좋게 된다. 아울러 숨은 관성(7.8)이 살아나 명예적은 측면에서도 타의 추종을 불허한다. 따라서 금전 운과 명예 운이 모두 좋아 그 좋은 이름만큼이나 역동적인 활동이 기대되어 장래 성공한 모습이 그려진다.

· 연락처 ; 010-2704-4009

· 멜주소 ; nalim21c@hanmail.net

· 사이트 ; http://다지음대구달서대곡.com

우리나라를 대표하는 기업 네이밍

이병철 (1910년생)		이건희 (1942년생)	
179	133	391	355
삼	성	삼	성
957	911	846	800

기업 이름은 회장에 따라서 사업의 운명도 달라진다. 그렇다면, 창업주부터 현재 회장까지 그룹 변천사를 보면 그 향방을 알 수 있다.

'삼'은 재물을 극하는 1을 7이 극제하면 재물이 살아난다. 아울러 7이 9를 생하므로 그로인한 명성과 함께 문서(부동산)로서 부동산 취득에 의해 재물이 된다.
'성' 1.3은 승재관(재물을 이어주는 길성)에 의해 무한한 아이디어와 새로운 아이템이 생성 된다. 따라서 선천운을 나타내는 40

대 전후엔 사업 확장에 따른 투자만 방만했지, 실질적인 자금회전은 원활한 편이 아니다. 그러다 후천운인 사십대 이후가 되어서야 9.5.7에 의해 재물은 물론 '삼성'이란 상호가 세상에서 빛을 보았다.

'삼' 명성을 나타내는 7.8을 3이 극하면 흉하나 이럴 때 9가 극해주면 명성이 살아나는 묘미가 있다. 따라서 9가 1을 생하고 3.5로 연속으로 생하는 관계로 이건희 회장과는 매우 잘 맞는 상호다.

정주영 (1915년생)		정몽헌 (1948년생)		현정은 (1955년생)	
710	08	263	31	710	08
현	대	현	대	현	대
710	08	598	86	154	42

'현대'는 정주영회장한테 7.1이 선후천에 있어 그나마 나은 회사명이나, 현정은 회장은 선천운에는 7.1에 의해 좋으나 후천운인 지지(地支) 1.5로 인해 좋은 가운데 재물이 파괴되는 회사명이다. 정몽헌 회장은 70%의 운기가 작용하는 선천운에 2.6에 의해 흉한 상호에 해당된다. 따라서 천간과 지지에서 발현되는 상극〈2.5〉, 〈6.9〉, 〈3.8〉, 〈1.6〉의 배합으로만 이루어져 흉변이 예고된 회사명이 된다.

숲속의 반찬

이근혁(인천청라지사)

그 당시 그토록 즐비한 식당들 사이로 '숲속의 반찬'이라는 간판이 눈에 들어왔던 이유는 무엇이었을까? 오래전 여름, 늦깎이 사회 초년생이었던 나는 쉬는 날 점심 식사를 해결하기 위해 구월동 길병원 근처를 배회하고 있었다. 폭염이 기승을 부려, 찌는 듯한 더위가 자연스레 길을 인도한 걸까? 지금도 꿈처럼 느껴지는 그날의 발걸음이 무언가 기억에 오래 남을 것 같은 기분이다.

평소 사찰음식이나 정갈한 토속 음식을 찾고 있던 나에게 숲속의 반찬은 입맛에 딱 맞아떨어지는 식당이었다. 당시 가게를 운영하던 오유숭 여사장님은 집 밥을 맛있게 먹어주는 내가 기특했는지, 홀로 앉은 식탁에 갖가지 요리들을 듬뿍 담아주셨다. 물론 밥은 뚝배기에 고봉밥.. 이렇게 우연치 않게 들어간 식당 사장님과 친분을 갖게 되면서, 이곳에서 우리는 매주 만나는 사이가 되었다.

1963년 계묘(癸卯)생 '숲속의 반찬'은 상호의 첫머리에서부터 4,8 상극이 발생해서인지 손님은 많지 않았다. 다만 후반부로 갈수록 훌륭한 수리들이 나타나 그런대로 현상 유지는 하는 편이었고, 돈벌이를 떠나 불우한 가정이나 노인분들을 위해 도시락 무료 봉사를 하는 식당 주인의 인심을 대변하고 있었다. 특이하게도 이 식당은 점심시간을 제외하고는 카페로 운영되었는데, 내부 디자인이 여느 힐링 카페 못지않게 잘 꾸며져 있었다. 각종 식물들과 꽃들로 장식된 테이블들 한편에는 각종 운명학 서적들이 가득했다. 그중에는 사주팔자는 물론 관상학, 성명학 서적들도 자리했는데, 그저 나는 시큰둥한 표정으로 콧구멍을 후비적거리며 이책 저책을 만지작거릴 뿐이었다.

"사장님, 관상 볼 줄 아세요? ㅋㅋㅋ"

"푸흡ㅋㅋ 쳇, 왜? 관상 봐줄까? 으음… 어디 보자… 자기는 예수님보다는 부처님 덕을 많이 보겠는데?"

"얼굴에 그런 것도 나와요? 참나ㅋㅋ 뭐 맞는 말인 것 같기도 하고.. ^^;;"

"뭐, 난 취미로 이것저것 공부하는데, 요즘에는 성명학 수업을 들으러 다녀~"

"오~ 성명학이요? 이름이 운명을 좌우한다?"

"응~ 관심 있어? 한 번 가볼래?"

"제가 소리 파동인가 그거 유튜브에서 본 적이 있어가지고요. 궁금하긴 하네요. ㅎㅎ"

오 사장이 건넨 명함을 받아들고 나는 전화번호를 입력했다.

010-5894-3265. 다지음. 이 근 혁!

"주변 사람들이 해 볼 생각 없느냐고 할 땐 내키지도 않다가, 요새 부쩍 이름에 대해 관심이 생기네요."

"사람 마음 바뀌는 거 한순간이야. 그게 운명이더라."

"그러니까요"

"이근혁 쌤한테 전화해서 한 번 가봐~"

"네? 전화로 상담할까요? 아니면 방문을 할까요?"

"그건 본인이 잘 생각해서 결~정."

무언가 결정을 해야 할 때 미래를 내다볼 수 있다면 얼마나 좋을까. 그러나 그 조차도 욕심이라 생각하여, 마음을 비우고 전화를 걸었다. 오유숭 사장님 소개로 연락드렸다고 말씀드리자 미팅 약속이 수월하게 잡혔다.

'한 여름 오후에 정장 차림이라니…'

그렇게 상담 예약한 날이 되었고 면접을 보러 가는 것도 아닌데 말끔하게 차려입고 부랴부랴 준비하여 주안역 근처에 다다랐다. 최근 주안역 앞으로 이사한 다지음 본사는 독서실 옆으로 조용히 불을 밝히고 있었다. 3층은 내부 인테리어가 새로이 되어 깔끔하고 고급스러웠다. 화장실도 깨끗했다. 베이지색 타일 바닥이 노란 불빛을 머금고 빛나고 있었다. 살포시 그 위로 걸어갈 때면 구두굽과 바닥이 마주쳐 또각또각 소리를 냈다. 주안역 앞 다비치 안경 건물 3층, 다지음 한글구성성명학회. 멀쩡한 건물에 엘리베이터가 없다. ㅠㅠ 그 바람에 7cm나 높여준다는 키높이 구두로 조심조심 계단을 올라가면서 숲반찬 사장님께 전화를 걸었다.

"이런 건 첨이라 좀 긴장되네요 ㅎㅎ"

"그냥 편하게 상담 받어~"

"네, 끝나고 전화드릴게요~ㅎㅎ"

괜스레 어색한 자세로 문 앞에 서서 쭈뼛쭈뼛 대다가 그만, 맞은편 독서실 여총무와 눈이 마주쳤다. 3층이 홀처럼 되어 있어 자연스러운 시선이었다. 화장실에 들어갔다 나오면서 또다시 눈이 마주쳤다. 안경을 쓰고 머리를 뒤로 묶고 있었다. 안쪽으로 들어서자 왼쪽 강의실에는 젊은 남자들이 모여 있었고, 오른쪽 상담실에서 나온 친절한 여선생님이 안내를 해주셨다. 그 남자들은 일제히 이쪽을 쳐다봤지만, 무시하고 자연스럽게 지나치면서 재빨리 안쪽 상담실로 걸어갔다.

"안녕하십니까~"

"아.. 네 이쪽으로 앉으시죠. 잠시만요. 잠깐 통화 좀 하고요. 아, 네네, 아기 사주를 봤는데~ 사주는 참 좋아요~ 그래서 이름 선택폭도 넓고 작업이 잘 될 거 같네요~ 작업은 한 일주일 정도 걸려요~ 가족들 성함과 양력 생년월일 성별 정리해서 보내주세요. 작명 작업 내용과 과정은 기록되고, 다지음 학회 서버에도 등록됩니다. 작명 작업은 제 이름이라는 마음가짐으로 학문적 체계 안에서 정성껏 이루어집니다. 매번 한 생명 한 생명에게 좋은 이름이 전달되도록, 하나님께서 저를 사용하십니다. 편안한 마음으로 조금만 기다려주세요. 작명이 완료되면 연락드리겠습니다. 감사합니다."

이미 맨 끝 안쪽 상담실에 가까웠을 때부터, 분주하게 통화 중인 굵직한 음성이 들려왔다. 막상 선생님을 만나니 무언가 내공이 느껴지고 깊이가 느껴지는 모습이었다. 이근혁 선생님은 강력한 눈매를 가지고 있었다. 어려서부터 동네 사람들의 이름을 지어주던 목회자 아버지 밑에서 자랐기 때문에, 역학에 관심이 있었고, 재능도 있었다. 그토록 오랜 세월을 배우고 익히고 연구하면서, 자연스레 심상과 실상을 꿰뚫어보는 마음의 눈이 다듬어졌으리라...

"....."

"이름이 이새인님?"

"예, 이새인입니다!"

"아 오유숭 사장님께 이야기 들었어요!~ 거기 밥 진짜 맛있죠?"

"아하하하…… 네에…"

시작된 걸까? 나중에서야 알게 되었지만, 1988년생 남자 이새인. 이 이름은 좌우 재관성 부재에 편인 중첩이 편인 도식으로 이어지고 있다. 재성, 식신 배합이 시급하다. 이런 상황에서 반복되는 비견 1명운들의 배합은 불길하다. 1,1 중첩이 심각하다. 좌우 천간 지지가 같은 이름은 이처럼 극단적인 모습을 띨 수 있다. 여기다 인월 을목이 신금을 만나 여간 불안한 게 아니다. 천간에 병정화라도 떠주면 모르겠으나, 아쉬운 대로 용신은 인중 병화로 써야겠다. 다행히 운은 화대운으로 흐른다. 그럼에도 68 신유대운이 기다린다. 중심에 칠살 편관은 피하자.

무진이 갑인을 키우고 미토가 갑인을 입묘한다. 그러나 미토는 갑인을 당기고 신사를 당긴다. 미토를 잘 쓰면 등라계갑의 시나리오가 완성될 것이다. 갑인을 타고 올라갔을 때, 신금으로 밑동을 자를 수만 있다면. 미토야 안녕~ 네 도움이 필요하지만 영원히 같이 가지 않을 거야. 개명은 보완, 개명은 극대화, 개명은 손에 닿는 것, 개명은 가장 급한 것, 개명은 급선회. 이름은 첫째로 부르기 편해야 하고 자연스러워야 한다. 또한 그 사람의 성향과 기질에 맞아야 하고, 가지고 있는 재능을 극대화할 수 있어야 한다. 급선회가 필요할 때는 과감하게 해야 합니다?

갑인 등쳐먹고 미토로 생매장시키는 것이 아니라, 그들이 선한 죽음을 맞이할 수 있도록 도와주세요.

이것은 두 가지 의미입니다.

나쁜 이름을 입묘시키고, 좋은 이름을 선물하세요.

또 겁재들의 장례를 치르고, 갑인을 계승하십시오.

이 사주가 좋은 방향으로 사용되기를 간절히 바랍니다.

하나님 사용하세요

나는 아무것도 안 하겠습니다

당신이 해주세요.

하나님이 사용하시는 사주팔자와 이름이 되기를 소망합니다.

선생님 제가 당신에게 여쭈어봤다고 칩시다.

그러나 당신 안에 하나님께서 뭐라고 대답하실까요.

저는 오늘 제 사주에 갑인이 무엇인지 발견했습니다.

어마어마한 갑인들을 다 입묘시키고 사람들에게 무진을 가르치는 것이 제 사명입니다.

인생은 땅따먹기가 아닙니다.

생각해보면 그때 즐겁게 게임한 친구가 가장 훌륭했습니다.

"야 친구끼리 놀자고 하는 건데 싸우면 어떡해"

우리는 땅따먹기 하다가 운동장 한복판에서 깨진 거울에 피 흘리는 모습을 지켜봐야 했습니다.

도우면서 살아요.

약 올리지 말고요.

내가 차지하면 남이 빼앗깁니다.

돈은 수많은 사람들의 슬픔과 고통을 담고 있습니다.

그 가시들을 다독이지 않으면, 오히려 우리가 찔립니다.

바로 너.

모든 사람을 만족시킬 순 없지만, 한 사람이라도 마음 아프게 하지 마세요.

모든 시간을 그렇게 할 순 없지만, 한 번이라도 하나님께 기도할게요.

아버지 어떻게 할까요.

아버지 무엇을 하면 되겠습니까.

아버지 뜻대로 될 것입니다.

인월 맺힌 서리가 원한 가득합니다.

겁재에게 복수하여 원통함을 풀고, 그들을 용서하기 위해서 왔습니다.

그런데 이것은 용서하기 위함입니까, 용서받기 위함입니까.

누구를 용서하기 위해 왔나요.

겁재는 누굽니까.

이름은 무엇입니까.

당신은 누구십니까.

'딱딱! 레드썬! 깨어나! 재극인!'

"네네... 네!? 네? 네.."

"사주가 이렇게 좋은데...이름이 꼭 막고 있다는 생각이 드네요."

"그렇다면...."

"아마 마음에서 이미 결정하지 않았어요? 보세요. 대운이 바뀌었잖아요."

"네, 맞아요. 이름을 바꾸고 싶다는 생각이 강하게 들더라고요. 이름 작명을 부탁드려도 될까요?"

세상과 감쪽같이 단절된 작은 강의실 안에 외로운 형광등 조명이 조용히 빛나고 있다. 두 사람은 큰 테이블을 사이에 두고 얼굴을 마주 보고 앉아 있다. 잠깐 동안 작은 두 눈에는 서로를 향한 침묵의 빛이 비친다. 분명한 것은 그 눈빛이 얼굴로부터 무언가 읽고 있었고, 읽은 것을 그대로 말하고 있었다. 그 무음의 소리를 어떻게 듣고 있었을까. 아니 느낄 수 있었던 걸까. 그러나 도대체 어디까지 읽고 있는지 알 수 없었다. 선생님은 많은 말씀을 하시지 않았다.

그 당시 당돌하게도, "무언가 알고 계시죠? 눈을 보면 알 수 있어요."라고 말했었다.

그러나 선생님은, "알지, 그런데 다 말 안 하지."라고 대답하셨다.

요즘에도 선생님과 독대할 때 느꼈던 그 기운을 또다시 경험하곤 한다. 도대체 이 얼굴과 이름과 사주는 무엇을 담고 있을까. 어떻게 이 안에서 새로운 이름이 나올 수 있었을까. 하늘의 뜻을 생각하면 놀랄 일도 아니지만 인간의 자리에서 도무지 상상할 수 없는 전개였다. 무슨 인연이었을까? 결국 나는 나의 운명에 대해서 알게 되고 개명까지 하게 되었다. 무언가 과감한 일들이 일어나고 있다고 생각했다.

"사장님 저 작명 신청하고 오는 길이에요."

"선생님 좋으시죠? 잘 됐네. 축~하."

"네~ 감사합니다~ 여러모로 신경 써주셔서.."

"뭘~ 또~ 내가 뭐한 게 있다고.."

"아니 그래도.. 언제 한 번 가게 또 들릴게요"

"그래~ 올해는 좋은 일만 가득하기~를"

"네, 좋은 하루 보내세요"

우리가 양파에 끊임없이 부정적인 메시지를 가할 경우와 긍정적인 메시지를 가할 경우 그 성장에 차이가 확연히 드러난다. 마찬가지로 인간의 사주에도 이름 속 파동이 영향을 주어 운명이란 큰 다발을 만들어낸다. 하지만 선생님께서 강조하셨듯이 이름을 알고 바꾸는 것의 진정한 의미는 '새로 주신 나를 기뻐하고 축하하는 일'에 있다. 전도서 5장에는 자유한 영혼이, 하나님의 선물을 감사히 누리며 생명의 날을 걱정하지 않는 장면이 등장한다. 인간의 개명은 우리 삶의 문제를 이름 위로 가지고 와서 함께 죽음을 맞이하는 일이다. 욕심, 집착, 걱정, 두려움이나 불안 등을 있는 모습 그대로 가져와 장사 지내는 것이야말로 2천 년 전 이태리 청년이 이루어낸 십자가 죽음과도 닮아있다. 개명을 통해 맞이하는 죽음은 새로운 시작으로의 부활이다!

결과적으로 우리의 최종 종착지는 좋은 이름이 주는 물질적 요행이 아닐 것이다. 사람들은 성명학보다 더 소중하고 가치 있는 진리에는 냉담하다. 사람들의 관심은 오로지 돈이다. 그럼에도 좋지 않은 이름으로 세상의 근심과 걱정을 평생의 기도 제목으로 두는 것보다, 좋은 이름으로 평안과 행복을 마음껏 누리며 사는 것을 하나님은 더 기뻐하신다. 만약 신앙인으로서 어찌 세상의 것을 추구할 수 있느냐며 비판하고 있다면, 그것은 잘못된 생각이라 단언한다. 성명학은 의학이나 과학처럼 우리의 삶을 더욱 풍요롭게 해주는 학문들 중 하나이기 때문이다.

영생의 복은 하나님께 구해야 하지만, 세상의 것은 세상에 구해야 한다. 우리의 기도 제목은 하나님이어야 하지만, 우리 삶의 개선은 하나님이 주신 세상이어야 한다. 이름과 파동은 하나님이 주신 선물이다. 이름 속에 담긴 풍요와 평안도 하나님의 선물이다. 하나님을 모르는 사람도 이름이라는 꼬인 자국을 풀어가다 보면, 반드시 삶에 대해 생각하고 성찰하며, 하늘을 향해 존재 이유와 목적에 대해 묻는 순간이 오리라 믿는다. 성명학은 세상을 전도하는 방식이 될 수 있다. 어쩌면 삶의 모든 순간이 우리를 그곳으로 인도하고 있는지도 모른다.

자음과 모음이 결합하여 글자를 만들고, 글자와 글자가 조합되어 이름의 배열을 만들어 낸다. 하나의 음만으로는 이름이 완성될 수 없듯이, 세상도 인생도 사람도 이름과 닮아 있다. 이름은 '우주와 나와의 관계'다. 이름 안에는 그 미묘한 밀당(?)이 숨어있다. 그 작은 실타래를 풀어내는 재미야말로 '이름의 맛'이라 하겠다. 이름은 단순히 원리와 이론만으로는 해석하기 어렵고, 동양철학과 배경 사상을 견고하게 하지 않으면 절대로 사람 안에 담겨있는 우주를 꿰뚫어 볼 수 없다 배웠다. 누군가는 이름을 처음 배울 때, 6개월 동안 주역과 논어, 명심보감 등 동양 문헌만 읽고 오라고 한 뒤, 겨우 이름을 가르쳐 준다는 소리도 들었다.

그러나 한글구성성명학은 그처럼 어려운 것은 아니고, 기본적인 공부로도 누구나 좋은 이름, 나쁜 이름 정도는 구분할 수 있다. 자음과 모음의 숫자를 모두 뽑아내기 때문에 정확하고 간편하게 자신의 이름을 알 수 있다. 너무 두려워하지 말고, 이름에 관심을 가져보기 바란다. 수면제를 먹지 않으면 잠들지 못했던 여동생과 정신과를 다녀야 했던 누나의 개명후기는 굳이 말 안하겠다.

애초부터 이건 다 비밀이었으니까. 여하튼 식당 골목 사이 숨겨진 비밀의 숲속에서 시작된 이 이야기가 30년 후에는 더 아름다운 결실이 되길 소망한다.

– 좋은 이름을 주신 이근혁 선생님께 감사드리며. 이기는 별, 이기품 올림

· 연락처 ; 010-5894-3265
· 멜주소 ; igeunhyeok@naver.com
· 블로그 ; http://blog.naver.com/igeunhyeok

부부연예인 이름분석

신상옥 (1926년생)
771 739 953
신 　 상 　 옥
559 517 731

최은희 (1926년생)
857 981 08
최 　 은 　 희
635 769 86

신상옥의 이름은 '신'인 성만 빼고 이름 자체는 매우 좋은 이름이다. 앞서도 설명했듯이, 명예가 있는 이름은 대개 7.3.9, 혹은 7.7.3이고, 재물이 있는 이름은 5.1.7이다. 선천운에서 7.3.9가 지지의 7.7.3이 명예를 나타내고, 후천운의 5.1.7이 재물을 나타내 준다. 그렇지만 '상옥'이란 이름에서 이렇듯 좋은 운기가 발현되는데 반해, 성에서 7.7.1이나 5.5.9가 중복된 것은 좋지 못하다. 7.7이 중복되면 자기 몸을 구속하는 것이 되고, 5.5가 중복되면 문서를 묶어 놓는 것이 되기 때문에 월북으로 인한 억류가 이렇듯 이름에서도 나타나 있다.

　최은희의 이름은 대체적으로 흉조가 없이 상생으로만 이루어진 무난하고 좋은 이름이다. 특히 성에서의 '최' 8.5.7은 초년부터 명성(8.5), (5.7)로 인기배우로서 그 명성을 구가하였고, 중심운에 9는 학문성의 별로서 안양예술고등학교 교장을 역임한 것이라 할 수 있다. 그렇기 때문에 월북되었다가 다시 남한으로 탈출 할 수 있었던 것도 이름에서 발현되는 좋은 기운 때문이다. 그렇지만 신상옥의 이름을 분석해 보면 7.1이 두 개나 중복되어 있어, 이는 부인 이외의 숨겨둔 여자를 뜻하고, 최은희의 이름은 남편을 나타내는 7.8이 많은 것이 흉이다. 그러다보니 그로인해 이별을 겪게 되지만, 가장 중요한 것은 두 사람의 이름 중심에서 7이 9를 생하고 전체적으로 상생의 기운이 많아 좋은 궁합에 속하다보니 헤어졌어도 다시 재회가 되었던 것이다.

신성일 (1937년생)

882	800	081		440	992	030		440	882	800	081
신	성	일		강	신	영		강	신	성	일
004	022	203		**662**	004	**252**		**662**	004	022	203

'강신영' 본명엔 타고난 성에서의 '강' 6.6.2에 의해 재물이 있는 반면에, '영' 2.5.2에 의해 다시 재물이 극을 받게 된다. 이렇게 되면 늘 희비가 엇갈린다. 그런데 예명인 '신성일'의 이름을 풀이해 보면, 재물(혹은 여자)을 나타내는 5.6이 없고, 다만 '신'에서의 8.2나, '일'에서의 8.1에 의해 감춰진 재물이나 여자가 많음을 나타낸다. 따라서 신성일이나 강신영의 이름에서 예시하듯 0.3이나 0.4가 중복적으로 나타나므로 인해 정치에 뜻을 갖게 한다. 무엇보다 재물과 무관한 이름이다보니 수백편의 영화에 출연해 엄청난 돈을 벌었지만, 여러번 국회의원 출마와 낙마로 파재가 따랐다. 그나마 강신성일에 '강' 4.4.0과 6.6.2에 의해 정치

에 입문할 수 있었다고 본다.

엄앵란 (1936년생)   본명 엄인기
995 999 231   995 071 **37**
엄 앵 란   엄 인 기
662 666 708   662 **648** 04

엄앵란의 이름은, '엄'이 9. 9. 5나 6. 6. 2는 재물이 융성한 이름임을 알 수 있다. 본명인 '인기'란 이름으로 살았다면 남편과 이별수를 겪게 되는 이름이나, 다행히 예명으로 불리었기 때문에 부부이별은 면했다고 볼 수 있다. '앵'에서의 중복적인 9.9.9가 불길함을 예고함으로 인해 문서로서 변화가 많았음을 알게 한다. 재물적인 운세는 예명보다는 본명이 훨씬 양호한 편이다. 따라서 엄앵란의 경우는 본명에선 재물은 윤택하나 남편을 극하고, 예명은 성에 의해 재물은 있지만, '앵'에서의 영향으로 삶의 굴곡이 많았다. 그 대신 남편을 극하고 있지 않아 부부 이별수는 면했으니 다행인 이름이라 할 수 있다.

장윤정(1980년생)   도경완(1982년생)
273 365 243   71 905 5197
장 윤 정   도 경 환
273 365 243   37 **561** 1753

장윤정 이름은 성에서 나타내는 7.3에 의해 남편과 인연이 없는 이름이다.

이름 끝자 '정'에서 중복된 3.4가 이를 대신 말해주고 있다. 반면에 도경완의 이름은 5.6.1이나 5.3에 의해 처덕이 있는 이름이다. 아울러 성에서 나타내는 7.1이나 '환'에서 나타내는 1.7에 의해, 부인 이외의 여자가 늘 잠재해 있음을 알 수 있다. 이렇게 되면 결국 장윤정의 이름 끝 자에서 예시하듯 3.4는 관성(남편) 7.8을 극하기 때문에 자칫 이별로 이어질 수 있다. 이름에서 나타나는 궁합적인 요소 또한 〈3.9〉, 〈6.0〉은 서로 상극으로 좋은 배합의 이름이 아니다.

김지미 (1940년생)	본명 김명자
719 21 91	719 983 27
김 지 미	김 명 자
597 09 79	597 761 05

김지미나 김명자의 이름은 성에서의 7.1에 의해 재물이 있고, 5.9.7은 역마성으로 활발한 활동을 나타낸다. 또한 본명은 확연하게 8.3에 의해 남편덕이 없음을 예시한다. 뿐만 아니라 남편을 나타내는 7이 여러개 있어 예명이나 본명 모두가 관성(남자) 7.8이 많은 것이 특징으로 일부종사의 어려움을 예측한다. 이를 사주에선 관살혼잡이라 하는데 여러명의 남자와 결혼을 뜻한다. 성에서의 7.1.9나 5.9.7에 의해 타고난 재물 운은 있지만, 본명 6.1이나 예명 2.1에 의해 파재가 자주 일어나는 이름이다.

나훈아 (1947년생)	본명 최홍기
24 922 04	768 960 48
나 훈 아	최 홍 기
79 677 59	413 615 93

나훈아의 이름은 결론부터 말하면 본명인 최홍기 보다 못한 이

름이다.

본명인 '최홍기'는 명성을 나타내는 0.4.8과 9.3이 있고, 재물을 나타내는 1.3.6이 상생으로 이어지지만, 예명인 '나훈아'는 재능을 나타내는 '나'의 2.4에 의해 우리나라 최고의 가수로서 그 역량을 발휘하고, 0.4로 인해 명성을 얻게 되지만, 후천운에서의 7이 또 중복된 7.7로 이어져 관재구설이 따른다. 뿐만 아니라 대개의 경우 7.7이 중복되면 건강상의 문제도 항시 예고된다.

나훈아와 김지미의 두 사람의 궁합은 2가 9를 생하므로 서로 잘 맞는 궁합이라 할 수 있으나, 이름자체에서 발현되는 배우자의 관계가 두 사람 모두 좋지 못하다 보니, 서로 잘 맞아도 이별이 예견될 수밖에 없다.

혼쾌히 개명을 의뢰

배우경(대구남구지사)

사십대의 배상미는 어릴 적부터 조용하고 내성적인 성격이라 자기표현을 제대로 하지 못했다. 그런데도 가끔씩 자신도 모르게 한 번씩 '욱'하고 치밀어 오르면 성질이 걷잡을 수 없이 폭발하곤 했다. 두뇌가 그다지 좋은 편이 아닌 그녀는 학창시절 공부에 취미를 갖지 못했고 그로인해 대학 진학 대신 취업을 선택했다. 막상 직장생활을 하자 스팩의 필요함을 느끼고 뒤늦게 야간대학을 진학했고 그런 와중에 노후 대책차원에서 직업을 위한 자격증도 여러 개 취득 했다.

그녀는 스물다섯인 꽃다운 나이에 공무원인 남편과 결혼을 했고 지금은 2남 1녀의 엄마로 단란한 가정을 꾸려가고 있다. 그러나 워낙 내성적인 성격이다 보니 시어머니에 대한 스트레스가 이만 저만이 아니었다. 평소 스스로 잘 참고 인내를 많이 하는 편이라 생각함에도 불구하고 어느 때는 그 스트레스를 풀지 못해 속으로 끙끙 앓곤 했다. 간혹 그러한 속내를 남편한테 위로를 받고 싶었지만 남편 역시도 타고난 성격이 과묵한데다 바쁜 직장업무

탓에 아내를 살뜰하게 보살펴 주지 못했다. 그래서 그런 남편이 늘 불만이었다.

나름 그녀의 이름을 분석해보니 7,8이 주로 많았다. 그래서 이런 이름을 가진 사람들은 가능한 집안에 있기 보다는 밖에서의 활동이 도움이 된다. 그래서 직장 생활을 갖는 것이 어떠냐고 권유했더니, 그렇다면 개명으로 활달한 성격으로 바뀔 수 있냐고 물었다. 그래서 성격인 경우는 이름을 통해 얼마든지 가능하기에 그렇다고 자신 있게 말해 주었다.

그랬더니 이름에 대해 약간은 반신반의하면서도 흔쾌히 개명을 의뢰했다.

물론 지금은 개명한지 불과 일 년밖에 되지 않았지만 그녀가 말하길 첫째 머릿속이 맑아지다 보니 생각이 밝아지고 둘째는 모든 생활이 계획적으로 추진되고 셋째는 나름대로 주관이 생기면서 자신감도 넘쳐났다고 한다. 그러다 보니 매사 활력이 넘치고 맘도 편해지면서 그 전에 갖고 있던 온갖 잡생각이 다 없어졌다고 했다. 전에는 소심한 성격에 우유부단한 면까지 있어 뭔가를 계획하려면 늘 미적거리곤 했는데 그러나 지금은 적극적인 생각을 갖게 되고 매사 의지대로 되더라는 얘기를 전해주었다.

막상 그녀를 통해 개명하고 좋아졌다는 소리를 듣자 나름대로의 보람도 느끼고 사명감도 생기면서 그 무엇보다 이름의 중요성을 더욱 절실하게 깨닫게 되었다.

· 연락처 ; 010-7644-1064
· 멜주소 ; jk8164@naver.com

피해야 되는 이름 자(字)

　상극으로만 이루어진 이름은 반드시 불행을 겪게 되거나 단명하게 된다.

　한 글자 안에 상극으로만 이루어진 영, 형, 양, 항, 향은 태어난 년도에 따라 재물이 깨지거나 자식이 불행하거나 부부가 반목하게 되는 불행이 예고된다.

甲乙	丙丁	戊己	庚辛	壬癸
717	039	161	473	695
영	향	양	형	항

甲乙년생은 건강을 해치거나 형제 덕이 없고,
丙丁년생은 자식을 극하고,
戊己년생은 재물을 극한다.
庚辛년생은 남편을 극하고,
壬癸년생은 부모덕이 없고 학문과 인연이 없을 뿐만 아니라 내

명의로 된 문서가 없다는 뜻은 이 또한 재물이 없음을 뜻한다.

필자가 알고 있는 영숙, 영철, 영자, 영미, 영석, 영희, 이렇게 '영' 자가 들어간 이름들이 안 좋다고 하면, 사람들은 대뜸 이영애 이름을 얘기한다. 그렇다면 그녀가 과연 배우자를 선택함에 있어 남들처럼 통상적인 개념의 선택을 한 것인가? 이렇게 반문하곤 한다. 인기, 미모, 학력, 재력 등을 모두 갖춘 미혼녀인 그녀가 이혼남이면서 나이가 월등 많은 남자를 남편으로 선택한 것 또한 이영애란 이름에서 발현되는 흉한 기운의 영향 탓이라 할 수 있다.

비단 이뿐만이 아닌 우리가 쉽게 알 수 있는 '영, 형, 양, 항, 향'자 들어간 유명인 이름을 살펴보면 충분히 감지할 수 있다. 즉 김영애, 이영자, 권양숙, 심형래, 김형곤, 고영욱, 장진영. 이영애 등등……

이름에 대한 믿음이

설경준(부산강서지사)

중년이라 하기엔 좀 젊어 보이는 김허신이란 남성이 상담을 의뢰했다. 75년 을묘(乙卯)생들의 이름은 천간과 지지가 똑같다. 따라서 이런 이름들은 이름이 좋으면 두 배로 좋고 흉하면 두 배로 흉하다. 그래서 이름을 풀이해 보니 그야말로 흉한 배합으로만 이루어진 이름이었다. 우선 성에서 재물과 처를 나타내는 5.6을 1.2가 극하면 처와 인연이 없고 재물 운도 박하다. 그런데다 이름 중심에 직업을 나타내는 관성 7.8이 중첩되어 있으면 직업에도 많은 변동수가 따르지만 7.8은 나를 극하는 기운이 강해 매사 의욕과 자심감이 없고 건강에도 이상이 따른다.

그래선지 그는 아직까지 부부 관계는 유지하고 있으나 부인과 정이 돈독하지 못해 늘 갈등을 느끼고 있다. 그런데다 이런 저런 여러 가지 사업을 시도했다 매번 실패로 끝나자 지금은 그로인해 주변사람들과의 관계도 좋지 못하다.

어느 가정이든 다 마찬가지겠지만 사업을 하다 실패하게 되면 제일 먼저 가족간의 불화가 따르고 금전의 어려움으로 인해 부인과의 다툼이 일상화가 된다.

그래서 지금은 돈으로 인한 고통을 심하게 겪어 자포자기의 심정이지만 혹여라도 개명을 통해 다시 복귀할 수 있다면 좋은 이름으로 새 인생을 찾고 싶다고 자신의 심정을 토로했다.

그의 답답하고 안타까운 심정을 잘 알고 있던 터라 심혈을 기울여 재물이 융성한 이름으로 좋은 이름을 지어 주었다. 성에서 2.6에 의해 파재가 있는 불길한 기운을 이름 첫 자에 6.0.0으로 금전의 윤택함과 함께 이름 끝 자에서 7.4.8로 직업적인 면이나 명예적인 면에서 향상되게 수리배합을 넣어주었다.

특히 이름 첫 자에서 재성(재물과 처덕) 6을 넣어 재물의 융성함은 물론 처와의 관계도 화목하게 될 수 있고 이로 인해 문서 운까지 회복시켜 주므로 문서적인 측면도 점점 좋아지는 현상이다. 또한 중첩된 관성 7.8을 지혜와 재능을 나타내는 상관 4가 억제시켜 주어 그동안 잃었던 신용이나 사회적인 신뢰도 회복되고 영업적인 면에서 자기의 기량을 백프로 발휘하게 된다.

이와 같이 배합이 좋은 이름 때문인지 몰라도 그도 개명한 이름에 대한 믿음을 갖고 용기를 내기 시작했다. 다시 자그마하게 시작한 사업이 차츰 좋아지기 시작하자 생활에 활력이 생기고 자신감도 넘쳤다. 자신의 변화된 모습에서 이름의 중요성을 인지하고 이번에는 학교생활에 적응하지 못하는 딸아이의 이름에 문제점을 느끼고 개명을 의뢰했다. 그랬더니 딸 아이 역시도 이름을 바꾼 후에 갈등을 느꼈던 학교생활에 적응을 잘하고 성격도 개명 전보다 훨씬 밝게 변했다.

무엇보다 이름 덕분에 만사가 좋아졌다고 감사의 인사를 전하는 그를 보자 나 또한 기분이 덩달아 좋아졌다. 좋은 이름을 지어주어 고맙다는 인사를 받을 때 다지음의 지사장으로서 그 때가 가장 보람 있다. 아울러 누구나 느끼는 감정이겠지만 이름 덕에 잘 살고 있다는 감사의 인사를 받기에 앞서 그들로부터 이름에 대한 믿음과 확신을 가졌다는 얘기를 들을 때가 더 감동적이다. 이는 그야말로 한글구성성명학에서만 느낄 수 있는 감동이고 기쁨이기에 자신하고 얘기할 수 있다.

· 연락처 ; 010-5620-8631
· 멜주소 ; namemadeok@naver.com

이름 때문에 바람핀다면?

실질적으로 필자가 많은 사람들의 이름을 상담해본 결과 90% 이상이 혼외정사를 하는 이유가 이름에 담겨있다는 사실이다. 그 이유는 한글구성성명학은 사주 푸는 방식을 도입해 체계화시킨 학문이기 때문에 알 수 있는 현상이다.

그러다보니 이름 석자에서 발현되는 기운으로 모든 것을 알 수 있다. 타고난 사주팔자가 바꿀 수 없는 숙명적 요소라면, 이름은 운을 전환시키는 개운의 요소가 담겨 있다. 따라서 우리의 가장 관심사인 재물운, 배우자운, 건강운을 포함, 바람피는 것도 알아볼 수 있다. 대개 여자는 9.3이나 0.4의 배합이 있으면 내연남이 있고, 남자는 1.7이나 2.8로 조합된 이름이 내연녀가 있다. 따라서 이름에서 이렇듯 내연의 관계도 알 수 있는 것은 구성성명학밖에 없다고 확신한다.

• 여자가 바람 피는 이름

강미자〈60년 庚子생〉

773	91	17
강	미	자
006	24	**30**

이길숙〈72년 壬子생〉

45	**938**	379
이	길	숙
36	**047**	480

홍라희(80년 庚申생)

493	57	42
홍	라	희
493	57	42

• 남자가 바람피는 이름

조형남(1975년 乙卯생)

54	**718**	024
조	형	남
54	718	024

성수영(1954년 甲午생)

577	59	**727**
성	수	영

800 82 030

김기준(1941년 辛巳생)
810 82 155
김 기 준
375 37 811

송종국〈79년 己未생〉
082 982 646
송 종 국
082 982 646

이름에 재물을 극하면

안홍서(경기용인지사)

64년생인 문송기의 이름을 보고 한마디로 잘라 말했다.

"열심히 노력한 것에 비해 축적된 재물이 별로 없지요?"

이렇게 말해주었더니 불쾌한지 안색이 금방 변했다.

"왠걸요. 그래도 먹고 살만은 합니다."

돈이 없다는 말에 자존심이 상했는지 단호하게 부정했다.

"그러면 그 이름대로 그대로 살아봐요."

나 역시 이름에 대한 확신이 있는 터라 물러서지 않고,

"앞으로 내 말이 맞나 안 맞나……지켜봐요."

고집 부리지 않고 개명을 했으면 하는 마음에서 그의 성정을
아는 터라 강하게 얘기 했다. 그랬더니 그도 내 결연한 표정에서
뭔가의 기운을 느꼈는지 그때서야 솔직히 자기도 자신의 돌림자
가 싫었다는 얘기를 했다. 그러면서 좋은 이름으로 바꿔달라고
개명을 의뢰했다.

다행히 그가 싫다고 한 돌림자인 '송'이 갑진(甲辰)생인 문송기
의 이름에서 문제가 많은 이름이었다. 관성과 명예를 나타내는

7.8을 3.4가 극하게 되면 직업에 변화가 많고 관재가 끊이지 않는다. 그런데다 이름 끝 자에서 처를 극하는 1.5가 자리하고 있어 여자와 재물을 파괴하는 흉한 이름이었다.

"실은 제가 돈을 잘 벌긴 합니다만, 이상하게 버는 것에 비해 나가는 게 많아 비축한 돈은 정말 없습니다."

그는 엔지니어로 안정적인 사업기반을 구축하고 있지만 남들이 생각하는 것만큼 큰돈은 없다고 그때서야 이실직고했다. 그래서 직접 발로 뛰는 사업가라 재물이 융성한 7.1.5의 수리 조합으로 작명을 해주었다. 아직 개명한지 얼마 되지 않아 이렇다 하게 이름에서 발현되는 기운을 파악하지 못했지만 분명 좋아질 것이란 확신은 있다.

그리고 정묘(丁卯)생인 87년생 김설청의 이름이 이상하게 기억에 남는다.

그는 삼십대 초반의 젊은 나이지만 그동안 호텔지배인의 경력이 있었고 현재는 골프 샵을 운영하고 있다. 그의 아내는 대학교수면서 학과장을 겸임한 능력 있는 부인이다. 성에 재성(처)을 극하는 2.6이 있는데 이름에서 2.7이 있으면 부인보다 외정에 비중을 두게 된다. 그러다보면 부부이별수가 예견되는 이름이다. 재물적인 운세 역시도 절약가의 성향이 강함에도 불구하고 성에서 2.6과 중첩된 인성(문서) 0.0에 의해 파재의 조짐이 있다.

성에서 4.8.6이 예시하듯 김설청은 꿈과 야망이 큰 사람이다. 지지에서 2.6.4가 암시하듯 차라리 야망을 잠재우고 기술직으로 평범하게 살아가면 그나마 안정적인 삶을 영위할 수 있다. 그러나 그는 지금 하는 사업으로 많은 돈을 벌고 싶어 했고 아내와도 외국여행을 자주 다니며 행복하게 살고 싶어 했다. 아직 자식은 없지만 그 누구보다 단란한 가정을 꾸리는 게 그의 소망이라며 개명의 뜻을 분명하게 밝혔다. 그래서 김설청의 꿈과 야망까지는 아니지만 그의 바람대로 단란한 가정과 재물적인 융성함이 이루어질 수 있도록 좋은 이름으로 개명해 건네주었다.

· 연락처 ; 010-2863-3319
· 멜주소 ; youngyae333@hanmail.net
· 사이트 ; http://다지음용인.com

공부 잘하는 이름은 따로 있다

이름에 학문을 극하면 아무리 좋은 머리를 타고 났더라도 책상 앞에 앉으면 잡념이 떠오르거나 책을 봐도 공부가 집중이 안된다. 그 이유가 바로 이름 속에 있다는 사실이다. 실질적으로 많은 자녀들 이름을 상담을 통해 보면 대개의 경우 5.6이 많은 이름들이 학문과 인연이 없다. 거기에 중첩된 5.6이 학문성인 9.0을 극하면 공부 안하게 된다. 또한 학문성인 9.0이 많아도 공부 안한다. 유일하게 9.0이 나를 생해주는 수호신인데 9. 0이 너무 많아도 누군가 해주겠거니 하므로 게으르다. 게으른 사람은 절대 공부하지 못한다. 그러기 때문에 이것저것 공부한다고 기웃거리지만 결국 어느 것 하나 제대로 된 전공과목이 없게 된다.

그렇다면 어떤 이름들이 공부 잘하는가!

사람이 병들면 좋은 약을 복용해 치료하면 낫듯이, 이름도 마찬가지다. 병을 제거하는 수리가 있으면 좋아지게 된다. 그렇기 때문에 9.0이 많아 공부 안한다면 그러한 9.0을 극하는 치료사인 5.6이 넣어주면 공부하게 된다.

• 공부 안하는 이름

김진서〈94년 甲戌생〉
153 659 57
김   진   서
597 093 31

학문성인 9를 5.6이 위아래서 극하면 싱에서 5.3에 의해 좋은 머리를 타고 났더라도 공부를 안하게 된다.

유두남〈95년 乙亥생〉
70 99 913
유 두 남
58 77 791

학문성인 9.0이 많으면 나를 생해주는 수성(水星)이 많다보니 성격이 게으르고 이 공부 저 공부 해보지만 어느 것도 완성된 학문이 없게 된다.

• 공부 잘하는 이름

박인태〈95년 乙亥생〉
322 860 98
박 인 태
299 537 85

학문성인 9.0이 많으면 게을러 공부 안하게 되나 이러한 병이 되는 9.0을 극제 시켜주는 5.6이 있으면 즉 치료사가 있으면 반대로 공부하게 된다.

믿기지 않았던 이름

오태준(경북경주지사)

2017년 햇살 좋은 봄날, 남편은 드라이브를 시켜준다며 나를 태우고 고속도로를 신나게 달렸다. 한 시간여 이상을 달려 도착한 곳이 구미다. 그 당시 남편은 이름을 바꾸고 싶어 인터넷을 검색하기를 여러 날, 무척이나 끌리는 곳이 있다고 했는데, 그 곳이 바로 한글구성성명학 구미지사였다.

평소 꼼꼼하고 매사에 따지기 좋아하던 중심수 4인 나를 설득시키기 위해 남편이 나를 동행하고 구미로 갈 수밖에 없었음을 지금에서야 이해를 한다.

"여성게 질환이 있을 것 같네요. 방광이나 지궁 쪽이요"

내가 구미지사장님(지금은 경북총괄지사장)을 통해 처음으로 들었던 말이다.

솔깃했다. 결혼 후 나에겐 방광염이 고질병이었기 때문이다. 일 년에 서너 번 씩은 방광염으로 항생제 주사와 약을 먹어야 했고 가끔은 새벽에 응급실을 찾기도 했다.

이름 속에 그러한 것들이 내재되어 있다는 게 도무지 믿기지 않았다. 한 귀로 듣고 한 귀로 흘릴 줄만 알았던 그 이야기가 한참이 지나서도 내내 머릿속에서 지워지질 않았다.

'그래, 일단 한 번 공부나 해보자.'

그렇게 1년여를 경주~구미를 오가며 남편과 함께 성명학 공부를 하게 되었고, 지금은 남편은 지사장, 나는 연구원으로 활동 중이다.

'내 이름이나 한 번 알아보자.'라는 마음으로 시작한 한글구성 성명학은 알아갈수록 매력이 넘쳤다. 이름 속에 한 사람의 인생사가 담겨있다는 것을 보고 놀랐다.

개명 전 이름: 전미정(75년생) 580 46 588/ 580 46 588

재물운, 직장 및 배우자운이 부족한 이름이다. 그리고 자식으로 인한 애로사항과 부인과 계통 질환이 있는 그러한 이름이라는 걸 성명학 공부를 하면서 알게 되었다.

개명을 결심하고 스스로 이름을 여러 개 지어보고 나의 선생님이신 구미 총괄 지사장님께 질문하기를 수십번, 지금의 이름 전혜명으로 이름이 지어졌다.

전혜명 580 76 418/ 580 76 418

재물, 직장 및 명예, 자식 운 등 골고루 배합이 잘 되어져 있는 이름이다.

법원으로부터 개명 허가서류를 받은 날, 남편과 아이들 모두 함께 둘러앉아 나의 이름을 소리 내어 부르며 카세트테이프에 녹음을 했다.

몇 십년동안 불리워져 왔던 기존의 이름대신 개명한 나의 이름을 많은 사람들이 불러주어야 그 기운이 더 좋아지기 때문이다.

녹음 후 테이프가 늘어질 때까지 틀어놓았던 기억이 아직도 새록새록하다.

개명 후 나에게 일어난 가장 큰 변화는 방광염이 거짓말처럼 사라졌다는 점이다. 개명 후 지금까지 단 한 번도 방광염으로 병원을 찾은 적이 없다. 약을 먹은 적도 없다.

그리고 심리적으로 일어난 가장 큰 변화는 미리 걱정하는 일들이 많이 줄어들었다. 또한 너무 따지려 드는 성격도 개선이 되었고 무엇보다도 자존감이 높아졌다. 나를 사랑하고 아끼는 만큼 그래선지 나의 마음의 크기도 삶의 질도 그 이상으로 높아진 것 같다.

한글구성성명학을 알게 해 준 나의 남편에게 고맙고, 내 이름을 개명하기까지 그리고 지금의 경주지사가 있기까지 여러모로 큰 힘이 되어주신 경북총괄 지사장님께도 감사하다.

그리고 가장 큰 버팀목이신 한글구성성명학회 회장님께도 감사드린다.

· 연락처 ; 010-8562-6765/ 010-9978-6764
· 멜주소 ; jjun1788@daum.net

이름 때문에 운명이 다른 쌍둥이

사람은 누구나 이름을 갖고 사는데 이 이름이야말로 자기를 대표하는 운명의 비밀이 담겨 있다. 그런데 사람들은 자신한테 갖고 있는 이름의 영기를 제대로 활용할 줄 몰라 불행한 삶을 산다. 이름에 무슨 운세가 작용하겠냐(?)고 가볍게 여기는 사람들이 있겠지만 이거야 말로 잘못된 생각이다. 우리 인간에게 있어, 타고난 사주팔자와 더불어 운명에 강력한 작용을 하고 있는 것이 있다면, 그것은 늘 사람들이 불러주는 이름에 있다. 현대는 자기만 똑똑하고 노력하면 얼마든지 부(富)를 누리거나 성공할 수 있다고 생각하지만 실상은 그렇지 않다. 아무리 부지런해도 또한 두뇌가 뛰어나게 명석해도 여의치 못한 것이 삶이다.

그렇다면 쌍둥이야말로 사주가 같은데 삶이 다른 이유가 뭘까? 이는 이름의 영향 때문이다. 따라서 모든 사람에게는 눈에 보이지 않는 영기(靈氣: 텔레파시)가 있는데 그 영기를 바르게 활용하지 못해 불행의 길로 가고 있는가 하면, 행복에의 길로 가고 있다. 그러니 이 얼마나 안타까운 일인가. 따라서 쌍둥이는 결혼

전엔 대부분 비슷하게 살아가나, 결혼하고 나면 배우자에 의해 변화되는 것도 어느만큼 참작해야 한다.

조준하 / 조승하 (1954년생)

63	699	81		63	567	81
조	준	하		조	승	하
76	722	94		76	870	03

조준하는 재물이 있고 명예가 있는 반면에 조승하는 재물도 없고 직장도 한군데 정착하지 못하고 이곳저곳 여러번 바뀌게 된다.

강주희 / 강승희 (1983년생)

006	38	53		006	436	53
강	주	희		강	승	희
995	47	64		995	345	64

'강주희'의 이름이나 '강승희'의 이름에서 보면 공통적인 것은,
'강주희'는 남편(7)을 4가 극하고 있어 배우자 덕이 없고,
'강승희'는 이름 자체에 배우자(7.8)가 아예 없다.
두 이름 모두 중심운(이름의 첫글자의 자음)에 재능(3.4)을 나타내고 있는 것이 특징이고, 이름 끝자에서도 '희' 6.4가 타고난 끼로 인한 재물(5.6)을 상생하고 있어 연예인 이름으로 매우 적합함을 알 수 있다.

고정숙 / 고재숙 (1955년생)

| 24 | 588 | 602 | | 24 | 58 | 602 |

고 정 숙   고 재 숙

68 922 046   68 92 046

'고정숙'의 이름이나 '고재숙'의 이름은, 중심운에 5는 활동성인 역마성으로 재물적인 우세가 왕성하다. 비교적 이 두 쌍둥이의 이름은 재물적인 면에선 좋은 편이나, '숙'자에서 0.4는 여성의 이름에서 불길하다. 자식으로 인한 애로사항이나 자궁에 이상이 생길 수 있다.

'재숙'에 비해 '정숙'은 8.8이 중첩되어 있는데다, 0.4가 있으면 남편 외적인 정부(情夫)를 두게 된다. '정숙'은 실질적으로 결혼을 두 번 하게 되거나, 그렇지 않음 외정을 두게 된다. 즉 남편과의 관계가 원만하지 않음을 나타낸다. 그렇지만 '재숙'은 남편을 극하는 수리가 없다. 이럴 경우 0.4에 의해 외정을 둘 수는 있지만 남편과 헤어진다고 볼 수 없다. 따라서 쌍둥이라 하더라도 정숙은 남편과 이별을 예고하나, 재숙은 그렇지 않다보니 이름에 의해 결혼 후, 삶의 양상이 이렇듯 달라진다.

지금 불리어지는 이름! 그것이 자신의 운명이다

허민남(경북경산지사)

어느 화창한 봄날이었다.

바람에 한들거리는 개나리꽃 마냥 노란색 쉬폰 블라우스에 초록색 주름스커트을 입고 선글라스까지 착용한 그야말로 연세에 비해 굉장히 도회적이고 세련된 어르신을 만났다.

첫 이미지와는 달리 카랑카랑하고 걸걸한 목소리가 여장부의 느낌을 물씬 풍겨 왔다.

"이름으로 뭐 잘 본다 카디만 함 봐보이소!"

하고 내민 하얀 종이엔 아들의 이름과 생년월일이 굵직하게 적혀있었다. 아들이 기혼이면 배우자와의 관계를 함께 봐서 판단해야 한다고 하니,

"그냥 고놈 하나만 봐보이소"

경상도 특유의 무뚝뚝한 음성으로 짧게 말했다.

69년 기유(己酉)생 우 만희(男)

24 864 19

우 만 희

46 086 31

성은 정자와 난자가 자궁에서 만나는 순간부터 죽을 때까지 평
생을 통해 불리워지는 것이라 거의 사주와 같은 의미를 지니고
있다. 그래서 제일 먼저 성부터 살펴보았더니 직업을 나타내는
관성 7.8과 인성(모친)이 부재하다. 이는 직장이나 명예 또는 모
친의 덕이 다소 부족하게 받고 태어났음을 의미한다.

선천에서 이리 타고 났다 할지라도 이름에서 부족한 기운이 잘
채워져 있다면 무난히 흘러 갈 것이나 아쉽게도 상관 4가 중심명
운 정관 8을 단번에 파괴하여 직장 면에서 매우 불길하다.

또한 정관 8은 명예를 중시하며 신용이 있고 근면성실과 책임
감이 강하고 매사 빈틈이 없는 기질을 갖게 된다. 그러나 중심명
운의 8이 상관 4의 극을 받게 되면 이러한 고유의 성격과 성품이
변질되어 도리어 흉하게 나타난다.

중심명운은 그 사람 자신이고 주된 운세를 나타내며 성격과 기
질을 나타낸다.

이러한 좋은 수리가 중심명운에 있으면서 극을 당하면 바람직
하지 못하다.

주관도 있고 다재다능하지만 직업 선택에 있어서 방해요소가
자주 발생하고 또한 원하는 곳의 좋은 직장을 가졌더라도 결국엔
그 자리를 보존키가 어렵다. 즉 자신의 이상만큼 능력을 발휘함
에 역부족이 될 수 있다.

그러나 젊은 시절 이러한 고비를 한차례 넘기고 나면 이름 첫
자에서의 8.6.4와 끝 자 1.9가 상생구도로 배합이 물 흘러가듯
잘 이루어져 있어 그리 흉하지 않다. 즉 성에서 없는 인성 9가 나
를 생하고, 비견 1이 다시 상관 4를 승재관으로 이어져 자기 개

발을 위한 노력에 적극적인 성향이다. 상관 생재인 4.6이 다시 관성 8을 생해주므로 재물과 관운에 호재가 따른다.

거기에 지지의 첫 자 4.6이 반복적으로 상관생재로 이어져 40대 중반 이후 재물적인 운세가 더욱 좋아 안정적으로 경제적인 기반을 다져 갈수 있다. 지지의 끝 자로 넘어가면서 0.8.6이 승재관으로 이어지는 3.1의 좋은 기운의 영향으로 총명한 두뇌를 나타내고 이에 반듯한 성정의 아내의 내조까지 받게 되는 이름이다. 그러므로 인생 전반에서 손상되었던 명예 또한 다시금 회복되어 인생말년까지 순탄하게 살아가는 이름이다.

이와 같이 우만희의 이름풀이를 해주자, 가만히 앉아 얘기만 듣고 있던 노인이 미심쩍은 표정을 짓더니 이내 같은 생년월일의 다른 이름을 불러주었다.

우대길
24 42 603
우 대 길
46 64 825

이 이름은 전반적으로 상관 4의 기운이 중첩되어 강한 가운데 중심에 상관 4가 겁재 2의 생을 받아 더욱 강한 상관의 특성을 갖고 있다. 그런데다 재물을 파괴하는 겁재 2가 정재 6을 직격탄으로 극하는 것이 매우 흉한 배합으로 되어 있다.

남녀 공히 상관성이 강하면 직장생활에 애로가 많고 여성은 특히 배우자와의 운이 없는 것이 악재로 작용한다. 그러므로 이름 중심에 4.2는 어떠한 경로를 통해서든 비극이 따르게 된다. 무엇보다 겁재 2가 이름 끝 자 '길'의 재성(처와 재물) 6을 극하면 재물의 손실은 물론하고 처와의 인연도 박하게 나타난다. 따라서 생별내지는 이별수가 따르기 마련으로 좋지 못한 이름이다. 지지에서 발현되는 중첩된 6.6이 배우자로 인한 문제점을 야기하는데 무엇보다 중첩된 6.6과 2.6을 상세히 살펴보면 지지에서의 이름 끝 자 8.2가 발동하면 즉 부인 외에 다른 여성과 내연의 관계를 맺게 되면 2.6으로 인해 부인과 이혼이 예고한다. 아울러 파재까지 겹치게 되어 그에 따른 스트레스 또한 상당할 수 있다.

지지의 이름 첫 자 상관 4가 재성 6을 생하는 것은 한 때 자신의 재능을 발휘하여 재물을 취할 수는 있는 좋은 수리라고 판단하기 쉬우나 이는 재다신약의 기운으로 재물 관리능력의 부족을 나타낸다. 거기에 곁들여 상관 4가 직업과 명예를 나타내는 정관 8을 극하게 되면 직업적인 운세 또한 매우 불길하다. 따라서 어떠한 일을 도모하고자 하나 뜻대로 이루어지지 않고 관재가 따르며 하는 일마다 실패가 연속 된다. 누구든 간에 비겁인 1.2가 재성인 5.6을 극하면 파재의 기운에 의해 평생 고난이 따르게 된다.

이번 이름 역시도 가만히 앉아 듣고만 있던 노인이 비로소 입을 열었다.

아들 귀한 집안의 삼대독자로 불공을 드려 어렵사리 얻은 자식이었다. 아들이 중학교 입학 하던 무렵 작은 암자의 스님과 인연이 되어 우연찮게 아들의 이름풀이를 듣게 되었다. 아들에게 단명수가 보이니 부처님 전에 아들을 팔고 '만희'라는 이름을 개명하라고 했다. 금지옥엽 같은 귀한 자식인데 '단명수'라는 말에 순간 청천벽력과도 같은 하늘이 무너지는 심정이었을 게다.

단명을 막을 비용으로 생각보다 비싼 과도한 금액을 요구했지만 누구보다 손이 귀한 아들의 생사가 달린 문제이다 보니 이것저것 따질 여력도 없이 스님의 요구대로 고액의 금액을 지불하고 '대길'로 개명 또한 하게 되었다.

어릴 때부터 영특하단 소리를 들으면서 속 한번 썩인 적이 없던 아들이었다. 그러한 아들이 자기가 원하는 좋은 직장에 취업되어 다소 늦은 결혼이라 할 수 있으나 착한 아내를 만나 잘 사는 듯 했다. 그런데 첫 손주를 보는 기쁨도 잠시, 며느리가 갑자기 세상을 등지게 되었다. 그 후, 설상가상으로 아들 또한 잘 다니던 직장에서 갑작스런 내부 갈등으로 인해 그만 두게 되었다.

그 후로 대인기피증상이 생겨 집에만 틀어박혀 있던 아들이 어느 날 갑자기 사업을 한답시고 이일 저일 벌이기 시작했다. 그런데 시작하는 것마다 실패였다. 심지어 재혼까지 결심한 여자한테 사기까지 당하다보니 어느덧 오십대가 되었다. 아직도 자리를 잡지 못해 방황하는 아들을 안타까운 심정으로 바라봐야 하는 어미의 심정을 있는 그대로 털어놓았다.

이름에 담긴 파동의 에너지가 흉한 배합으로 질서를 잃으면 그 영향이 고스란히 이름의 주인공에게 끼친다. 이름에서 불리워지는 소리의 힘이 그만큼 당사자의 운명을 좌지우지하기 때문에 이름을 함부로 지으면 안된다.

꽤 세련된 옷차림의 여장부 같던 노인의 얘기를 들으면서 이런 생각을 했다.

만약 이 이름의 주인공이 '만희'라는 본명을 썼더라면 어떠했을까?

예견컨대 젊은 시절 한때 풍파는 겪게 되었을지 모르나 그 시기를 잘 극복하고 나면 지금쯤은 안정적인 가정에서 사랑스런 아내와 자식과 함께 행복한 삶을 살고 있지 않았을까 그런 생각을 해본다.

어찌하였건 잘못 지어준 개명 때문에 삶의 향방이 완전히 어긋나게 되었다면 이거야 말로 남의 운명을 그르치게 하는 숨어서 하는 범죄행위다.

그래서 선무당이 사람을 잡는다고 했던가!

작명을 한다는 것은 단순히 한문획수를 갖고 획수풀이로 끼워 맞추듯 하는 것도 아니요, 한문의 뜻이 좋다고 한문 뜻대로 살아 가는 것도 아니다.

소리에는 분명 그 소리만이 갖고 있는 에너지가 있다. 그 에너 지가 가장 많이 불리워지는 이름 석 자 안에 고스란히 담겨 있다 면 이는 매우 중요한 일이다. 따라서 어머니의 뱃속에서 새 생명 이 잉태된다면, 그 순간 성스러운 생명의 태동이 이름과 연결되 어 삶을 연속시켜주므로 작명 그 자체가 바로 고귀한 탄생작업이 다.

성명학 이론이 올바르게 정립되지 않은 역술인들이나 작명가들 이 사리사욕에 눈이 멀어 작명을 하나의 돈벌이 수단으로 사용한 다면 이거야말로 한 인간의 운명을 나락으로 떨어지게 하는 원인 제공이 된다. 특히 성직자라 자처하는 스님이나 목사들의 경우는 말할 필요도 없다. 탐욕이 심한 스님의 경솔한 말 한마디에 의해 어느 한 가정이 비극으로 치닫게 되었다면 이보다 더 큰 범죄는 없다.

· 연락처 ; 010-9882-5998
· 멜주소 ; yeboram3@naver.com

다지음학회의 최대 장점은?

  우리가 세상을 살아가노라면 알게 모르게 희비를 겪으며 살아
간다.

  옛사람이 이르기를 인생은 밧줄과 같아서 몸부림을 치면 칠수
록 더 조이게 되어 풀기 어렵다고 하였다. 이 말은 사람으로서 번
민과 고뇌가 없는 이가 어디 있겠는가마는 이 번민과 고뇌를 해
결하는 방법으로 옛적부터 역, 점 등의 여러 가지 점단술을 이용
하였다.

  그러므로 사람들은 저마다 역을 알고 그 운명에 대비하면 길흉
화복을 미리 피해 갈 수 있다고 믿어 역학자의 자문을 구하곤 한
다. 흉환(凶患)과 재해를 미연에 제거함으로써 흉을 길로 바꾸거
나 화(禍)를 복으로 전환시키어 자신은 물론 가정의 번창과 행복
을 얻을 수 있기를 바라고 있다.

  사주가 바꿀 수 없는 숙명적 요소라면 이름은 운명을 개운시켜
주는 가변성의 운명이다. 이러한 타고난 팔자를 이름을 통해 개
운시켜주는 학회가 바로 한글구성성명학회다.

그런데 여기에 취길피흉의 길까지 열어준다면 그야말로 금상
첨화가 아니겠는가! 성공한 사람과 그렇지 못한 사람의 차이점
은, 운을 적절히 활용하느냐 못하느냐에 달려 있다. 사람들은 흔
히 흉운을 피해 가지 못한다 생각하기 쉬우나 그렇지 않다. 하늘
은 길흉에 대한 대처로 성명학이 주어졌는데 사주의 부족한 기운
을 보완하여 삶의 질을 향상시키는 개운의 요체가 되는 것이 바
로 구성(口聲)성명학이다. 만약 타고난 사주에 남편복이 없다면
이름에서 그 덕을 보완하여 남편덕 있게 하면 되고, 재물복이 없
다면 재물운을 융성하게 넣어주어 그로인해 사주에 없는 재물을
이름에서 보완하면 된다.

구성성명학은 사주 명식의 원리다. 따라서 태어난 년도를 기준
으로 육친 관계를 분석한다. 아울러 사주학에서 생년을 운명의
뿌리인 조상으로 보고 있다. 그 이유는 인류의 모든 선조(先祖)들
의 영체(靈體)로 구성된 입체영상과의 교신통로가 생년원기라고
여기기 때문이다. 그러므로 성명학에서도 생년의 천간(天干)과
지지(地支)를 중심으로 오행을 기준하여 육친을 산출하기 때문에
이름의 당사자의 길흉을 자유자재로 알아낼 수 있다.

즉 丁亥년에 출생했다고 하면 성씨가 홍이라고 한다면 ㅎ(己)
가 되므로 나를 생해주므로 아생자(生我子) 편인에 해당되고,
ㅗ는 壬水라 생년 丁火를 壬水가 극하므로 아극자(我剋子) 정재
라 하며, ㅇ는 戊土라 생년 丁火가 戊土를 생해주므로 정인에 해
당한다.

이름이 또한 '길동'이라면 길은 ㄱ(甲)이 생년 丁火를 생해주므
로 아생자(我生子) 상관에 해당되고, ㅣ(庚)는 극아자(剋我子)로
정관에 해당되며, ㄹ(丁)는 나와 같으므로 비견이 되고, 동은 ㄷ
(丙)은 나와 같으나 음양이 다르므로 겁재가 되며, ㅗ(壬)가 내가
극하므로 아극자(我剋子) 정재가 되고, ㅇ(戊)는 나를 생해주므로

정인이 된다.

이런 식으로 육친을 표출하게 되는데 姓은 주로 초년을 나타내고 이름의 첫 자는 자신을 나타내므로 자신을 가장 중요하게 여겨 이를 중심명운이라 하며 주로 중년 운을 나타내며 아울러 이름 끝 자는 말년을 나타내게 된다.

이렇게 표출된 육친을 가지고 운명을 분석하기 때문에 이름에서 나타나는 운세의 위력은 정말 놀라우리만치 무섭다고 할 수 있다.

이름은 그 주어진 운명을 스스로가 개척하여 좀 더 나은 삶을 살아갈 수 있도록 신(神)이 인간에게 부여한 특권이라 할 수 있다. 그러므로 신이 인간에게만 부여한 이름이라는 특권을 최대한 이용하여 보다 나은 삶을 살아가도록 노력하는 것도 인간만이 가질 수 있는 지혜라 여긴다.

이렇듯 사주를 풀이하는 형식으로 이름도 육친으로 풀이하기 때문에 이름만으로도 얼마든지 그 사람의 운명을 유추하여 운세를 읽어낼 수 있을 뿐 만 아니라, 개운(開運)도 할 수 있어 그래서 이름이 중요하다고 거듭 강조 하는 바다.

구성성명학을 만나고 나서야

김세련(오산송탄지사)

55년 을미(乙未)생의 김술호는 개명 전 이름이다. 김(2.6.4) 술 (6.0.9) 호(7.4)의 이름을 들으면 남성으로 생각하기 쉬우나 이 분은 노년의 여성이다. 김(2.6.4)이란 성에서 2.6은 어릴 적 부친의 덕이 없고 아버지와의 인연도 약하다. 또한 초년시절 어려운 환경에서 자랐음을 예고할 수 있고 돈과 남편과의 인연 역시 힘듦을 예시하고 있었다. 그런데 이름 끝자 호(7.4)에서 남편을 극하는 기운이 발동하여 남편과 이혼하였다. 이름 첫 자에서 술 (6.0.9)은 중첩된 인성 0.9를 재성 6이 극제하므로 열심히 알뜰살뜰 돈을 벌어 어느 만큼 성공을 이루었으나 결국 성에서 2.6이 암시하듯 사업이 곤두박질치면서 호(7.4)의 영향으로 법적인 문제로까지 치닫게 되었다.

당신의 흉한 이름 때문에 곤경에 처한 것을 알게 된 이분은 좋은 이름으로 개명해줄 것을 비쳐 심사숙고하여 이름을 지어주었다.

우선 김(2.6.4)이란 성에서 발현되는 재물을 파괴하는 2.6을 이름에서 이를 사(6.2)와 현(7.1.0)로 바꿔줌으로 직업과의 인연을 순조롭게 해 주었고 재물과의 인연 역시 더욱 탄탄하게 보강하여 주었다. 본명에서 아쉬웠던 건강문제도 좋은 배합의 에너지로 넣어 주었더니 그 후로 모든 것이 원만하게 해결되었다.

이 이름의 의뢰자는 60세가 넘도록 혼자 살다가 개명하기 얼마 전에 주변 사람들의 반대를 무릅 쓰고 나머지여생을 함께 할 남자친구를 만났다. 모쪼록 늦게 만난 인연인 만큼 두 분의 사랑이 잘 이루어지길 바랬다.

구성성명학의 작명법으로 이름을 개명하고 나면, 타인의 입을 통해 불러 주는 것만으로도 '좋은 인연을 만나라', '대인관계가 원만해져라', 또는 '돈과 인연이 있어라', '건강해져라', '자식과 행복해져라', '남편한테 사랑 받아라' 는 긍정의 파동 에너지를 끌어당기고 모은다. 과일가게를 가면 사과는 사과끼리, 배는 배끼리 모여 있듯이, 좋은 파동이 그러한 에너지를 끌어당겨 발현된다.

대략 우리 몸 세포의 수명이 2년이라고 하니 세포가 다 바뀌는 2, 3년 동안 이름을 열심히 불러주고 노력하면 그에 따른 성과가 분명 있다고 본다.

각설하고 김술호님은 개명 후, 당시 사귀고 있던 남자친구의 여자관계를 우연찮게 알게 되었다. 그러자 한 치의 미련도 남기지 않고 그 남자와 정리했다. 그러던 중에 좋은 곳에서 스카우트 제의가 들어와 현재까지 근무 중에 있다.

육십 중반의 나이임에도 불구하고 업무에 인정을 받아 상여금도 남보다 더 많이 받고, 그리고 무엇보다 마음이 많이 편안해 졌다. 그래서 그런지 아들 역시도 일이 많이 늘어나 안정된 생활을 하고 있다 보니, 이제는 그야말로 살만하다고 자랑이 대단하다.

이와 같이 한글구성성명학의 개명은 좋은 파동의 기운이 좋은 에너지를 끌어당기므로 이름에서 불리워지는 소리에너지의 효과를 톡톡히 본다. 따라서 좋은 이름은 불러 주는 사람이나, 개명한 사람에게 기도와 같은 효력이 발생하기에 즉 불러주는 좋은 이름이야말로 축복의 기도와 같다고 감히 말할 수 있다.

나도 성장 후, 서너 번의 이름을 바꿨다. 처음 '지훈'이라 바꾸고는 몇 번의 경제적 풍파가 따랐고, '서연'으로 개명 한 뒤에는 몇 년째 다니던 직장에서 쫓겨나다시피 그만두었고 거기에 법적인 문제까지 발생해 결국엔 돈까지 떼였다.

그리고 시간이 한참 지난 뒤, 한글구성성명학을 만나면서 '지훈'과 '서연'의 이름을 풀이해 보니 그때 불렀던 이름들이 어찌 그리 흉한 기운들이 똑같이 작용했는지 그야말로 이름에서 발현되는 에너지의 무서움을 새삼 느꼈다.

그리고 감사한 일은 내가 한글구성성명학을 배우고 나서 나를 힘들게 하고 나에게 상처를 주었던 사람들의 이름을 풀이해보니 왜 그랬는지 가히 짐작이 되었다. 그들로 인한 나의 트라우마들도 결국엔 나의 불길한 이름과 그들의 흉한 이름에서 발현된 기운의 만남에서 그렇게 될 수밖에 없었다는 것을 알게 되었다. 그들의 노력으로도 감당할 수 없었음을 이해하게 되니 그들로부터 받았던 상처가 서서히 아물어 짐으로 자연스레 치유가 되었다.

나에겐 어릴 적 매우 힘들었던 환경의 상처들이 덕지덕지 남아 있다. 그래서 그러한 상처들로부터 벗어나려고 수없이 노력하고 몸부림쳤지만 마음대로 되지 않았다. 젊은 시절 삶이 고되고 힘들 때면 자연발생적으로 아버지에 대한 원망과 미움으로 번져갔다. 그러나 지금은 그러한 원망이 도리어 연민으로 바뀌면서 아버지를 떠올리면 그냥 안쓰럽고 불쌍하단 생각이 든다. 나의 마음이 이러하니 내 안에 깊이 뿌리박혀 있던 지난시절의 마음의 상처들이 눈 녹듯 사라져 버리고 말았다. 마음속에 억눌리고 있던 미움과 원망이 이와 같이 눈 녹듯 녹아 버리고 나니까 그만큼의 삶의 무게도 무척 가벼워진 느낌이다.

대개의 경우 많은 사람들이 개명을 했지만 별반 다를 바가 없다는 얘기들을 한다. 나 역시도 그러했으니까 충분히 공감하는 바다. 그러나 그들이 한글구성성명학의 작명방식으로 이름을 짓지 않았기 때문에 어찌 보면 그리 느낄 수밖에 없는 것이 당연지사다. 단언컨대 구성성명학의 작명 방식을 제외한 그 어떤 이름으로 개명 한다하더라도 결국엔 본명이나 개명한 이름이 별반 다를 바가 없다. 그러기에 좋은 파동의 에너지를 느끼지 못해서 그런 거다.

다지음 학회의 방식으로 개명을 하고 나면, 그야말로 얼마 지나지 않아 주변에서 이구동성으로 하는 말이, '뭔지는 모르지만 분위기가 많이 바뀌었다‘는 얘기들을 많이 한다. 그래서 '집에 무슨 좋은 일이 있냐'고 이렇게 묻는 사람들이 많다. 이런 것만 봐도 확실히 좋은 이름은 긍정의 파동 에너지를 주변에서 먼저 느끼는 것 같다.

'사람의 심장으로부터 나오는 전자기파(파동에너지)는 그 옆에 있는 다른 사람의 뇌에 의해 탐지 된다' 고 한다. 즉 마음이 고요한 사람 옆에 있으면 함께 마음이 고요해지는 것이 과학적으로 설명이 된다. 이는 환자주도치유전략이라는 책에 나오는 내용이지만 이 또한 알고 보면 같은 파장에서 느끼는 동질성 때문이다. 즉 사람의 뇌나 척수 심장 등에 있는 신경세포들은 서로 파동에너지의 신호를 주고받는다는 얘기이다.

최근 TV프로그램 '무엇이든 물어보삼' 에서 천문 전문가 박찬섭 별자리 상담사가 나와 서장훈과 이수근에게 오링 테스트를 해보라고 했다. 이수근이 좋은 생각을 하고 서장훈에게 손가락을 떼어보라고 하니, 이수근의 손가락은 떼어지지 않았다. 그리고 이수근에게 슬픈 생각을 하라하고 서장훈에게 떼어 보라고하니 이수근의 손가락이 힘없이 떼어졌다.

　이렇듯 잠시의 생각만으로도 에너지의 변화를 볼 수 있다는 것을 증명해준 셈이다. 개명 후, 이름을 부르면 처음 얼마간은 그에 대한 반응을 별로 느끼지 못한다. 그래서 상대가 부를 때 대답이 번번이 늦다. 몇 번을 불러야만 뒤늦게 알아차리는데 나의 경험을 비추어 볼 때 그렇다는 거다.

　개명을 하더라도 한동안 나의 뇌가 개명보다 본명에 익숙해져 있다. 그러다 보니 뇌와 몸에서 금방 반응 하지 않아 세포 하나하나에 좋지 않은 에너지가 그대로 생각 속에 남아 있다. 그러니 늘 긍정적으로 생각하고 행동하려해도 나도 모르게 곧 잊어버리기 일쑤다. 따라서 좋은 이름을 갖는다는 것 자체가 나의 세포들에게 희망과 기적과 긍정을 끌어당기는 씨앗을 심는 것과 같다. 아울러 운명의 파도를 극복할 수 있는 힘의 원천이 생기는 것 또한 바로 파동의 물결과 같다. 파도를 보고 있노라면 거대한 물결의 거친 파도가 세차게 밀려오면 작은 물결들의 파도는 한순간 한꺼번에 그 큰 파도에 휩쓸려 하나가 된다. 그러한 광경들을 보고 있노라면 나도 모르게 인생이란 거친 파도에 나의 작은 인생도 떠밀려 간다는 느낌이 든다. 어느 때는 용기와 지혜조차 엄두 내지 못한 채 큰 물결에 휩쓸려 정처 없이 떠다니는 기분이다. 그러나 개명을 하고 난 후로는 그 어떤 강한 에너지가 도리어 나를 단단하게 붙잡고 있다는 생각에 큰 파도의 물결을 유유자작하게 감상하고 있다.

　그동안 내가 다지음의 작명방식으로 개명을 해준 사람들을 살펴볼 때, 특이한 점이 있다면, 개명 후 그들의 마음이 왠지 심란하다는 거다. 이는 건강식품을 먹을 때 효능이 좋을수록 명현반응이 나타나듯 이름 역시도 사람에 따라 다르나 이러한 명현반응의 현상들이 나타난다. 그래서 얼마간은 개명 해준 고객들이 혹시 개명을 잘못한 것이 아닌가? 그런 의구심을 들까봐 자주 문자나 통화로 그들의 근황을 물어보면서 한동안 케어해 주고 있다.

그러한 명현 현상들이 지나고 나면 그때부터는 영락없이 '남편이 자상해 졌어요', '아들과 더 살가워졌어요' 이렇게들 얘기 한다. 나의 경우도 예외는 아니다. 개명 후, 얼마간은 지금 내가 이렇게 말하고 있는 것을 느끼지 못하는 사람이 있을지 모른다. 그러나 시간이 지나고 나면 기운이 달라지고 있는 것을 확실하게 느낀다. 그러기에 나는 모든 사람들에게 다지음의 작명방식으로 개명을 하라고 적극 권장한다.

사람의 인체도 뭉쳐있고 눌려있는 근육은 풀어 주어야 고통과 통증이 없어지듯이 좋은 파동의 에너지로 이름을 개명하고 나면 그동안 억눌렸던 흉한 기운들이 풀리면서 최소한 노력한 만큼의 대가가 성공이란 열매로 거두게 된다.

삶이 연속이듯 선택의 여지도 연속이다. 따라서 어떠한 현명한 선택을 하느냐에 따라 그에 따른 결과가 각양각색으로 나타난다.

또한 작명함에 있어서도 어느 작명 방식을 선택 하느냐에 따라 삶의 질도 월등하게 차이가 난다. 그야말로 멋지고 행복한 삶을 꿈꾸고 있다면 한글구성성명학을 적극 추천하고 싶다. 흉한 이름을 좋은 이름으로 개명하여 노력한 만큼의 성과가 있다면 한번쯤 생각해 볼만하지 않은가! 그런 생각에서 자신 있게 구성성명학의 작명방식을 추천하고 또한 개명을 권장하는 바다.

· 연락처 ; 010-7216-8337
· 멜주소 ; pyg8029@naver.com
· 사이트 ; http://다지음오산송탄.com

부자되는 동네이름이 있다면?

인간에겐 반드시 살아서 움직이는 생명의 기운이 있다. 어떻게 보면 이 기운을 잘 살려 거주지나 사업에 활용하면 좋은 운기를 받을 수 있다. 모든 소리엔 살아서 움직이는 파동의 기운이 있다. 가장 많이 적용되는 것이 이름이고 다음이 동네 이름이다. 이런 점을 미루어 볼 때 운명은 절대적인 면에서 지배하는 것이지만 일부분은 사람의 노력 여하에 따라 어느 정도의 변동이 가능하다.

즉 사람의 마음가짐에 따라 사람을 지배하기도 하지만 의지가 강한 사람에게는 운명이 사람의 지배를 받기도 한다. 절대적인 신심을 가진 사람은 운명을 끌고 가나 불신과 탐욕이 많은 사람은 운명이 사람을 죽음의 땅으로 몰고 간다.

이러한 생각은 그나마 사고가 깨어있는 사람들의 지혜라고 할 수 있는데 여기에서 특히 우리가 무심코 흘러버릴 수 있는 소리에 의한 파장의 기를 타는 명칭지역이 있다는 사실이다. 이는 다시 좀 더 쉽게 설명하자면 자기하고 맞는 싸이클의 명칭이 있는데 그곳에서 사업을 하게 되거나 거주하게 되면 좋은 운기를 받아 사업이 번창한다거나 가정이 편안해지게 된다는 사실이다.

1) 동네 육친 도표

동네 \ 년도	甲乙	丙丁	戊己	庚辛	壬癸
1. 2	ㄱ.ㅋ	ㄴ.ㄷ.ㄹ.ㅌ	ㅇ.ㅎ	ㅅ.ㅈ.ㅊ	ㅁ.ㅂ.ㅍ
3. 4	ㅁ.ㅂ.ㅍ	ㄱ.ㅋ	ㄴ.ㄷ.ㄹ.ㅌ	ㅇ.ㅎ	ㅅ.ㅈ.ㅊ
5. 6	ㅅ.ㅈ.ㅊ	ㅁ.ㅂ.ㅍ	ㄱ.ㅋ	ㄴ.ㄷ.ㄹ.ㅌ	ㅇ.ㅎ
7. 8	ㅇ.ㅎ	ㅅ.ㅈ.ㅊ	ㅁ.ㅂ.ㅍ	ㄱ.ㅋ	ㄴ.ㄷ.ㄹ.ㅌ
9. 10	ㄴ.ㄷ.ㄹ.ㅌ	ㅇ.ㅎ	ㅅ.ㅈ.ㅊ	ㅁ.ㅂ.ㅍ	ㄱ.ㅋ

2) 보는 방법

이름을 보는 방법과 달리, 동네는 그 반대로 동네가 기준이 되어 생년에 육친을 붙이는 것이 원칙이다.

예를 들어 64년 甲辰생이 주안동에 산다고 한다면 주(ㅈ)는 오행으로 金에 속하므로 동네 金이 생년 木을 극하므로 金克木으로 7.8관(官)에 해당한다.

여기서 주의할 점은 명칭을 볼 적에 동네 첫 글자의 첫 자음만 가지고 육친에 해당하는 지역을 말하는 것이다.

이랬을 때 동네의 명칭에서 자기가 태어난 연도에(辛酉생이 주(ㅈ)안 동에 산다고 한다면) 1.2에 해당한다.

1.2방향이면 비견 겁재로 재물 5.6을 극하니깐 쓸데없는 친구가 모여들게 되고 바쁘기만 하고 실속이 없어 피해야 하는 지역이다. 무엇보다 남성인 경우는 처와 이별내지는 불화를 자주 겪게 되며 결혼 전의 미혼 남성은 사귀던 애인과 헤어지거나 결혼

이 성사되기 어렵다.

3.4방향은 내 기운이 설기되는 방향으로 가장 나쁜 지역이라할 수 있어 그리로 이사 가는 것은 가급적 피해야 한다. 그것은 내가 소모되고 죽는 자리로 매사 운이 막히고 손실됨을 뜻한다.

여성은 남편인 관(官)을 극하게 되므로 부부가 이별을 한다거나 잦은 불화로 갈등이 연속적으로 일어나거나 남녀 모두 직장을 잃게 되어 실직의 아픔을 겪는다거나 부진을 면치 못하게 되므로 아울러 이런 지역에 살고 있다면 하루라도 빨리 이사를 가는 것이 바람직하다.

재미있는 사실은 이상하게 이 지역에서 살고 있는 사람들이 이사를 하려고 하면 쉽게 집이나 점포가 매매 되지 않아 그래서 많은 손해를 입게 된다.

5.6방향은 재물이 생기는 지역으로 가장 이상적이고 합리적인 방향이라 할 수 있다. 남성은 이곳으로 이사하게 되면 재물 운이 좋아지고 상승기류에 편승해 경제적 여유가 생기고 이성이 생기게 되며 미혼인 경우 결혼을 한다거나 애인이 생기게 된다. 그러므로 가장 좋은 지역임은 두말할 것도 없다.

7.8방향은 실직자는 직업이 생기고 여자는 이성이 생기며 명예가 상승되는 지역으로 5.6 방향 다음으로 좋은 지역이라 할 수 있다.

매사 안정되고 여유 있으며 신분 상승이 따르고 귀인이 나타나 도와주게 되므로 선호하는 지역이다.

9.0방향은 학문과 문서에 해당하므로 이곳으로 이사하면 공부가 부진했던 학생들은 학업에 전념하게 되고 집이 없던 사람은 집을 장만하게 되어 마음의 여유가 생기며 대체로 무난한 지역이라 할 수 있다.

이렇듯 자기하고 맞는 명칭지역이 있는데 가장 좋은 지역은 두

말할 것도 없이 재물을 상생시켜주는 5.6방향이라 할 수 있고, 다음으로 명예에 해당하는 7.8방향을 꼽는데 무엇보다 가장 피해야 하는 방향은 바로 자신의 기를 설기시키는 식상에 해당하는 3.4방향이다.

불러주는 명칭에 있어 그 사람의 년도와 맞춰 운기가 작용하는 사실을 아는 사람은 그리 많지 않을 것으로 보는데 이는 각자가 그동안 살아온 동네를 비교 분석해 보면 너무나 확연히 알게 될 것이다.

재물이 융성한 이름 덕에

강세화(서울서초지사)

49년생인 최규환님은 기축(己丑)생으로 평생을 공무원으로 직
장생활만 하다 퇴직한 사람이다. 그러나 부인이 재테크를 잘한
덕분에 지금은 일 년에 한 번씩 해외여행을 다니며 매우 여유롭
게 살아가고 있다.

내가 구성성명학을 만나고 나서 느낀 점은 어쩌면 그렇게 이름
대로 살아가는지, 우선 나의 가족들을 비롯해 주변에 아는 모든
사람들의 이름을 풀어봐도 마찬가지다. 이름에서 불러주는 기운
따라 살아가는 것을 볼 때 난 구성성명학의 이론을 절대적으로
믿는 편이다.

모든 학문이 학리(학문의 이치)와 상관이 없이 그것이 생활 속
에 수단으로 사용하는데 결함이 생긴다면 세상으로부터 배척받
고 외면당하게 된다. 그렇다면 그러한 것들이 어찌 학문으로 인
정받을 수 있겠는가!

이러한 점을 미루어 볼 때 구성성명학은 사주명리를 그대로 성
명학에 접목한 논리 정연한 학문이다. 그러기에 이론 논리가 정

확하게 정립되다보니 그야말로 불러주는 이름대로 살아가는 것을 많이 본다.

따라서 최규환님의 이름 또한 분석해 보면 성의 〈최〉 9.8.0은 관인상생으로 초년에 별 어려움 없이 살았던 환경임을 알 수 있고, 이름의 첫 자 〈규〉 6.3에서 예시하듯 6은 근면 성실한 사람임을 입증하고 있다. 아울러 이름 끝자 8.1에 의해 절약가적인 성품에 의해 비축된 재물이 있어 평생을 큰 어려움 없이 윤택한 삶을 살아간다.

성품을 나타내는 중심 운 6의 특성은 고지식한 성품으로 자산 또는 신용을 의미한다. 무엇보다 신중하고 현실주의적이기 때문에 보수성향이 짙어 신용과 믿음을 제일로 삼는다. 그러므로 남들로부터 신뢰를 얻는다.

3.1은 승재관으로 보기 쉬우나 이는 8이 1을 극하므로 식신 3으로 이어지지 않아 이러한 관계는 승재관이 성립되지 않는다. 그렇더라도 재물을 파괴하는 비견 1을 8이 극제하면 숨은 재물로서 경제적인 풍유함이 있게 된다. 아울러 〈환〉 1.8.6.4는 전부 재물을 보호하고 상생하는 수리로만 조합되어 재물적인 호재가 강하게 발현된다. 더욱이 己丑생은 천간지지가 같아 이러한 좋은 길성이 두 배로 강화되어, 늦도록 가정의 화목은 물론 경제적으로도 풍요롭게 살아간다.

이와 같이 재물과 처덕이 있는 이름 덕에 평생을 무탈하게 살아가는 최규환님의 이름에서 알 수 있듯이 성명학 또한 학문으로서의 이론적 근거가 확실해야 한다. 이러함에도 불구하고 이치에 의문을 갖지 않고 답만 구하려 한다면 이는 근본을 버리고 지엽을 쫓는 것과 다를 바가 없다. 또 경험만을 주장하고 원리를 모른다면 그리되는 것이로구나 하는 정도는 알지만 왜 그렇게 되는 것인지 그 까닭을 모르게 된다.

예컨대 물체를 투시하는 광선을 우리는 지금 X광선, 즉 미지수의 광선이라고 부르고 있는 것이 좋은 예이다. 하물며 인간의 운명을 논하는 성명학에 있어서 가장 근본이 되는 십간(十干), 십이지(十二支)가 태어난 년도에 맞추어 인간의 운명에 어떻게 나타나는지 그 원리의 이치를 규명하지 못한다면 성명학 또한 학문이라 할 수 없게 된다.

무엇보다 이러한 확실한 이론적 근거가 구성성명학에 푹 빠지게 하는 매력적인 근거임을 부인할 수 없다.

· 연락처 ; 010-8735-8588
· 멜주소 ; sk8588@naver.com

사주와 이름과의 연관성

사주와 이름의 연관성에 대해 컴퓨터와 소프트웨어로 비유하여 설명하면 이해가 쉽다. 다시 말하자면 사주란 고정불변에 컴퓨터 기계 그 자체지만, 이름은 고정불변의 컴퓨터 그 기계를 보다 효율적으로 사용할 수 있게 만드는 소프트웨어와 같은 것이다. 즉 이름은 고정된 사주를 인간의 의지로 조정할 수 있는 변수로 작용할 수 있다. 따라서 사주와 이름을 연관 지어 비교 분석해 볼 때 이름은 옷과 같다. 즉 타고난 사주에 재물운과 배우자 덕이 없다고 할 때, 이름에서 재물 운과 배우자 덕이 있게 하면 그 불리워지는 소리에너지에 의해 어느 정도 보완이 된다는 점이다. 즉 타고난 사주가 추운겨울(빈한한 사주)에 태어나 얼어 죽기 일보 직전이라면 결국 가난하고 궁핍하게 살 수밖에 없다. 그러나 따듯한 모피(이름) 코트라고 입고 있으면 그 추위(궁핍함)를 견뎌낼 수 있다는 뜻이다.

사주와 이름의 연관성

가. 사주대로 이름을 짓는다.

나. 사주나 운이 좋으면 개명을 쉽게 하고, 사주나 운이 나쁘면 개
    명에 망설임이 많다.

다. 이 또한 기의 흐름 영향 탓이다.

사주가 절대냐? 이름이 절대냐?

사주가 70%고 이름이 30%이나 하드웨어인 정적인 사주에 비
해 소프트웨어인 동적인 이름이 운명에 직접적인 영향을 미친다.
그러므로 이름이 더 중요하다. 예를들어,

921　839　819

　윤　　창　　중

365　273　253

이름의 첫 자 '창' 8.3.9는 명예가 있고 8.1에 의해 재물도 있는
이름이다만, 중복된 8.1과 2.7은 감춰진 여자가 있음을 나타낸
다. 그런데 후천운을 주관하는 7.3은 관성(명예) 7을 3이 극하므
로 관재구설로 인해 명예가 실추되고, 중복된 6.5로 인해 여자를
탐하다 그로인해 이름 끝 자에서의 2.5에 의해 자칫 부인과도 이
별수도 예견할 수 있다. 어떻게 보면 이러한 이름의 기운에 의해
좋은 사주를 타고나 높은 관직까지 올랐지만, 이렇듯 성추행 파
문으로 곤욕을 치르는 이유도 다 이렇게 이름에서 발현되는 이름
의 기운 탓이다. 사주가 좋아 높은 자리에 올라가면 뭐하나, '창
중' 이란 이름 때문에 명예가 실추되고 관재구설이 따르는데 말
이다.

개명의 공을 내게 돌리고

김장미(전주덕진지사)

다른 볼일로 나를 찾아온 윤현성은 73년 계축(癸丑)생으로 이름에 관심을 갖고 윤현성이란 이름에 대해 상담을 의뢰하였다. 성에서 3.4와 7.8이 중복이 되어 있고 이름에서 8.4가 있으면 배우자 덕과 직업 운이 없는 것이 문제다. 그런데 이름에서 또한 4.8과 0.4가 나타나 있기에 직장문제나 남자 문제로 고민이 많을 거라고 얘기했다. 아울러 남편보다 밖에서 만나는 이성한테 마음이 더 끌릴 것이라고 넌지시 떠봤다.

대개의 경우 성에서 7.8이 중첩되어 있고 이름에서 또 다시 8.4가 있으면서 4.0이 있으면 외간 남자로 인해 가정문제가 발생하기에 은근슬쩍 그런 방향으로 얘기를 흘렸다. 그랬더니 침울한 표정이 되어 뭔가를 얘기할 듯, 말 듯 한참을 고민하다 결국에 자신의 속내를 드러냈다. 그동안 변변한 직장이 없다보니 남자를 만나도 오래가지 못했고, 어쩌다 남자를 만나도 늘 자기가 데이트비용을 내는 편이라 했다. 그녀는 직장도 이곳저곳 여러 곳을 옮겨 다니느라 지금까지 단 한 번도 안정된 직장을 갖지 못했다. 뿐만 아니라 사십이 넘도록 온전한 남자를 만나지 못하다 보니 아직까지 결혼조차 하지 못했다.

성(姓)에 식상 3.4가 발달되어 있으면서 이름에서 4.0을 만나면 일찍 이성에 눈을 뜨고 성적인 외로움을 많이 탄다. 그러므로 대개의 경우 이러한 이름의 여성들을 보면 결혼 전부터 유부남이나 이혼남들한테 호감을 갖고 몸과 마음을 주다 이들로부터 상처를 받기일쑤다. 넌지시 이름에 대해 설명했더니 긍정도 부정도 아닌 애매모호한 표정이었다. 그저 자신의 처지가 한스럽고 부끄럽게 생각되었는지 내 눈치만 살폈다.

그러면서 반평생을 혼자 외롭고 힘들게 살아 왔다면서 이름 때문에 그런 거라면 이제부터라도 좋은 이름으로 새로운 인생을 살고 싶다고 고백했다. 개명을 통해 앞으로 좀 더 나은 삶이되기를 바란다며 성심껏 작명해 줄 것을 부탁했다.

그녀의 바람인 즉 좋은 남자를 만나 단란한 가정을 꾸리고, 직장에서도 자신의 입지를 굳힐 수 있었으면 하는 것이다. 이제는 나이도 있고 하니 가정이든 직장이든 모든 곳에서 안정을 찾고 싶고 내가 누군가한테 사랑을 받기보다 누군가를 사랑하며 살고 싶다고 자신의 바람을 솔직하게 다 털어 놓았다.

나 역시 그녀의 바람대로 꼭 이루어지길 바라는 마음에서 재성(재물)과 관성(남편과 직업)의 균형 잡힌 배합으로 심혈을 기울여 이름을 지었다. 개명한 이름에 대해 세세한 설명을 듣더니 금방이라도 이루어진 것처럼 기쁜 마음으로 돌아갔다. 그런 그녀의 뒷모습을 바라보니 처음 방문했을 때보다 훨씬 힘차고 밝아보였다.

그리고 그로부터 몇 개월이 지난 후, 아주 밝은 표정으로 그녀가 다시 나를 찾아왔다. 다시 찾아온 그녀의 표정을 보자, 순간 직감처럼 떠오른 게 있었다. 아니나 다를까. 나를 보자마자 연신 고맙다며 머리 숙여 인사하고 또 인사 했다. 환한 얼굴로 감사의 마음을 전하는 그녀의 밝은 표정에서 나 또한 덩달아 기분이 좋아졌다.

이름을 바꾼지 불과 일 년 남짓도 되지 않았는데 좋은 이름으로 개명한 덕에 이상형의 남자를 만나 결혼날짜까지 잡았다며 모든 공을 내게 돌렸다. 무엇보다 들뜬 기분이 되어 입가에 미소가 떠나지 않은 그녀를 보자, 내가 다지음 학회의 지사장이 된 것이 그렇게 기쁘게 느껴질 수 없었다. 그 후로 계속해 결혼생활은 물론 직장생활도 자신의 역량을 백 프로 발휘에 즐겁게 다니고 있다고 전했다.

그리고 또 기억에 남는 젊은 미혼여성이 생각난다. 지인 소개로 박서현의 엄마와 전화 상담을 한 적이 있었다. 이름에 대한 설명을 대략적으로 해주었더니 딸인 박서현을 직접 내게 보냈다.

91년생인 박서현은 그동안 취업이 되지 않아 그로인한 불안감과 경제적인 고충으로 부모님께 늘 미안한 마음으로 살고 있었다. 우연찮게 엄마로부터 다지음을 알게 되어 나를 찾아왔다. 그래서 박서현의 이름을 있는 그대로 설명해 주었다.

성에서 중첩된 8.8과 중첩된 4.3이 직업을 나타내는 관성 8을 사정없이 극하고 있었고, 또한 성에서 중첩된 6.6이 지지 이름 끝자 '현'에서 2.1이 재성(재물) 5를 인정사정없이 극했다. 이렇게 되면 자기 노력이 매사 수포로 돌아가고 만다. 그래서 그녀에게 이름에 대한 설명을 자세하게 얘기해 주고 개명을 권유했다. 그랬더니 조금의 망설임도 없이 그 자리서 바로 개명을 의뢰했다.

그리고 개명 후 얼마 되지 않아 원서를 내놓고 기다리던 차였는데 그야말로 자기가 꼭 들어가고 싶었던 직장에서 언감생신 기대조차 못한 그곳서 합격소식을 들었다. 그 소식을 듣자마자 제일 먼저 엄마 다음으로 나한테 전해왔다. 그래선지 좋은 이름 덕분에 취직이 되었다며 들뜬 목소리로 감사의 인사를 전했던 그녀의 음성이 지금까지 내 마음을 촉촉히 적시고 있다.

확실히 한글구성성명학회의 이론으로 이름을 분석해 보면 그 이름대로 살아가는 사람들을 수없이 본다. 불러주는 파동의 에너지에 따라 살아가는 사람들을 보면서 구성성명학을 알게 된 것이 그렇게 기쁠 수가 없다.

· 연락처 ; 010-9446-7222
· 멜주소 ; sooryen7914@naver.com
· 사이트 ; http://다지음전주덕진.com/

재미로 풀어보는 유명인 이름

　대부분 타고난 사주팔자나 운로에 의해 운명의 길흉이나 성공의 척도가 가늠된다. 그렇지만 그에 앞서 이름에서 발현되는 기운 또한 성공을 좌우 한다는 사실이다. 그래선지 성공하는 사람은 확실히 이름부터가 다르다. 그렇기 때문에 각 분야에 성공한 사람들의 이름을 실례로 하나하나 증명해 보일까한다.

　한동안 방송에서 보지 못했던 강호동의 이름은 참으로 재밌는 배합이다. 성에서 나타나는 '강'은 중복된 편관(명예)을 식상(재능)이 제거해 누구보다 예. 체능에서 두각을 나타낸다.

　또한 이름의 첫 자인 '호'는 주로 성격을 나타내는데, 상관(4)에 해당한다. 이런 사람은 교만하여 사람을 얕보는 특성이 있다. 내심은 온정을 품고 또 예. 체능에 소질이 있더라도 사소한 일에 호기심이 발동하면 궁금해 견딜 수 없는 성격으로 타인의 오해와 비방을 받게 된다. 그러나 이러한 강한 성품을 억제하는 인성(학문)의 기운이 있게 되면 반대의 길한 특성으로 바뀐다.

　뿐만 아니라 이름 끝자인 '동'은 흉성인 나쁜 기운을 길성으로 전환되는 특이한 배합으로 구성되어, 초년엔 명예와 재능을, 중년엔 재물로 인한 호재가 발동해 사업적 기반을 갖춘다. 따라서 중심운의 특성상 늦게까지 예능적인 끼를 발산하게 되므로 '강호동'의 이름은 거의 완벽한 수준이다.

이경규의 이름 또한 성에서 나타내는 '이'가 식상(재능)에 해당되어 두뇌가 명석해 판단이 빠르고, 그로인해 예능적인 감각을 일깨워 연예계서 명성을 얻게 된다. 이름의 첫 자인 '경'은 중첩된 관성(명예)을 식신(예능)이 잘 극제해 만인의 인기(명성)를 얻게 된다.

무엇보다 성품을 나타내는 이름의 첫 자는 관성으로, 의협심이 강해 공격적이면서도 지배욕이 강하다. 대의명분이 뚜렷하면 어떠한 일이라도 끝까지 밀어부치는 뚝심이 있다. 따라서 관성이 많으면 가난과 질병으로 고생하기 쉬운데, 이를 억제하는 식상이 있으면 오히려 흥중의 길로 부귀를 누리게 된다. 아울러 끝자인 '규'는 재물과 명예가 서로 상생으로 이어져 운세가 날로 번창해, 늦게까지 예능인으로서 인기는 물론 재물적인 운세도 왕성하게 발현된다.

마린보이 박태환의 이름은, 성에서의 관성(명예)이 재물을 상생하여 일찌감치 수영선수로서 기량을 발휘한다. 그렇더라도 중첩된 재성(여자)을 극하는 수리가 없으면 여자에 대한 집착으로 그에 따른 구설이 따른다.

이름의 첫 자 '태'는 성품을 나타내는 중심명운으로 예지력과 창의성을 나타내는 식신(재능)에 의해 빠른 두뇌 회전으로 예, 체능에서 두각을 나타낸다. 식신은 순간적인 판단력이 빨라 돌격하는 저돌성이 감추어져 있다.

따라서 끝자 '환'은 재물을 극하는 중첩된 비겁을 정관이 극제해 흥중의 길로서 그 작용력이 매우 길다. 무엇보다 이러한 배합이야말로 재물이 있는 이름으로 최상급에 해당한다.

삼성의 리움 관장인 '홍라희' 이름은, 특이하게 이름 전체가 상극으로만 이루어져 언뜻 보면 매우 불길해 보인다. 그러나 자세히 살펴보면 흉성인 수리를 극제하는 기운이 강해 오히려 매우 귀한 이름이다. 따라서 이런 이름의 주인공은 일찍이 자기 성찰을 위해 노력을 아끼지 않으며 자신의 분야에서 독특한 재능을 보인다.

이름의 첫 자 '라'의 성격적 특징은 인성(학문)에 해당하는 수리로, 타인에게 복종하는 것을 싫어하고 웬만해선 속마음을 표현하지 않아 다른 사람들이 심중을 알기 어렵다. 또한 본인의 학술적 이론에 자존심이 강해 논리적으로 파고들기 좋아한다. 따라서 이 이름의 특징은 관성(남편)을 상관(자식)이 극하는 것이 불길한데 이를 인성(학문)이 극제하므로 남편이 살아나는 묘미가 있다. 뿐만 아니라 재물을 파괴하는 겁재를 이름의 끝자 '희'의 관성(남편)이 극제해 재물이 살아나게 되는 매우 귀한 이름이다. 따라서 재생관(재물이 명예를 생해주는 길성)에 의해 미술계에서 입지를 구축하는 한편, 재벌가에 안방마님으로 손색이 없는 이름이다.

7선 국회의원을 지낸 '조순형'의 이름을 풀이해 보면 매우 귀한 배합으로 누구보다 이름에 대한 덕을 많이 본 사람이다.

무엇보다 이름의 첫 자 '순'은 중첩된 인성(학문)을 정재(재물)가 극제하는 공로가 있어 처덕은 물론 이름 끝자 '형'에서 발현되는 영향으로 재물 운과 동시에 내조의 공도 있다.

따라서 이름의 첫 자 정재(재물)의 특성은, 이성에 대해 관심이 많고 애정적인 면에서 남보다 좋은 인상을 풍기며 객지에서 성공하는 사람이 많다. 특히 금전 운이 좋아 축적의 기운에 의해 재물을 쉽게 모을 수 있지만, 자신만을 생각한 나머지 개인적으로 흐르기 쉽다. 경제적인 측면에서 스스로 만족하고 순응하지만, 수

입이 감소하면 투기적 성향이 강하게 나타난다. 따라서 부동산으로 재물을 증식할 수 있으며, 처덕은 물론 숨은 여자의 내조로 인해 암암리에 도와주는 기운이 강해, 무엇보다 여성(부인)에 의해 입지를 굳히기도 한다.

후천운을 주관하는 지지명운에 의해 명예적 측면에서 그 진가가 혁혁하게 발휘되며 7선 의원으로 재물적인 운세 또한 풍요롭게 이루어진다.

따라서 이런 이름의 주인공은 평생을 통해 남보다 주변의 도움이 많고 그 공을 이루는데도 이름에서 발현되는 기운에 의해 손쉽게 이루어짐을 알 수 있다. 이렇듯 운명에 상호작용하는 여러 가지 요소들, 즉 육친(가족관계)을 알기 쉽게 기술해 성공한 사람들의 이름을 실례로, 이름이 성공을 좌우한다는 사실을 밝히고자 했다. 무엇보다 이름은 '나'라는 개체에 대한 상징이요, 부호이며 또 하나의 얼굴이다. 그러한 까닭에 성명에 대한 인식은 미래에 대한 가치고 투자라 할 수 있다.

이름 바꾸고 이렇게 달라졌어요

김규희(경기안산지사)

본명			개명		
011	93	194	011	853	20
정	수	일	정	반	희
677	59	750	077	419	86

모든 국가는 그 나라 고유의 말을 사용하고 있지만 우리 한글 만큼 모든 언어를 문자로 표현할 수 있는 나라는 거의 없다. 그 러기 때문에 한글은 세계의 어떤 언어나 음성도 완벽하게 문자화 할 수 있다. 또한 소리를 문자로 표기화하여 이를 사계(四季)로 나누고 방위(五方)와 오음(五音)과 오행으로 분류할 수 있다. 따 라서 구성성명학은 이름에서 불리워지는 소리 오행에 의해 이름 이나 상호만 보고도, 각개인의 운명이나 사업의 향방을 자유자재 로 유추 할 수 있다.

그런 면에서 정수일의 이름을 풀이해 보면, 이름 첫 자에 9.3 과 이름 끝 자에서 9.4는 생각과 사고를 나타내는 식상 3.4를 인성 9.0이 파극하면 자신감이 약하고 대인관계가 원만하지 못하다. 그래선지 그동안 집단 폭력을 당했고 그로인한 충격으로 화가 나면 감정 조절이 되지 않았다.

'정'이란 성은 0.1.1로 인성인 0의 생을 받은 중첩된 1.1이 재물을 파극하는 흉한 세력에 해당한다. 거기에 지지 명운에서도 문서와 학문을 나타내는 9.0이 재성 5.6의 극을 받으면 재물이 없게 된다. 그래선지 학업에도 전념하지 못했고 간혹 아르바이트를 하더라도 돈이 안되는 힘쓰는 일만 주로 했다. 학문과 인연이 없다보니 공부에도 관심이 없었고 그렇다고 특별하게 잘 하는 것도 없었다. 주로 집안에만 틀어박혀 활동을 하지 않다보니 살만 쪘다. 그러다보니 비만으로 뚱뚱해진 몸 때문에 조직생활에 적응하지 못했다. 거기에 성격까지 매우 예민하여 가족들은 물론 주변 사람들까지 기피하는 성향이 강했다.

다만 9의 생을 받은 1.3의 수리배합에 의해 엄마의 기분 파악만은 기가 막히게 잘했다. 겁이 많다보니 매사 엄마한테 의존하는 그야말로 마마보이 기질이 다분했다. 또한 주체성이 결여되어 변화된 환경에 적응이 느렸고, 결정 장애가 있어 하고 싶은 일도 꿈도 없는 답답한 사람 그 자체였다.

소리(파동)에는 그 소리만이 갖고 있는 강한 뜻이 담겨 있다. 그러기 때문에 입에서 불리는 소리(口聲)의 파동은 '정수일'의 이름에서처럼 시간의 흐름에 따라 번갈아 반복되면서 이와 같이 그의 운명에 엄청난 영향을 미친다.

아들의 결함을 누구보다 잘 알고 있는 정수일의 엄마가 개명을 의뢰하여 '정반희'란 이름으로 지어 주었다.

파동이란 소리에서 파생된 에너지를 뜻한다. 말과 생각 하나하나엔 눈에 보이지 않지만 그 파동이 기(氣)가 에너지를 일으켜 운명에 적잖은 영향을 미친다. 그러기 때문에 평생 불러주는 이름이야말로 매우 중요하다.

따라서 정수일이 '반희'란 이름으로 개명한 후에는 자존감이 높아졌고 대인관계가 확연하게 달라졌다. 중첩된 1.1을 이름 첫 자 관성(직업) 8이 극제하니 책임감이 강했고 돈에 대해 경제관념도 확실해 졌다. 우선 성품이 많이 차분해졌으며 비만으로 직장생활을 못했던 그가 살이 빠지자 조직 생활도 제법 그럴 듯하게 했다. 거기에 주관도 확연하게 뚜렷해졌다.

이렇듯 사람들이 수시로 늘 불러주는 이름에는, 그 이름에서 불리워지는 소리에너지에 의해 각각의 그 소리마다 오행의 뜻이 담겨 있다. 그 소리 오행을 사주 푸는 방식으로 그대로 육친으로 대입해 이름에 접목시킨 것이 바로 한글구성성명학이다. 그러기에 이름만 갖고도 당사자의 운명을 거의 유추해 낼 수 있기에 이름을 함부로 지어서는 안된다.

정수일이 개명하고 나서 가장 크게 달라진 점이 있다면 변화된 환경에서 적응을 잘 하고 자신을 가꾸는 습관이 생겼으며 또한 매사 스스로 하는 자립심과 깔끔하게 정리하는 습관이 몰라보게 달라졌다. 매사를 현명하게 처신하다보니 그동안 소원했던 친구들과도 다시 사이가 좋아졌고 가족과의 관계도 원만해 졌다. 그러다보니 집안 식구 모두가 정수일의 개명 하나로 전체적인 집안 분위기가 확 바뀌었다.

이와 같이 이름은 발음 기관인 입을 통해 소리가 파생된다. 그러므로 우리 한글은 입모양을 본 따 만든 글자이다 보니, 소리가 나는 것은 모두 문자화 할 수 있다. 실질적으로 이름의 성명(姓名) 자(字)의 어원을 보면, 저녁 석(夕)자에 입 구(口)를 합성한 것이 명(名)이다. 그러기에 진정한 파동은 입으로(口) 불리워지는 소리(聲)가 성명(姓名)이듯, 입 구(口), 소리 성(聲)인 구성(口聲) 성명학이 바로 파동성명의 근본이 됨은 분명하다.

나 역시 대구의 某 파동성명이라 하는 데를 아주 오래전부터 알고 있었다. 그러나 자음으로 하는 파동이라 왠지 믿음이 가지 않았고 또한 자음으로는 어떤 소리도 나지 않기 때문에 '파동성명' 이라 하는 그 말 자체가 미심쩍게 느껴졌다. 그러나 구성성명학을 만나고 나서부터 이러한 의구심이 전부 해소되었다. 또한 사주 명리를 접목한 성명학이다 보니 그야말로 이름 석자로 모든 것을 예측할 수 있는 것에 더욱 놀라웠다.

나는 아주 오래전부터 사주명리를 비롯하여 타로 점을 주로 하다 보니 꽤 많은 단골들이 생겼다. 그러나 지금은 거의 사주명리보다 구성성명학으로 당사자의 운명을 분석해 준다. 그리했을 때 사주명리나 타로 점에서 느낄 수 없었던 묘한 쾌감을 상담자의 표정에서 많이 발견하게 된다. 그만큼 구성성명학의 정확도가 높다는 것을 반증하는 셈이다. 거기에 개명하고 달라진 모습에서 감사의 인사를 받을 때, 그 때가 내가 다지음의 지사장으로서 가치를 느끼는 가장 뿌듯한 순간이다.

· 연락처 ; 010-5003-8305
· 멜주소 ; mijoo8305@naver.com
· 사이트 ; http://다지음경기안산.com/

차라리 이름대로 살았더라면

1940년생 男

31 25 316

이 주 일

19 03 194

필자는 80년대 '이주일'이 출연하는 코미디 프로를 한동안 즐겨봤던 생각이 난다. '못생겨서 미안합니다'라는 멘트가 지금도 기억 속에 생생하다. 그렇듯 사람을 울고 웃기던 그가 일찍 세상을 떠난 아쉬움에 이름을 한번 풀어보았다. 성에서 나타나는 '이'가 승재관(재물을 이어주는 길성)으로 이어지는 것 같으나, 이름의 첫 자인 '주' 2.5는 2(재물 파괴)가 5(사업재물)를 극하므로 매우 불길한 수리다. 성에 의해 초년에 예능적인 기질을 발휘하게 되지만, 주체가 되는 이름 첫 자의 영향으로 그 능력이 발휘되지 못해 오랜 무명의 세월을 보냈다고 본다. 무엇보다 2.5의 배합은 재물과 거리가 멀고 생활의 곤고함을 예견하는 수리다보니, 이름을 지을 때 가장 피해야 하는 배합 중에 하나다.

중심 운 2의 특성은 현실적인 면이 강한 반면 형제간에 돈독하지 못하고 평생을 통해 고난이 따른다. 사회참여형인 동시에 독립심이 강해 자기의 주장을 굳세게 밀고 나간다. 다행히 이름의 끝자 '일'은 편재(사업적인 재물)가 상생관계가 되어 재물적인 측면은 좋다. 그렇더라도 노력의 재물을 상극하는 기운이 강해 다시 흉조로 바뀐다.

무엇보다 후천운을 주관하는 지지(地支)명운이 상극으로 이루어져 불길할 것 같으나, 이는 숨은 명예가 살아나게 되어 국회의원이 된 공로가 된다. 그렇더라도 상극의 배합으로만 이루어진 이름은 어떤 경로를 통해서든 불길함을 면치 못한다.

따라서 이러한 불길한 이름은 그 이름답게 생활의 궁핍이라든가, 곤고함으로 살아갔다면 수명이 보존될 수 있겠지만, 이렇듯 이름과 상반되는 삶을 살다보니, 유명을 달리한 것이 아닌가 의심해 보는 바다.

살림보다 사회활동이

강라현(서울구로지사)

　구성성명학은 자연을 근거로 오행의 정론에 따라 판단되어진 사주명리를 근간으로 연구된 학문이다. 따라서 학문으로서의 가치가 매우 높다. 성명학뿐 만이 아닌 모든 학문에 있어서도 혹 오류를 범하는 부분이 있다하면 이를 바로 잡아 나가야 마땅하다. 그런 면에서 다지음 학회의 구성성명학 또한 많은 연구와 통찰에 의한 실험정신이 더욱 필요한 시점이라고 감히 말하고 싶다.

　69년 조경선은 이름에서 알 수 있듯이 성에 관성(직업과 남편)을 나타내는 8이 자리하고 있는 데다 이름지지 8.7.4가 이를 잘 뒷받침해주고 있다.

　따라서 69년 기유(己酉)생의 이름을 풀이해 보면, 성의 〈조〉 9.8은 관인 상생으로 초년환경이 좋았다고 볼 수 있고, 다시 또 정재 6으로 이어져 재물적인 운세도 양호한 편이다.

　성품을 나타내는 중심명운 6인 사람은 온후하고 건실하며 성정이 담백하여 빈틈없는 일처리로 주변에 신임을 얻는다. 간혹 고지식하면서도 이기적인 면이 있어 남과 다투는 것을 싫어하고 근면 성실하다.

무엇보다 중첩된 재성 5.6을 극제하는 겁재 2가 재물적인 호재를 불러들이고, 이름 끝자 〈선〉 0.2.4는 나를 중심으로 세력을 확장해, 매사에 주도면밀하고 신경이 예민해 내면의 세계에 깊이 침잠한다.

또한 승재관에 의해 투자에 대한 성과는 누구보다 잘 나타나지만, 다른 사람에 비해 특별난 능력을 지니고 있다고 생각해 스스로 고독을 자초한다. 여자 이름에 선천운 2.4는 관성(남편)을 극하는 기운이 강해 꺼리는 편이나 다행히 지지명운에서 중첩된 7.8을 상관 4가 극제 해주어 남편 덕이 있는 이름에 해당한다. 그러므로 가정생활 보다는 적극적인 사회활동으로 일에 대한 성취감을 우선으로 한다.

따라서 지지이름 끝자 〈선〉의 2.4.6 역시 승재관이 다시 또 상관생재로 이어져 재물적인 호재는 물론 다방면에서 능력이 뛰어나 어디를 가나 만인의 신망을 얻게 된다. 대개의 경우 이런 이름의 주인공은 여성이지만 집에서 살림하기보다는 사회활동으로 자신의 진가를 발휘하는데 총력을 기울이게 된다.

팔자란 사주를 뜻함이다. 태어난 년, 월, 일, 시를 각각 간(干)과 지(支)로 따져 합하면 팔자가 된다.

그렇다면 우리 인생들의 부귀빈천과 길흉화복 또는 흥망성쇠가 과연 타고난 팔자에 의해 결정되는가? 나 역시 직접 상담을 통한 경험으로서 내 본 결과만을 갖고 말한다면, 십중팔구는 주인공의 흥망성쇠가 사주로 판단된 길흉과 거의 일치하다는 점을 밝혀두고 싶다. 사람은 누구나 타고난 인과에 의해 행과 불행이 결정된다. 그런데 안타까운 것은 다른 모든 일사는 자기의 선택에 의해 이루어지는 것에 반해, 태어나는 것만은 자신의 의지와 상관없이 이루어진다는 사실이다.

애당초 인간은 누구를 막론하고 자의에 의해 태어난 사람은 한 명도 없다. 여기서 우리는 자신의 의사와는 전혀 상관없이 태어난 이 팔자(운명)란 것에 촛점을 맞춰볼 필요가 있다. 여기서부터 의심을 갖기 시작한 것이 바로 내가 성명학에 관심을 갖게 된 가장 직접적인 동기가 된다. 그런데 이렇게 각각 다르게 태어나 다르게 살아가는 모든 형태도 따지고 보면 반드시 그렇게 살아가게 되는 까닭이 있다. 이는 다 이름에 의해 우리의 인생도 그렇게 정해진다는 점이다. 대개의 경우 우리의 어르신들이 흔히 하는 말이 있다. 조상이 선행과 덕행을 많이 쌓으면 그 후손이 귀한 사주로 태어나 발복하고, 그 조상이 악행을 많이 저지르면 그 후손은 천한 사주로 태어나 천대받고 살아간다는 말이 있다. 그래서 우리가 예부터 잘살면 내 탓이요, 못 살면 조상 탓이라는 말을 많이 한다. 그러나 내가 구성성명학을 알고 나서는 잘사는 것도 이름 탓이요, 못사는 것도 이름 탓이다.

그렇다면 이름에 의해 우리의 삶이 결정되어진다면 그리 억울할 필요가 없다. 타고난 사주야 바꾸지 못하지만 이름은 얼마든지 개명으로 운을 전환시킬 수 있기 때문이다. 바로 여기에 우리가 살아가야 할 철학적 의문을 갖고 더욱 성명학 연구에 관심을 갖게 된 계기가 되었다.

왜 태어났는가? 이것이야 말로 신(神)의 영역임을 깨닫고 이름에 대해 한번쯤 깊이 있게 상고해 봐야 할 문제라고 생각한다.

· 연락처 ; 010-5967-6558
· 사이트 ; kysun1105@hanmail.net

연예인 본명과 예명

비 / 1982년생

23		455	43	677
비		정	지	훈
89		011	09	233

　예명인 '비' 2.3은 재능을 나타내는 3이 2의 생을 받아 만능연
예인의 기질을 발휘할 수 있게 하고, 8.9는 그에 따른 명성도 있
게 하나, '비'에선 재물을 나타내는 5.6이 없는 것이 흠이다. 따
라서 이런 경우엔 예능인으로서만 살아가면 아무런 문제가 없으
나 사업가로서 야망을 불태운다면 그에 상응하는 파재가 수시로
일어난다.
　본명인 '정지훈'은, 성의 '정' 4.5.5가 재물에 대한 욕구가 강하
게 일어나고, 중심운인 '지'의 4.3이 예능인으로서의 두각을 발휘
하게 하나, 5.5, 4.3, 7.7, 1.1, 0.9, 3.3의 유독 많은 중복된 숫

자에 의해, 재물에 대한 욕구(5.5)가 일고, 예능인으로서의 집념 (4.3)을 불태우며, 7.7에 의해 관재구설이 늘 따라붙는다. 또한 1.1에 의해 그로인한 파재가 일고, 0.9는 문서적인 변동이나 새로운 학문에 대한 도전을 시도하게 된다. 3. 3에 의해 예능인으로서의 자리매김 할 것이라 보여 진다.

인순이 / 1957년생

082 822 08			486 082 822		
인	순	이	김	인	순
426 266 42			426 426 266		

본명인 '김인순'의 이름에서 성을 뺀 이름만 불렀을 때가 월등 좋다. 만약 김인순의 이름으로 불렀더라면 '김' 4.8에 의해 남편과 이별이 예고된다.

다행히 '인순이'엔 남편을 극하는 숫자가 없어 결혼이 지속된다. 그럼에도 불구하고 8.2나 2.6.6에 의하면 재물이 있지만, 반면에 2.6에 의해 파재도 일어난다.

장혁 / 1976년생

839 044		899 969 811		
장	혁	정	용	준
051 255		011 181 033		

예명인 '장혁'은 8.3.9나 0.4에 의해 명성(인기)을 구가하게 되므로 '혁'의 2.5.5에 의해 재물적인 융성함이 있다. 아울러 결혼은 가능한 늦게 하는 것이 좋고, 만약 일찍 했다면 1.5에 의해 한번쯤 이별의 아픔을 겪게 되지 않을까 생각된다.

본명인 정용준의 이름은 유독 1.1.1이 많은 것이 특징이지만, 이러한 1을 8이 극하므로 숨겨진 여자가 있음을 나타낸다. 즉 여자(5.6)를 극하는 1.2를 8이 극하면 다시 여자가 살아나게 되는데 이는 암장 속에 감춰진 것을 말하는 것이다. 결혼 전에 이미 이별의 아픔을 겪었다면 다행이나, 그렇지 않고 결혼했다면 이별을 강하게 예고하고 있다.

싸이 / 1977년생)

74	08		544	70	840
싸	이		박	재	상
83	97		633	89	749

'싸이'가 본명인 '박재상'의 이름으로 살았다면 지금과 같은 명성과 인기를 얻었을까 하는 의문이 생긴다. 예명인 '싸이'의 이름은 명성을 나타내는 7.4.0과 8.3.9가 선. 후천에서 중복으로 나타나, 그의 명성이 이렇듯 이름에서 극명하게 잘 나타내 주고 있다. 그렇지만 예명인 '싸이'의 이름엔 재물을 나타내는 5.6이 없는 것이 흠이다.

다행히 본명인 '박' 5.4.4가 초년의 유복함을 나타내고 또한 타고난 재물을 말해주고 있지만, 어쨌든 이름 끝자 '상'의 8.3.0이나 7.4.9가 명성을 말해준다. 그렇더라도 4.4.7과 3.3.8은 명성을 극하는 관계로 본명이었다면 지금과 같은 세계적인 스타가 되었을까 하는 의문을 가져 본다.

나의 이름으로 인해

권혜반(창원의창지사)

　나의 이름을 개명한지 4년차가 되었다.

　삶이 어디에 영향을 받는지 잘 모르지만 열심히 봉사하며 살면 되지 않을까(?) 그리 생각하면서 열심히 살았던 세월이다. 그러다 또 어딘가에 부딪히면 좌절하고 분노하고 그러다 또 생각대로 되지 않으면 세상을 회피하며 살았다. 어느 때는 우울하기도 하고 또 어느 때는 무기력하기도 하니 늘 몸이 무겁고 칙칙했다. 그나마 에너지를 밖에서 있는 대로 다 쓰고 나니 집에만 들어가면 누워있기 일쑤였다. 그리고 아침에 일어나면 물먹은 솜처럼 내 의지대로 몸이 움직여 주지 않아 늘 곤욕스러웠다. 그러다 보니 산다는 게 내겐 너무 힘들고 팍팍해서 늘 바쁘게 허겁지겁 살았으면서도 무엇 하나 변변한 게 없었다. 몸의 기력이 쇠약하다보니 집안일에 관심을 기울이지 못했고 또한 살림살이에 애초 관심조차 없었다. 그러다보니 집안을 엉망으로 어질러 놓고 밖에 나와도 그런 것이 마음에 걸리거나 또 지저분한 것이 눈에 들어와도 크게 불편하게 느껴지지 않았다. 무엇보다 바깥활동과 집안일

223

을 동시에 할 수 없는 체력이다 보니 어느 한쪽은 아예 포기하고 살았다. 주로 바깥활동에서 나의 에너지를 다 쏟아 부은 셈이다. 집안 살림을 포기하고 그렇게 밖에다 모든 열정을 쏟아 부었음에도 불구하고 딱히 이거다 할 만한 전문적인 지식이나 또는 떳떳하게 내세울만한 직업이 없었다. 그저 뜬구름 잡듯이 이일 저일 하면서 소득도 없는 일에 실속 없이 고군분투만 했다.

그나마 사람들을 만나 친목을 다지고 교제하는 것을 좋아했다. 그러다보니 온 동네사람들을 불러 모아 밥도 해 먹이고 아이들도 와서 편하게 먹고 자고 가기도 했다. 사람들과 만나 식사하고 차 마시며 담소 나누는 그런 일상들만 반복하다 보니 수입보다 지출이 더 많았다. 사람들이 늘 집에 와서 모이니 음식 장만이 가장 큰 일이었다. 매번 음식을 따로 만들 수 없어 주로 오래두고 먹을 수 있는 저장음식을 많이 했다.

아울러 우리 집 아이들 먹이려고 간식거리와 과자를 넉넉히 준비하여 사두는 편인데, 동네아이들이 와서 다 먹고 가고 없으면 그때부터 우리아이들의 불만이 말이 아니었다. 그럴 적마다 야단치곤 하지만 어느 때는 내가 왜 이렇게 실속 없는 일에만 신경을 쓰고 있는 것일까? 이런 생각이 종종 들 때가 있다. 그런데 그 원인이 이름에 있다는 것을 늦게야 알아 차렸다. 구성성명학을 배우고 그리고 연구원이 되고 나서 한참 후에야, 내 이름의 문제점들이 차츰 보이기 시작했다. 타고난 사주에 재물 운이 없는데 이름에서 조차 재물을 파괴하고 있으니 이리 실속 없는 일에만 매달릴 수밖에 없었다. 곰곰이 지난날을 생각해보면 돈이 넉넉하게 수중에 들어오면 정말로 아끼는 편인데도 불구하고 얼마 지나지 않아 텅 빈 주머니만 남게 된다. 그래서 어느 날은 이 돈들이 다 어디로 갔을까 따져 되짚어보면 꼭 쓸 만한 데에 이유가 있어 다 지출된 돈들이다. 참으로 희한하게 그런 현상들이 뭣 때문에 그런지 정확하게 몰랐다. 그저 타고난 복이 이게 내 한계인가보다 그렇게만 생각하고 살았다. 그런데 막상 구성성명학을 배우고 나니 그 원인이 이름에 있었다. 나의 본명 자체가 재성(재물)이 없고 파재를 일으키는 1.2가 이름 전체에 반을 차지하고 있었으니 재물을 모울 수 있었겠는가? 내 이름만 봐도 구성성명학에 탄복하지 않을 수가 없었다.

또한 1.2가 극하는 것이 재물도 되지만 부친에도 해당된다. 그래선지 내가 아버지한테 그동안 느꼈던 감정을 되새겨보면 늘 제로였다. 그야말로 나의 친정아버지는 매우 무심한 사람이었다. 칭찬할 일이 있거나 또는 야단을 칠 일이 있어도 좀처럼 얼굴에 김정을 드러내지 않고 표현도 없다. 어린 시절은 그러한 아버지와 한 공간에 함께 있는 그 자체가 숨이 막힐 정도로 싫었다. 그럼에도 인정받고자 학창시절에는 늘 아버지한테 성적표를 보여주었다. 물론 보지 않고 도장을 찍어 주었지만 그래도 난 단 한 번도 빠지지 않고 그 행동을 계속했다.

그리고 성인이 되고 나서 느낀 것이지만 아버지에 대한 생각을 떠올리면 나도 모르게 무의식중에 분노가 일었다. 한 가정의 가장으로서 엄마한테 무심했던 남편이었으며 자식들한테 무책임했던 아버지였다. 그런 아버지를 떠올리면 원망과 미움 때문에 한동안 울면서 속으로 욕도 많이 하고 다녔다. 이런 원인조차 부친을 극하는 1.2가 많은 이름 때문이란 걸 알고 나자 이제는 도리어 그러한 부친이 불쌍하고 연민으로 느껴졌다.

· 연락처 ; 010-2328-5317
· 멜주소 ; kyss5873@daum.net
· 사이트 ; http://다지음창원의창.com

방송인 이름은 어떤가!

박상준 / 1978년생

855 951 033

박   상   준

544 840 711

박상준의 이름은 전문지식을 갖고 명성(명예)을 얻는 방향으로 가야 한다. 그렇지 않고 재물적(사업)인 욕심을 내면 7.1에 의해 절약가적으로 살아가더라도 결국 5.1에 의해 파재가 일어난다. 즉 성에서의 5.5가 재물에 대한 욕구를 불러 일으켜 사업하게 되면 5.1에 의해 노력이 수포로 돌아간다. 따라서 이런 이름의 주인공은 사업보다는 명성을 얻어 부동산에 투자하게 되면 이러한 파재를 방지할 수 있어 부자로 살아 갈수 있다.

박준규 / 1964년생

411 633 14

박 준 규
855 033 54

이런 이름은 0.3.3이나 1.4에 의해 재능적인 소질로 인기를 얻게 되지만, 자칫 돈에 대한 욕구 5.5에 의해 사업을 욕심내게 되면 1.1.6에 의해 파재가 일어난다. 뿐만 아니라 그로인해 부부가 이별할 수 있음도 예고하고 있다.

윤문식 / 1943년생
678 287 430
윤 문 식
234 844 006

이 이름은 8.7.4와 3.0에 의해 명성(인기)이 있지만, 그럼에도 불구하고 2.3에 의해 자유로운 발상의 소유자가 된다. 따라서 8.4.4에 의해 남한테 구속받는 것을 매우 싫어한다.

또한 후천을 주관하는 이름 끝자에서 '식'의 0.0.6은 처덕을 의미한다. 그렇더라도 8.2.8은 나를(1.2) 통제하는 관성 8이 양쪽에서 극하는 관계로 불행해진 형제가 있거나, 그렇지 않으면 내 몸을 상하게 하므로 말년에 특히 간질환을 조심해야 한다.

김오곤 / 1965년생
264 84 240
김 오 곤
375 95 351

성에서 '김' 2.6은 초년고생을 말하고, 8.4와 3.7은 관성(직업)

을 극하는 관계로 남의 밑에 소속되는 것을 매우 싫어한다. 따라서 2.4나 3.5에 의해 전문직 종사자로서 재물적인 운세가 양호하다. 반면에 2.6이나 5.1에 의해 과욕이 발동하면 그로인해 파재가 일어나게 된다. 따라서 2.4나 3.5에 의해 돈의 유통은 순조롭게 잘되지만, 다른 한편에선 파재가 되므로 수입과 동시에 지출도 그에 상응되게 많다.

내 이름만 보아도

강송현(경남영남지사)

나의 이름은 강송현이다. 최근에 경북영남지사장을 맡아 다른 지사장들처럼 상담이나 개명 경험이 없어 달리 후기를 써야할 자료가 네겐 없다. 그렇지만 다지음 한글구성성명학을 통해 이제야 내 인생의 키를 나름대로 내 손으로 움켜잡았구나! 하는 생각이 들었다.

그 이유는 내 이름을 통해 내 삶을 들여다보면 왜 그런지 알게 될 것이다.

나는 1972년 임자(壬子)생이다. 가난한 산동네에서 태어났고, 강세희라는 이름을 아버지께서 지어 주셨다. 당시 '세희'란 이름이 나름 그 시대에 세련되고 부르기 좋은 이름이지만 그러나 내 이름으로 살지 못하고 이름 끝 자인 '희야' 라고 부르는 바람에 '희야'라는 이름이 내 이름이 되어 버렸다. 그렇게 부르게 된 가장 큰 이유가 큰 아버지가 '강희야'라고 호적에 올렸기 때문이다. 통상적으로 이름을 부를 때 끝 자인 '희야' 라고만 부르다보니, 호적 신고를 할 때 '희야 엄마', '희야 아빠'라 부르는 소릴 들고 그게 이름이라 생각하고 올렸다 한다. 나도 초등학교 입학하고 나서야 그 사실을 알게 되었고 그때는 별다른 생각 없이 그냥 그렇게 '강희야' 라는 이름에 익숙해졌다.

내가 '강희야'의 수리를 분석해 보면, 72년생은 천간과 지지가 오행이 같다보니 강(995) 희(64) 야(59)라는 이름에서 발현되는 기운이 똑 같다.

우선 '강'이란 성에서 형제를 나타내는 1.2와 자식과 두뇌를 나타내는 3.4가 없으며 남편과 직업의 수리인 7.8이 없다. 그나마 다행인 것은 성에서의 9.9.5는 흉중의 길이고, 인성이 살아 있어 성격 좋은 아이로 지냈다. 그럼에도 내 세력을 나타내는 1.2가 없어서인지 매사 자신감이 없고 의욕이 저조하여 늘 자존감이 바닥이었다. 7.8과 3.4가 없어서인지 이성에게 인기가 없어 늘 생각으로만 갈구하고 있었다. 전체 이름에 비록 7.8이 없지만 그나마 재성인 5.6이 살아있어서 돈 버는 일에는 나름으로 일가견이 있었고 또한 열심히 살았다.

5.6이 중첩되어 있어 그런지 돈을 모으면 어느 순간 내 손에 남아 있는 것이 없었고, 직장 또한 남 앞에 번듯하게 내세울만한 좋은 직장이 없었다. 그러다보니 이일 저일 육체적인 노동을 필요로 하는 곳에서 몸 가리지 않고 일만 했다. 나이가 들어 결혼을 했지만 7.8이 없어서인지 결국에는 가정마저 지키지 못했다. 매사 뜻대로 되는 일이 없다보니 자신감마저 잃어버리고 살던 중, 우연찮게 삼십대 후반에 귀인을 만나 개명을 하게 되었다. 개명한 이름은 강민경이다.

        995 137 905
         강 민 경
        006 248 096

다지음을 알고 나서 내 이름의 수리를 보니 이름 첫 자에 내 세력을 나타내는 1이 있고 또한 1.3으로 승재관이 되어 성에서 없던 두뇌와 자식의 수리인 3을 생해주고 있어 내 인생의 변화가 오기 시작했다. '강'씨 성에서 없던 1.2와 3.4가 서로 생을 해주어 나 자신을 바로 세우고 자신감을 갖게 되었으며, '나'라는 존재감을 단단히 세웠다. 무엇보다 1.3에 의해 생각이나 표현을 어디서나 당당하게 하였다. '강희야' 라는 전체 이름에 7.8이 없어 남편이나 직업면에서 제 위치를 지키지 못해 전전긍긍했는데 '민경'이란 이름에서는 천간 지지에 7과 8이 들어와서 좋은 듯 했지만 도리어 1의 생을 받은 3이 남편과 직업을 나타내는 7.8을 파극하는 바람에 3.7과 4.8에 의해 좋다고 느낀 변화도 잠시뿐, 제자리걸음은 여전했다. 한 가지 뚜렷한 변화는 그나마 '경'의 905의 좋은 수리 배합 덕분에 그동안 이것저것 여러 가지 공부를 할 수 있었고 또한 재물적인 운세는 양호해 졌다. 그렇지만 그 또한 성의 받침 5와 이름 첫 자 1이 재성(재물) 5를 극하는 바람에 구성성명학을 통해 그리 좋은 이름이 아니란 걸 느끼게 되었다. 그래서 다지음 학회에서 '강송현'으로 다시 또 개명을 하였다.

강송현의 이름으로 바꾼지 그리 오래 되지 않아 아직은 그 어떤 것도 이렇다하게 내세울 것이 없지만, 이름에 대한 기대감은 매우 크다.

```
995  315  607
 강    송   현
006  426  598
```

강송현의 이름이야말로 최상의 퍼펙트한 이름이란 걸 구성성명학을 배우면서 느꼈기 때문이다. 우선 이름 첫 자에 두뇌와 자식을 나타내는 식신 3이 나의 감정과 표현에 일등공신이 되었고, 중첩된 5.6을 비견 1이 극제하므로 흉중의 길로 재물적인 운세 또한 매우 좋다. 거기에 이름 끝 자에서 남편과 직업의 수리인 관성 7이 인성(학문) 0을 생해주고 있어 더없이 좋은 이름이란 걸 깨닫게 되었다. 따라서 지금은 매사가 더욱 의욕적인 모습으로 바뀌어 가고 있다. 어찌하였건 '강송현'이란 이름으로 개명하고 나서 조금씩 나 자신의 일을 계획하고 실행하는 것을 보면서 이름의 중요성을 더욱 실감하고 있다.

· 연락처 ; 010-5165-2342
· 멜주소 ; khy7205@naver.com

진즉 이름을 바꿨더라면

정말 우연한 기회에 다지음 학회에서 이름을 감명 받은 적이 있었다. '윤순화'의 이름을 말했더니, 대뜸 이 이름은 자식으로 인해 눈물 흘릴 일이 있다며, 자식복도 없지만 남편 덕 또한 없다며 안타까운 눈으로 바라봤다. 그러면서 돈을 아무리 벌어도 내 돈은 없다면서 개명을 권했다. 무엇보다 이런 이름은 자식을 극하기 때문에 반드시 개명을 해야 한다며 나의 표정을 살폈다. 오랜 암 투병으로 경제적 어려움이 있었지만 자식한테 안 좋다는 말에 잠시 망설이다 개명을 의뢰했다. 솔직히 이름을 바꿀 당시만 해도, 설마 내 이름 때문에 우리 아들 증상이 그랬을라구…(?) 반신반의 했었다. 그런데 정말 놀라운 사실이 일어났다. 이십대인 아들이 그동안 집안에만 틀어박혀 아무데도 나가지 않았다. 내가 암으로 오랫동안 고생하고 있는데도 끔쩍도 하지 않는 아들의 증상은, 의사의 말에 의하면 자폐증은 아니나 그와 비슷한 증상이라 했다. 그래서 일종의 병이라 생각해 취직은 기대도 안했을 뿐더러, 밖으로 내보는 것 또한 포기 했다. 그런데 놀랍게도 그런 아들이 슬며시 일자리를 알아보기 시작했다. 그러더니 어느 날 취직을 했노라고 말했다. 첫 월급을 받아 용돈하라며 쥐어준 아들의 손을 잡고 감격해 우는 순간, 제일 먼저 떠오른 사람이 바로 '선우'란 이름을 지어 준 선생님이었다.

선우란 이름을 지어주면서 신심을 갖고 노래하듯 매일 불러주면 반드시 생활에 변화가 있을 거라는 확신을 주었다. 당시 항암 치료를 받고 있는 절박한 상황인지라 매일 노래하듯 선우란 이름을 불렀다. 그동안 건강상의 문제는 크게 달라진 것은 없으나 아들의 변화된 모습을 보고 이름의 중요성을 절감했다. 자식을 극하는 내 이름 때문에 그동안 아들이 병적인 증상을 갖고 있었다는 것이 도저히 믿기지 않았다. 그러나 눈앞에 펼쳐진 이 상황을 갖고 어찌 믿지 않을 수 있겠는가! 지금은 진즉 바꿨었다면 하는 아쉬움이 가득하다.

지나친 욕심으로

송태준(인천남구지사)

戊戌年(2018년) 봄날 따뜻한 날에 여러 지인들과 봄나들이를 갔다. 날씨도 좋았고 화기애애한 분위기에 시간가는 줄 모르고 있었는데 갑자기 전화기가 울렸다. 약간 떨어진 곳으로 가서 전화를 받고 보니 간단히 끝낼 내용이 아니어서 이름과 생년월일을 문자로 보내면 시간이 되는대로 연락을 하겠다고 한 후 전화를 끊었다.

오후에 시간을 내어 전화를 했더니 신세 한탄부터 시작하며 끝낼 줄을 모른다. 30대에 아파트 두 채를 사고 아들도 있으며 현재 6학년에 다니고 있다고 한다. 그런데 몇 년 전에 우연히 주식을 알게 되어 재미로 조금 투자를 했는데 이것이 대박을 냈단다. 아내도 아주 좋아해서 서로 상의한 결과 계속해서 주식에 대하여 공부도 하고 투자도 늘려서 했단다. 그런데 현재는 집도 다 날리고 부인과도 이혼을 하고 현재는 직장도 없고 실업수당으로 간신히 살아가고 있단다. 지금도 돈만 있으면 주식에 투자를 하고 싶단다. 언제쯤이면 좋은 운이 와서 잃었던 재산을 복구하게 될지를 묻는데 나로서는 정말 답을 내놓을 수 없었다. 그래서 이름을 바꿀 의향은 있는지 물어보니 이미 개명을 한 이름이라고 한다.

1973년 7월 30일생(양력)

개명 전 이름				개명한 이름			
계 (癸)	이름	축 (丑)	이름 해설	계 (癸)	이름	축 (丑)	이름 해설
6 4 2	임	2 0 8	'임'이라는 성은 1-2, 3-4, 5-6, 7-8, 9-0이 고루 갖추어져 있어 좋은 운명으로 잘 타고 났으니 어려서 부모님 덕으로 어려움이 없이 잘 지냈을 것임. 성격을 활달하고 재주도 뛰어났으며, 6(재물)이 9-0(학문, 문서)을 견제하고 있어 부동산도 있을 것으로 보이며, 2가 5-6을 견제하고 있어 재물도 풍부하게 있을 것으로 보이는 바 좋은 이름임. 이름에서도 모든 수리가 고루 갖추어져 있어 아주 좋은 이름인데……	6 4 2	임	2 0 8	이름에서 9-0(학문, 문서)이 3-4(재주, 총명)를 극하니 숨은 7-8(직업, 명예)가 있어 좋으나 6(재물)이 9를 극하는 것이 2번이나 있어 문서(부동산)의 확보에 어려움이 있을 것으로 보인다. 또한, 4가 8을 극하여 안정된 직업을 갖기가 어렵고, 2가 5를 극하니 재물을 모을 수가 없을 것으로 보인다. 부모의 덕으로 남부럽지 않게 살았으나 지나친 욕심으로 인하여 어려운 삶을 살게 될 것으로 보인다.
4 0 6	상	0 6 2		3 0 8	찬	9 6 4	
0 7	규	6 3		2 9 6	명	8 5 2	

아내도 미장원을 하고 자신도 좋은 회사에 다니고 귀여운 아들도 있어 부러울 것이 없는 생활을 하다 보니 보다 큰 욕심이 생겼음을 알 수 있다. 보다 많은 것을 가지고 싶은 마음으로 주식에

투자를 하였고, 자기도 모르게 빠져들어 멈추지 못했고, 개명한 것이 더욱 나쁜 운으로 작용하여 현실에 이르렀으니 누구를 탓할 수도 없게 되었다.

지금이라도 욕심을 버리고 성실하게 살기를 바라는 마음이 간절하다.

아무리 좋은 이름이라도 끝없이 좋을 수는 없다. 욕심이 지나치면 화가 된다. 잘 나갈 때 주의하여 본분을 지키는 것은 만고의 진리이다.

또한 작명가는 좋은 이름으로 고객의 어려움을 되도록 적게 해야 하는데 좋은 이름을 버리고 어려움을 더욱 어렵게 하였으니 작명가의 책임도 크다는 것을 여실이 보여주고 있다.

저도 몰라요! 꿈만 같아요!

己亥年(2019년) 한여름 어느 날 거의 왕래가 없었던 집안 질녀(조카딸)에게서 전화가 와서 반갑게 받았다.

"어찌된 일이야? 전화를 다 하게!"

"아저씨, 우리 아기 이름을 지어 주세요."

"아니, 시집도 안 간 아가씨가 아기 이름을 지어달라니 어찌된 일이야!"

"저 결혼했어요. 그리고 아들도 낳았어요."

"아니, 좋은 자리 마다하고 결혼할 마음이 없다더니 언제 결혼을 했지? 하여튼 축하해! 아들 이름을 잘 지을 께!"

아기의 출생연월일을 확인한 후 전화를 끊고 나서 생각하니 4~5년 전에 내가 질녀의 부모를 만나서 작명소를 운영한다고 소개를 한 적이 있었다. 그 후로 질녀 어머니(필자의 집안 제수씨)

의 소개로 개명해 주었고 그 뒤로 별로 왕래가 없었다.

　당시 어머니의 말로는 본인의 딸이 홍익대학교 응용미술과를 졸업하고 미술학원 강사를 하고 있는데 실력도 인정받고 인기가 좋아서 학원장도 아주 좋아한다고 했다. 그런데 결혼을 하라고 하면 관심도 없고 좋은 혼처자리가 나와서 사귀어보라고 하면 남자가 마음에 들지 않는다고 하여 부모님의 애간장을 태운다고 했다. 또한, 여행을 좋아해서 여유만 있으면 외국 나들이를 가니 돈도 모으지 못한다고 했다. 그런데 이름이 나쁘면 그럴 수도 있으니 감명을 해 보자고 하기에 자세히 이름을 해설(통변)을 해 주고 새로운 이름을 지어 주었다.

　· 연락처 ; 010-3299-5387
　· 멜주소 ; syk0823@daum.net
　· 사이트 ; http://다지음남구.com

이름에서 예고된 아이의 운명

금년 초 제법 추운 날씨인데 젊은 부부가 함께 방문했다. 아웃도어 차림의 남편보다 네 살 박이 사내아이를 안고 있는 부인의 표정이 매우 어두웠다. 속으로 힘 좋은 남편이 아이를 안아주던가, 아님 아이를 걸리게 하지 왜 저렇게 허약해 보이는 부인한테 안게 하는가. 은근히 못마땅해 하면서 습관처럼 이름을 물었다.

"누구 이름이 궁금해 오셨나요?"

"우리 아들 이름이요."

2011년 辛卯생 박겸민의 이름을 풀어보니 요즘 젊은 부부가 잘 쓰지 않는 '겸' 자가 들어간걸 보니 항렬을 의식한 이름 같았다. 이름을 풀어 보는 순간 건강상의 문제가 제일 먼저 눈에 띄었다.

"아이가 아픈 데는 없는가요?"

하고 물었더니 눈을 동그랗게 뜨면서,

"왜요?"

하고 물었다. 이름에 관성(7.8: 나를 극하는 기운)이 많으면 허약체질이 되거나 질병으로 고생하게 된다. 이러한 7.8의 기운이 선천(천간) 운에서 무리지어 있게 되면 어려서는 몸을 다치거나 질병으로 고생하고, 성인이 되면 잦은 직장의 변동으로 변변한 직업이 없어 생활이 궁핍해진다.

"대개의 경우 이런 이름을 가진 아이들이 자주 다치거나 질병 때문에,...."

미처 말이 끝나기도 전에,

"맞아요! 우리 겸민이가 작년에 교통사고를 크게 당해 아직도 걸음을 제대로 못 걸어요."

어쩐지 아이 엄마의 표정이 어둡다 싶었다. 남편이 아닌 부인이 아이를 안고 있는 것도 이상 했지만, 아이가 아프다는데 부부의 표정이 상반된 것도 이상했다. 그래서 아이의 생년월일을 물었다. 그랬더니 경자(庚子)일주가 자(子)월에 태어나 해시(亥時)가 되면, 신묘(辛卯)생한테는 묘목(卯木)이 수목응결(水木凝結)되어 그렇게 되면 하체가 불구가 된다.

필자가 그동안 수 천 명의 이름을 임상해 봤지만 거의 대부분 사주대로 이름을 짓는다. 그러기 때문에 사주를 굳이 보지 않아도 이름만으로 그 사람의 운명을 70-80%는 유추해 낼 수 있다. 이 또한 기(氣)의 작용으로 영파(靈波: 영적인 파장)의 영향이라 생각한다. 그러다보니 저마다 작명가한테 지었든 자신들이 직접 지었든 간에 사주에 맞는 이름들을 짓는다.

"이런 이름은 아빠와 인연이 없는데....."

남편의 눈치를 살피면서 말끝을 흐렸더니, 이번엔 시큰둥하게 쳐다만 보고 있던 아이아빠가 순간 놀라움을 감추면서 대꾸했다.

"정말 이름만 보고 얘기한 것 맞습니까?"

하고 따지듯 물었다. 이름 끝자에 겁재(2: 재물을 파괴)가 정재(6: 부친과 처)이 마주하면 어려서는 아빠와 인연이 없거나 부모 덕이 없고, 커서는 부인 덕이 없거나 이별수를 겪게 된다.

이렇듯 아이 이름에서 예고하듯, 함께 온 남자는 아이아빠가 아니고, 재혼한 남편이었다. 무엇보다 관성(직업) 7.8이 인성(엄마) 0을 생하고, 이러한 인성이 부친(6)을 극하는 2를 생하면, 왕성해진 겁재(2)가 재성(부친) 6을 사정없이 파괴시킨다. 이렇게 되면 앞서 설명했듯이 어려서는 부친과 생사별이요, 커서는 부인과 이별을 겪는다. 또한 남자는 재성(6)이 처와 재물을 나타내기 때문에 가난하게 살아간다.

우주심에는 다양한 특성과 정보(부귀. 빈천의 운세)가 사람들이 늘 불러주는 이름 속에 내포되어 있다. 그러기 때문에 입에서 불리는 이름의 파동은 시간의 흐름에 따라 번갈아 반복되면서 운명에 엄청난 영향을 미친다. 따라서 좋은 이름이야말로 화목한 가정을 이끄는 첩경임을 알아야 하겠다.

구성성명학을 믿고 있기에

이유림(인천남동구지사)

작년 봄 거리의 꽃들이 너무도 아름답게 피워 마치 하늘 아래의 꽃 봉우리들이 서로 고운 자태를 뽐내며 자랑하고 있는 듯 했다. 그야말로 꽃의 향연이라 할 만큼 눈이 부시게 시리고 아름다웠다. 꽃에 도취되어 유리창 너머에 시선을 고정하고 있는데, 서른 살 남짓 한 청년이 예약도 없이 사무실 문을 성큼 열고 들어섰다. 순간 놀라지 않을 수 없었다. 청년의 얼굴이 너무도 창백하다 못해 표정 또한 감이 잡히지 않았다. 촛점이 흐린 눈빛에서 몽환적인 분위기를 자아내 도저히 정상적인 사람 같아 보이지 않았다. 그런 그가 목이 탔는지, 제일 먼저 꺼내는 말이

"물 한잔 마셔도 될까요?"

헉~ 그러나 그 목소리엔 반전이 있었다. 흐릿한 눈빛과는 정반대로 목소리는 너무도 차분하고 예의 바른 음성이었다. 그래서 그 순간 저 친구한테 뭔가 깊은 사연이 있구나. 순간 그렇게 느껴졌다. 그래서 먼저 물었다

"무슨 고민이라도....?"

그러나 그는 아무 말이 없었다. 그래서 두서없이 이어 말했다.

"거기에 그냥 그렇게 서 있으면 그저 땅이지만 그 위를 걸으면 그때부터 길이 됩니다."

왜 그렇게 말했는지 모르지만 나도 모르게 불쑥 나온 말이었다. 습관처럼 이름이 뭐냐고 물었다. 그랬더니 그때서야 머쓱한지 이름이 두 개라며 웃을 듯 말듯하게 답했다. 머쓱해 하는 그의 표정이 순간 귀엽고 순수하게 느껴졌다.

두개의 이름 모두 풀어 보니, 인상에서 느꼈던 그 예감대로 9,0(水)과 7,8(金)의 부조화가 순간 눈에 들어왔다. 대부분 이러한 경우엔 학문도 직업도 뜻대로 이루어지지 않아 갈등의 계속될 수밖에 없다. 친구들은 버젓한 직장인으로 살아가는 것에 반해 그는 여전히 취업준비생으로 부모님께 의존하고 살아갈 수밖에 없으니 그의 자존감이 바닥일 것이요, 의기소침하여 무기력할 것이다. 4년제 대학을 졸업하고 취업을 위한 도전을 수없이 했지만 그리고 스팩을 쌓기 위한 자격증 취득도 많이 갖고 있지만 결과는 늘 고배의 쓴 잔이었다. 그렇게 8년 세월을 지내다 보니 자신은 물론 부모님도 서서히 지쳐가고 있었다. 아무런 희망이 보이지 않아 삶을 포기할까 생각할 정도로 지쳐 있었다. 달리 해줄 말이 떠오르지 않아 그에게 물었다

"그동안 어떤 도전을 해 봤나요?"

그렇게 물어도 그의 표정은 허공만 맴돌 뿐 아무런 반응이 없었다. 하긴 취업 자체가 도전이 아니라 삶의 연장선상에서의 연속일 뿐이지, 그게 어디 도전이라 할 수 있겠는가? 어줍잖게 조언해준다는 게 도리어 그의 심기만 불편하게 한 것 같아 미안한 생각이 들었다. 그래서 그에게 두 개의 이름에서 발현되는 기운이 결국 본인을 이렇게 무기력하게 한 원인임을 설명해주면서 개명을 적극 권유했다. 그랬더니 지푸라기라도 잡고 싶은 심정이었

느지 한 치의 망설임도 없이 즉각 그의 보무님께 전화를 걸었다. 그리고 단호하게 개명을 하겠노라고……. 선언에 가까운 의지를 부모님께 확실하게 전하고 나서, 그 자리서 작명료를 카드로 결제했다. 막상 개명의 결심을 굳히고 나니까 기분이 홀가분해서인지 좋은 이름을 지어 달라며 엷은 미소로 부탁했다.

개명의 결심 자체가 내가 변하고자할 때 일어나는 마음의 확고한 의지 표명이다. 그럴 경우 주변인들조차 당사자의 변화된 표정에서 믿음이 수반되어 도움을 주고자 여러 모양의 손길로 다가선다.

개명하고 나면 분명히 달라지는 것을 느낄 터이니 다음에 만날 때는 좋은 소식과 함께 훗날을 기약하자고……. 그렇게 인사를 나누고 돌아갔다.

그리고 몇 달 후, 그 청년의 어머니로부터 전화가 걸려왔다. 근 몇 달 사이에 아들이 변해도 너무 변했다고 놀라워했다. 예전에는 방에 틀어박히면 꼼짝도 안하던 녀석이 이제는 취업 전, 용돈만이라도 스스로 충당하겠다며 알바를 다닌다고 했다. 그러면서 돈을 떠나 뭔가 해보겠다는 의지가 기특해 숨이 좀 트인다고 감사의 인사를 전해 왔다. 그래서 그냥 나도 덩달아 기뻤다. 비록 바라는 취업은 아직 미정이지만 그가 개명하고 스스로 변하고자 하니 이보다 더 큰 발전은 없다. 어찌하였건 그가 개명한 좋은 이름으로 원하는 직장에 꼭 취업할 것을 조금도 믿어 의심하지 않는다. 그 누구보다 구성성명학의 에너지를 믿고 있기에…!

· 연락처 ; 010-2415-4888
· 멜주소 ; youngrim10@naver.com
· 사이트 ; http://다지음인천남동.com

재물 많은 이름 덕분에

〈1952년생 男〉

```
97  579  41
구    욱    조
3   135  07
```

이 이름의 주인공은 필자의 오랜 고객이다. 운수업을 하는 사람으로 그동안 승승장구하며 많은 부(富)를 축적했지만, 다른 비정한 사업가들에 비하면 구 사장은 어려운 일을 당하는 사람을 보면 선뜻 잘 도와준다.

중심 운(이름의 첫 자)이 5인 사람은 자신의 개성을 드러내는 독창적인 세계를 좋아 하나, 상황에 따른 돌발적 사태에 아주 민첩하게 대처하는 능력도 탁월하다. 5의 특성은 활발하고 개방적인 성격을 지니고 있어 주로 외부에서 좋은 인연을 만나게 된다. 이 이름은 참으로 잘 짜여진 배합으로 흠을 찾기 힘들다. 수완이 가장 뛰어난 수리다보니 대부분 성공의 가도를 달리지만, 잘못 발동되면 사치, 낭비, 투기심 등으로 불행해 질 수도 있다. 그러나 5가 7을 만나면 하루가 다르게 일취월장 성장하게 된다, 이름에 5.7.9가 모두 모여 있으면 중심 운 5는 바쁜 역마 운이고, 7은 차량이며, 9는 불행을 뜻하는 회전수기 때문에 교통사고가 많다. 그렇다고 5.7.9가 무조건 교통사고로 보아서는 안 되고, 교통경찰관, 운전기사, 판. 검사 등 생살권을 담당하고 있는 의사인 경우 오히려 좋은 수리에 해당된다. 또한 5의 특성상 자신이 자란 환경에 많은 변화를 추구할수록 활동반경도 그만큼 넓어짐에 따라 성공의 영역도 상대적으로 커진다. 그러다보니 이 이름의 주인공 또한 운수사업으로 엄청난 富를 축적한 것을 보면 이렇듯 이름의 위력을 무시할 수 없다.

구 사장은 처음부터 운수업을 했던 것은 아니고, 젊은 시절 중소기업 무역파트에서 근무했었다. 그러던 중 우연찮게 외국지사로 발령 받아 운송 업무를 맡게 되면서, 회사 내서 진취적 성향의 기지를 발휘해 영업활동을 넓혀 나갔다. 그런 식견이 계기가 되어 사업을 시작했지만, 운수업으로 종횡무진 돈을 벌수 있었던 것도, 이렇듯 이름에서 예고된 역마성의 기운인 5.7.9의 영향 탓이 아닌가 생각하는 바다.

개명하고 바뀐 나의 삶

이미홍(서울성북지사)

어깨 너머로 구성성명학을 조금 배우고 났더니 이름에 대한 중
요성을 더욱 절감하게 되었다. 우선 개명 전 내 이름에서 살펴보
면 남편과 직업을 나타내는 7.8이 전혀 없고 생을 받는 식상(두
뇌와 자식)인 3.3가 과도하게 중첩되어 있다. 또한 재물을 나타
내는 5.6이 중첩되면 재물과도 인연이 없는 그야말로 이름 전체
의 배합이 흉하게 나타났다. 그래선지 그동안 노력에 비해 좋은
결실을 맺지 못했고, 남편과 자식과의 관계에서도 늘 거리감이
생겼다. 그러다보니 가정에서의 안정감을 찾지 못하고 바깥 활동
에만 전념했다. 그러던 차에 다지음 학회를 만나 개명하게 되었
다.

결론부터 말하면 개명 후, 지금은 이름의 좋은 에너지 배합으
로 인해 남편과의 관계가 호전되었고, 직장에서의 인지도도 높아
졌다. 직업에 해당하는 관성 7.8의 배합이 조화롭게 배치되었고
또한 재물 운을 나타내는 수리 조합이 이름 곳곳에 위치하고 있
어 그런지 경제적인 여유도 그전보다 월등 좋아졌다.

아직 구성성명학을 정식으로 배우지 않아 깊이 있게 모르나 구성성명학 원리에 대해 선생님께 여쭤보면 친절하게 설명해 주셨다. 그리고 개명한 이름에 대한 믿음에서인지 모르지만 모든 것이 순탄하게 이뤄지는 기분이었다.

무엇보다 개명전의 이름이 중심 운에 4의 수리인 상관이었는데 지금은 그 반대 수리인 8로 바꾸다보니 누구보다 나 자신이 평소의 성향과 많이 달라지는 것을 느낄 수 있었다. 그야말로 중심 주파수 하나 바뀌었는데도 이렇게 달라진 나의 성격을 미루어 볼 때, 반신반의 하던 이름의 의구심이 나의 개명한 이름을 통해 확실하게 깨닫게 되었다. 개명을 통해 절실하게 느끼고 살다 보니 이제는 내가 앞장서서 주변 사람들한테 개명을 권유하곤 한다. 이는 개명하고 달라진 사람만이 느낄 수 있는 확신 같은 믿음에서다.

앞서도 잠깐 언급했지만 남편과 아이와의 관계서도 놀라울 정도로 좋아지다 보니 그다지 아이를 좋아하지 않던 내가 얼마 전에 둘째를 낳았다. 그야말로 전에 느껴보지 못했던 행복감을 매일 매일 누리고 살고 있다. 그래서 선생님께 지금도 자주 안부 전화를 걸곤 한다.

무엇보다 내 경험을 미루어 주변에 마음이 곤곤하거나 삶이 힘든 사람들을 보면 나도 모르게 이름 한번 상담 받아 보라고 부추기고 있다. 뒤늦게 얻은 이 행복을 모두에게도 누리게 하고 싶은 마음에서다. 그렇잖아도 갓 태어난 아기를 바라볼 때면 선생님께 감사가 절로 난다.

그러던 차에 다지음 학회에서 책을 출간하는데 내 이름을 사례로 올리면 어떻겠냐고 의향을 물어서 혼쾌히 승낙했다. 모두가 좋은 이름으로 전해지는 곳마다 행복과 감사와 웃음꽃이 늘 피어나길 바라는 마음에서 이렇게 개명후기에 동참하게 되었다.

〈진솔하게 개명후기에 동참해준 나의 홍보대사한테 감사의 인사를 드린다. 아울러 생생한 자신의 경험과 생각을 있는 그대로 담아 모두에게 이름의 중요성을 알리고자 하는 그 마음 깊음에도 다지음을 대신해 감사의 인사를 전한다.〉

· 연락처 ; 010-3728-5567
· 멜주소 ; jngueon7019@daum.net
· 사이트 ; http://다지음성북.com

재물을 극하는 이름

〈1958년생 男〉

011 253 103
정　한　은
011 253 103

　모(某) 중앙지 신문기자로 나와 친분이 두터운 정기자다. 그래서 그 누구보다 정기자의 환경을 잘 알고 있는데. 성격을 나타내는 중심(이름 첫 자의 자음)에 2(재물을 극하는 수리)가 있으면 자기 주관이 강하고 고집이 세다. 따라서 이런 사람은, 오는 사람 막지 않고 가는 사람 잡지 않을 정도로 대인관계가 활발하고 과단독행의 기질이 다분하다. 뿐만 아니라 재물을 경시하는 경향이 짙다보니 파재가 연속해 일어난다. 특히 남성의 경우는 가정적이지 못해 부부간 반목내지는 갈등 혹은 이별이 예견된다. 설혹 부부가 한 가정 안에서 산다 해도 원만한 부부애를 과시하지 못한다.

대개 이런 이름의 주인공은 사업보다 직장생활이 적합하고 사업과는 거리가 멀다. 따라서 자존심이 강해 하위직에 있을 때는 주관과 신념이 뚜렷해 상사의 지시에 불만을 갖게 되지만, 일단 고위직이 되고나면 통솔력과 리더십을 발휘해 명예가 뒤따른다. 또한 이러한 겁재(2)가 선천운(천간)에서 재물을 나타내는 재성(5. 6)을 극하면 사십대까지는 누가 뭐래도 수입보다 지출이 많아진다. 특히 주식하면 손실이 따르게 되어 투기성 투자는 파재의 위험을 초래한다. 이름 끝 자에서 학문을 나타내는 인성(0)이 관성(명예)을 극하는 식신(3)을 극하면 명예가 살아난다. 따라서 이러한 이름 끝 자의 영향으로 잠재된 능력이 표출되어 만인의 신망을 얻어 존망 받는 인물로 살아가는 고로 신문기자로서 명예는 있다. 그렇더라도 재물과 처를 나타내는 재성(5.6)이 비겁(1.2)에 의해 극을 받게 되면 아무리 안정된 직장을 다닌다 해도 재물의 손재로 곤궁한 삶을 면키 어렵다.

실질적으로 이 이름의 주인공은 그동안 주식으로 많은 돈을 잃었다. 그랬으면 웬만한 사람 같으면 개명에 한번쯤 귀 기울일 만도 한데, 부모님이 지어준 이름을 함부로 바꿀 수 없다며 고집부리고 있다. 그동안 필자가 수없이 권했지만 지금까지 끄떡도 않고 있는 그를 보면, 이름에서 나타난 성격 그대로의 위력을 실감하게 된다.

이렇듯 이름에서 배우자를 헤치면 부부가 이별함은 물론 반드시 불행한 일을 겪게 된다. 또한 재물을 극하면 아무리 많은 돈을 벌어도 그 돈을 전부 잃게 됨은 물론 심하면 망하게도 한다. 따라서 이름에서 불리워지는 파동의 소리는 우주만물의 기와 결합하면서 서로 소통하고 교감하면서 생체에너지를 발산한다. 그러기 때문에 사주는 선천적인 숙명으로 인간의 힘으로 바꿀 수 없지만, 이름은 후천적 요인으로 운명을 얼마든지 개운할 수 있다.

어떻게 보면 개명을 통해 운을 자유자재로 변환시킬 수 있는 것이 이름이기에, 이렇듯 이름의 중요성을 강조하는 바다.

그의 뒷모습을 바라보면서

차채담(대구다사지사)

    1974년 갑인(甲寅)생인 김某는 어릴 적 부모가 이혼하고, 세 번의 결혼과 이혼을 강행한 아버지로 인해 그가 자란 가정환경은 매우 좋지 못했다. 그래서 그로인한 열등의식이 피해의식으로 변했고 반항적이면서 부정적인 생각으로 인해 학창시절 교우관계도 좋지 못했다. 또한 학업에 전념하지 못하다보니 성인이 되어서 변변한 직업이 없었다. 직장을 얻지 못하다보니 일정한 수입이 없었고 뜬구름 잡는 식의 주식에 관심을 기울였지만 자금이 없는 그로선 그 또한 그림의 떡에 불과했다. 어쩌다 적은 돈으로 투자한 주식이 주가가 올라 종자돈이 되어 틈만 나면 주식에 몰두했지만 결과는 늘 빈털터리였다. 안정된 생활을 갖지 못하니 결혼은 꿈도 꾸지 못했고 지금은 혼기를 훌쩍 놓쳐버려 결혼은 아예 포기하고 살았다.

    그러니까 지난해 가을, 길가의 노란 은행잎이 빨간 단풍과 어우러져 형형색색의 조화를 이루고 있을 즈음에 그가 다시 방문했다.

    처음 이름에 대해 상담을 왔을 때만 해도 열등의식이 많아 자기스스로 인간구실도 못하는 놈이라고 자조 섞인 음성으로 한탄을 쏟아냈었는데 처음보다 왠지 모르게 많이 달라 보이는 모습이었다.

그때는 김씨 성에서 나타나는 1.5에 대해 장황하게 설명했더니 자신의 불우했던 가정환경을 세세하게 얘기하면서 자신의 속내를 전부 토해내고 갔었다. 이름에서 발현되는 기운 또한 흉한 기운에 의해 그럴 수밖에 없었던 그의 이름에 대해 설명을 해주면서 위안을 줘서인지 이번에는 개명을 결심하고 방문하였다.

성에서 처와 재물을 극하는 1.5의 흉한 기운을 보완해 주기위해 이름 첫 자에 5.2.7의 수리배합을 넣어서 작명해 주었다. 그랬더니 그 후로 좋은 이름의 기운을 느꼈는지 개명 후로 자주 찾는 편이었다. 대략 한 달에 한번정도 만나서 그런지 그와도 이제는 제법 친숙해졌다. 가끔 만나면 전과 다르게 신세한탄이 아니라 이제는 결혼해서 안정된 생활을 갖고 싶다는 희망의 얘기들만 많이 했다.

며칠 전에 우연찮게 길가에서 만났는데 그동안 형편이 많이 좋아졌는지 얼굴에 혈색이 돌면서 환하게 웃으면서 인사했다. 우중충한 모습만 보다 환한 표정의 그를 보자 딴 사람인가 싶을 정도로 매우 달라 보였다.

예기치 않은 곳에서 만나 반가워 그런지 제일 먼저 주식에 손을 완전히 떼었다는 소식부터 전해주었다. 마침 벼룩시장 구인난의 광고를 보고 전화했더니 자기 적성에 딱 맞지는 않으나 그래도 해볼 만한 영업직이기에 얼마 전부터 그리로 출근하고 있다고 최근의 근황까지 알려 주었다. 그러면서 알뜰하게 돈을 모아 조그마한 점포라도 차릴 계획이라는 포부를 밝혔다.

오며가며 찾아뵙겠다는 인사와 함께 돌아서는 그의 뒷모습이 그때처럼 든든하게 보인 적이 없다. 그의 희망과 포부가 마치 내 것 마냥 그렇게 기쁘고 뿌듯하게 느껴보긴 처음이다.

그래선지 내가 다지음의 김천지사로 활동하고 있는 지금이 가장 행복하다. 사람을 변화시키고 인생의 전환점에서 길잡이가 되어주는 작명가로서의 역할이 이렇게 가슴 뿌듯하게 하는 줄 정말 몰랐다. 좌절하여 침잠해 들어가는 한 인간을 이렇게 변화시키는데 이름이 큰 역할을 담당했다는 것에 참으로 놀라울 따름이다.

· 연락처 ; 010-3810-3282
· 멜주소 ; topnate12@naver.com

외국인 이름도 풀이가 가능하다

중국 수석 덩샤오핑 (1904년)

덩샤오핑은 의지가 굳고 매우 지적인 농부 출신으로 프랑스서 유학한 공산주의 혁명가다. 그는 누구보다 체구가 극히 작았지만 쓰촨성 광안의 한 마을에나, 세계에서 인구가 가장 많은 나라의 거대한 인물로 부상하였다.

그의 이름'덩'9.7.7은 편인성 9가 관성 7로 상생되면서 프랑스 유학을 꿈꾸게 했으며, 학문에 대한 열정이 강하다. '샤' 5.2에서 보면 중첩된 관성 7.7이 편재 5로 이어져 오면서 경제에 대한 논리를 고조시켰다고 볼 수 있다. '오' 7.3은 겁재 2가 편재 5를 상극하는 것을 7이 극제시키므로 재성 5를 살려준 묘미가 특이하다. 이 또한 '핑' 4.5.7에서 보면 상관 생재가 명예 관성으로 이어지면서 그가 실질적인 권력을 쥐게 되고, 이로 인해 당 조직과 전체 인민 사이에서 세력을 키웠다. 중첩된 식상 3.4가 관성 7을 파극하므로 1966년 문화혁명을 개혁하다 그로인해 실권하였다.

그렇더라도 4.5.7의 영향으로, 1973년 부수상으로 다시 복권되었다.

무엇보다 후천운을 주관하는 지지 명운 '덩' 3.1.1은 승재관으로, 당 부주석 겸 정치국 상무위원이 되었다. '샤' 1.9와 '오' 의 2.1은 나를 중심으로 세력이 확장되다보니 1976년 천안문 사태로 실각하였지만 이듬해 다시 전 직위를 회복하였다. 당시 그가 겪은 가장 큰 고초 중에 하나는 편관 (자식) 7을 중첩된 3.4가 이를 상극하여, 홍위병에 쫓겨 이리저리로 도망 다니던 큰 아들이 추락사고로 장애인이 된 것이다.

중공 최고 정치 실력자로 군림한 것을 보면 후천운 '핑' 8.9.1의 공로였다고 볼 수 있다. 퇴임 후 1997년 2월 19일 장쩌민을 권력에 중심에 올려놓은 후, 오랜 동안 노환과 숙환에 시달리다 베이징에서 사망하였다.

그는 세 번의 결혼을 했는데, 첫 번째 부인은 첫아이를 낳고 며칠 뒤 죽었고, 두 번째 부인은 1933년 정치적인 공격을 받게 된 후 떠났다. 세 번째 부인과 1939년 재혼해서 2남 3녀의 자식을 두었듯이 이 또한 후천운에 집중적으로 중첩된 1.2의 영향 때문이라 볼 수 있다.

팝의 여왕 마돈나

마돈나는 오랜 동안 암으로 고생하던 어머니가 6살 때 세상을 떠나는 아픔을 겪게 되면서 불우한 어린 시절을 보냈다. 그렇지만 이름에서 나타나는 '마' 7.5는 재생관(재물이 명예를 생해주는 길성)의 영향 때문인지 자기 발전을 위한 계책을 마련하기 위해 중, 고등학교 시절부터 연극배우로 활약했다. 뿐만 아니라 미시간대학 무용과에 장학금을 받고 입학해 공부하던 중, R&B 밴드의 드럼 주자인 브레이를 만나 순회 연주를 하며 싱어로서 경험을 쌓아 갔다.

이름에서 나타나는 3.5의 식신생재(재물을 생해주는 길성)로 인해 예능적인 기질을 발휘한 때문인지 70년대 중반 디스코의 열기가 한창일 때 패트릭 헤르난데즈(Patrick Hernandez)의 오디션에 싱어 겸 댄서로 발탁된 것이 스타덤에 오르는 발판을 굳히게 되었다.

마돈나는 이름에서 예시하듯 가수로서 부와 명성은 크게 얻었지만, '돈' 3.7.3의 영향으로 결혼과 이혼을 반복적으로 경험하는 불운을 겪었다. 여성의 이름에 관성(남편) 7이 식신 3이 위. 아래에서 상극하면 남편 덕이 없어 끝까지 해로하기가 어렵다. 그렇더라도 이름의 끝자 '나' 3.5 또한 식신생재로 늦도록 재물적인 운세는 매우 왕성하리라 본다. 무엇보다 이름에 3.4가 많으면 성정이 착해 남에게 베풀기를 잘하나, 자기의 뜻이 관철되지 않으면 '욱'하는 성격으로 주위를 불안하게 하거나 돌발적인 행동으로 주변에 빈축을 사게 된다. 마돈나의 경우 태어난 년도가 천간 지지가 똑같아 이러한 특성이 두 배로 나타나는 경향이 짙다.

요절한 마이클잭슨

세계적인 가수이자 작곡가 겸 댄서로 1980년대 초에서 중반까지 세계적으로 인기를 누렸던 마이클 잭슨은, 록으로 매우 유명했던 음악가족이다.

마이클의 아버지 조셉은 자녀 다섯 형제로 '잭슨 파이브'(Jackson 5)라는 화려한 어린이 스타 그룹을 만들었다. 현란한 의상, 부풀린

흑인 헤어스타일, 활기찬 안무, 젊고 풍부한 감성을 자랑하며, 잭슨 파이브는 곧 성공을 거두었다. 이는 마이클의 이름에서 알 수 있듯이 '마' 7.5가 이를 증명하고 있다. 그는〈스릴러 Thriller〉를 발표했는데,〈스릴러〉는 여러 명의 게스트 스타들을 포진하고 그를 세계적 슈퍼스타로 격상시켜준 역작으로 4,000만 장 이상 판매되었고, 8개의 그래미상 수상 기록을 세우는 등 수많은 상을 수상했으며, 사상 최다 판매 앨범이 되었다. 이 또한 '클' 6.0.4는 중첩된 인성 9.0을 재성 5가 억제시켜주고 명예를 나타내는 7이 재물을 나타내는 편재 5를 재생관으로 상생시켜주어 일찌감치 그 명성으로 인한 재물을 이루었다. 무엇보다 '클' 6.0.4가 '이'에 자음 1에 의해 생을 이루는데다 모음 9와 '클'의 모음 9의 중첩된 인성을 5가 극제 시켜주어 엄청난 부(富)를 이루었다. 그럼에도 불구하고 '마'의 모음 5가 '이'의 자음 1에 의해 극을 받게 되자, 우리에겐 힘과 용기, 즐거움을 주는 훌륭한 뮤지션이었지만 그의 인생은 결코 순탄하지만은 않았다.

'클'의 받침자 4를 '잭'의 자음 첫소리 0이 반항의 특성 4를 극제 시켜 주어 명성을 주관하는 관성 7.8을 살려준 까닭으로 풀이할 수 있다. 그럼에도 불구하고 '잭'의 0.1.5는 1994년 비밀리에 엘비스 프레슬리의 딸인 리사 마리 프레슬리와 결혼했으나 결혼은 2년이 안 되어 끝났다. 이후 잭슨은 다시 결혼하여 아이들을 얻었으나 이 결혼 또한 이혼으로 끝나고 말았다.

그러면서 잭슨의 별나고 은둔적인 사생활은 논란의 대상이 되기 시작했다.

1993년 잭슨은 알고 지내던 13세 소년에게 어린이 성추행으로 고소당해, 명성에 심각한 타격을 받았다. 민사소송은 법정 밖에서 합의되었다.

그러면서도 잭슨은 '잭' 받침 자음에 해당하는 5가 '슨' 9.9.3의 중첩된 9.9를 극제시켜 주고 또한 3을 9가 극제시켜주므로 인해 명예를 주관하는 관성 7.8을 잘 살려주어 그로인한 영향으로 인해 '팝의 제왕'으로 세계적으로 인정받았다고 할 수 있다.

2009년 컴백 공연을 준비하던 마이클 잭슨은 6월 25일 자택에서 심장마비 증세를 보여 LA의 한 병원에 후송됐지만 사망하게 된 원인도 己丑년의 운세에서 여실히 증명해 보이고 있다. 이름 원명의 이러한 운명적 요인에서 2009년도의 운 또한 겁재에 해당해, 재물을 탈재하는 중첩된 2의 기세가 두 배로 가중되다 보니 결국 사망까지 이르게 된 것이다. 이렇듯 이름에서 나타나는 운명적 요인은 무서우리만치 정확하게 작용하고 있다.

개명하고 달라진 모습을 통해

이온경(대전유성지사)

한글구성성명학을 접하게 된 것은 정말 우연한 일에서 시작되었다. 잠시 들르게 된 서점에서 『성공하는 이름. 흥하는 상호』라는 책을 호기심 삼아 보게 되었는데 사주 없이 한글 이름만으로 삶의 편력을 살필 수 있다는 것에 깊은 흥미를 느꼈다. 그래서 이에 대한 공부를 적극적으로 하게 되었고 지금은 대전유성지사를 운영하고 있다. 2019년 가을에 지사계약을 해서 지사로서의 경력은 그리 많지 않지만 작명 업을 하면서 보람 있었던 일이 있기에 함께 나누고자 한다.

그야말로 지사를 운영한지 얼마 지나지 않은 때다. 머리 손질을 하기 위해 지인의 미용실을 방문하였는데 같이 대기하고 있던 손님과 그의 아들 이름을 감명하게 되었다. 2002년 임오(壬午)생인 아들은 고등학생이었다.

"아드님이 아버지 복이 별로 없네요."

성에서 재성(부친)이 중복되고 인성(모친)이 중복되면 부모덕이 별로 없다.

그날은 그렇게 이름에 대해 조심스레 간단히 얘기 해주고 헤어졌다. 그런데 며칠 뒤에 그로부터 전화가 왔다. 얘기인 즉슨 아들 어릴 때 남편이 자살을 했으며 현재 아들은 운동선수로 활동하는데 무엇보다 자기 아빠의 성격을 닮아 걱정이 이만 저만이 아니라는 하소연이었다. 그러면서 아들의 이름을 개명해주고 싶다는 뜻을 밝혔다.

그래서 기쁜 마음으로 작명하면서 좋은 이름이 나오길 기도했다. 중복되는 재성과 인성을 극제하는 수리를 넣어 흉변위길(흉이 변하여 길로 됨)로 잡아주고 직업을 나타내는 7.8의 수리 또한 관운과 명예운에 해당하지만 운동선수한테는 인기 자체가 명예에 해당한다. 그래서 이러한 관성 7.8의 수리조합을 살려 최대한 퍼팩트한 이름이 되도록 심혈을 기울여 지었다. 그리고 편모 슬하에서 자란 환경을 고려서 모든 자기 스스로 헤쳐 나갈 수 있는 의지력도 함께 키워 나갈 수 있도록 개명해 주었다.

내가 작명 상담을 하면서 제일 기쁘고 보람이 있었던 것은 지인이었던 미용실 원장의 변화였다. 사실 그는 독실한 기독교인으로 개명에 대해 매우 부정적인 생각을 갖고 있었다. 그런데 그 학생이 개명하고 나자 놀랍게도 운동은 물론 성격이 많이 밝아졌다. 그래서 그 학생의 엄마가 미용실에 올 때마다 개명하기 너무 잘했다며 도리어 미용실 원장한테 고맙다는 인사를 하자, 지인인 원장의 마음에도 변화가 왔다. 운동선수였던 학생의 개명이 계기가 되어 호기심이 발동했는지 새삼 자신의 이름 감명을 부탁했다.

원장의 이름은 초년에서 중년 운까지는 그런대로 좋았지만 말년으로 갈수록 남편과의 관계는 물론 재물의 손재도 있을 것이란 얘기를 솔직하게 다 말해 주었다. 이름에 흉한 기운이 감돌면 그대로 얘기해 주는 것이 어떻게 보면 당사자를 위한 조언이 될 수 있다. 혹여 나쁘다는 얘기로 기분 나빠하는 것이 염려되어 이름에서 발현되는 흉한기운을 그대로 방치하면 결국엔 그 본명대로 살아가기 때문에 도리어 그것이 악재로 작용할 수 있다.

그래서 본명을 계속 사용하게 되면 앞으로 어려움이 따를 것이라는 얘기를 있는 그대로 설명해 주었더니 수긍이 가는지 고개를 끄떡였다. 평소 자신의 속내를 잘 표현하지 않는 원장이라 이름풀이로 인해 맘 상하지 않았을까 걱정되었다. 그런데 의외로 요즘 들어 많이 힘들고 어렵다며 개명을 통해 인생의 전환점을 갖고 싶다는 생각을 밝혔다. 변화를 주고 싶어 하는 그녀의 마음을 작명에 담아 개명한 이름을 건네주었다. 무엇보다 소원해지려는 남편과의 관계가 호전되도록 배우자 덕이 있는 수리 배합으로 지었고 노력에 비해 버는 대로 새어나가는 재물과 문서 운의 조화를 잡아 작명해 주었다.

그랬더니 다행히 개명한 이름이 사운드상의 느낌이 좋을 뿐 아니라 왠지 좋은 일만 생길 것 같다는 희망의 마음을 나한테 전했다. 그런 걸 보면 개명한 이름이 상당히 맘에 드는 모양이었다. 그래선지 아들과 딸의 이름도 나쁘다하니 개명을 의뢰했다. 무용전공을 하던 딸이 신학공부도 함께 병행하며 공부 하겠다는 의지를 보였다고한다. 이는 건강과 명예 그리고 좋은 배우자를 만날 수 있는 소리파동으로 지은 개명의 영향 탓이 아니었나, 그렇게 나름대로 생각해 보는 바다. 아울러 아들은 시각디자인 사업을 하고 있다 해서 그에 따른 재물적인 배합을 융성하게 지어 문서 운과 더불어 경제력과 명성까지 곁들어 개명해 주었다. 좋은 이름은 소리 파동의 에너지에 의해 좋은 운기가 작용하기 마련이다.

모르긴 몰라도 제일 가깝고 친하게 지내온 사람이, 개명에 대해 부정적인 생각에서 긍정적인 모습으로 변화될 때가 가장 기쁘

다. 거기에 개명한 이름으로 인해 변화되어 가는 지인의 모습을
지켜볼 때가 어떻게 보면 가장 큰 보람일 수 있다. 모쪼록 개명한
후에 지금보다 월등 나은 삶으로 살아가길 간절한 마음으로 기도
할 뿐이다.

· 연락처 ; 010-3050-1022
· 멜주소 ; origin2003@naver.com
· 사이트 ; http://다지음대전유성.com

늘 배고파하라

비우지 않으면 채울 수 없다. 즉 배부른 상태서는 먹고 싶은 생각도 없지만 배불러 더 먹을 수도 없다. 그러기 때문에 좀 더 나은 삶을 살고자 한다면 우리는 늘 배고파야 한다.

그동안 나는 대구의 모(某) 파동성명학회로부터 2010년 초부터 현재까지 갖가지 소송에 시달려왔다. 모든 소송에서 그들과 싸워 이겨왔고, 이제 더 이상 싸울 '꺼리'가 없겠거니 했는데, 몇 년 전 '파동성명'에 따른 권리범위확인이란 소송을 또 걸어왔다. 그때마다 전투 후에 소진된 배고픔을 채우기 위해 늘 무언가를 미친 듯이 준비했다.

최고를 향해 가는 사람은, 배부른 상태로 있지 않는다. 배부르면 움직이기 싫어지기 때문이다. 배부르면 게으름과 나태함에 의해 다른 먹이를 찾지 않게 된다. 결국 배부른 상태로 머물러 있다가는, 자신의 몸도 열정도 멈추고 만다.

상표특허 무효소송에서 이겼을 땐, 주식회사 예지연을 설립해 저변확대를 펼쳤고, 상표금지가처분 신청을 해서 이겼을 땐, 파동성명학 책을 세권 집필했다.

무엇보다 최고를 향해 가는 사람은 배고픈 상태로 빨리 돌아간다. 배고파야 굶지 않으려고 몸부림치고, 배고파야 게으름과 나태에서 벗어나고, 배고파야 또 다른 먹이를 찾아 움직이게 된다.

결국 배고픈 상태를 유지해야 자신의 몸이 살아 움직인다는 것을 알게 된다. 문제를 개선하고, 일을 일답게 하려는 욕구가 있다면 인위적으로라도 자신을 늘 궁핍한 상태로 두어야 한다. 그래야 문제를 찾고 지혜를 내기 때문이다.

처음엔 '파동성명' 권리범위에 따른 소송을 특허법원에 항소했다가 고소를 취하했다. 서로 치고 받고 싸우고 보면 결국 남는 것은 하나 없고 설혹 소송에서 이긴다 해도 거기에 투자한 시간과 노력이 아깝다는 생각이 들었다. 그럴 바엔 싸움을 피해 그 시간에 학회사업에 더욱 분발하는 것이 진정으로 이기는 것이라 생각했다.

이 또한 그동안 대구 모 성명학회로부터 상표특허무효소송 및 상표금지가처분 인천지방법원과 항소심 서울고등법원 등 심지어 인천남부서에 상표권에 따른 고발까지 여러 건의 소송에서 이기다 보니, 거기서 터득한 지혜의 산물이라 생각한다.

덕분에 우리 학회 사업은 더욱 탄탄대로로 가고 있다. 무엇보다 NIB 〈TV특강〉이 네이버와 연결되어 있어 그런지 젊은 층들한테 관심을 집중 받고 있다. 한국 축구가 월드컵에서 처음으로 16강 진출이라는 과제를 달성하던 날, 히딩크 감독은 말했다.

"나는 아직도 배가 고프다."

그래선지 소송에서 이기고 나면 매번 다른 먹이를 찾아 나섰다. 그동안 좀 더 많은 저변확대를 위한 사업구조에 따른 대변화가 있었고 한글구성성명학회가 사단법인으로 출범한지도 벌써 여러 해가 지났다. 또한 민간자격등록까지 취득하여 명실 공히 작명업계에서 최고의 자리에 위치해 있다.

　무엇보다 작명업을 단순한 미신으로 전락시켜 천한 직업으로 여겼던 세상을 향해 조롱이나 하듯 학문으로서 한 차원 업그레이시킨 구성성명학은, 국내 최초 작명 프렌차이즈 사업체로서 주식회사 다지음이 공정거래 위원회에 정식으로 등록된 국내 유일 무일한 업체가 되었다.

　그동안 전국 지사를 운영함에 문턱이 높아 엄두도 내지 못했던 구성성명학을 사랑하는 매니아들을 위해 문턱을 대폭 낮췄다. 그랬더니 더욱 활기찬 다지음이 되어 지사들의 밝은 표정에서 새로운 희망의 빛과 역동적인 의지의 빛을 발견하게 되었다.

　끝없이 싸움을 걸어오는 상대 업체에 대한 진정한 승리가 바로 학회를 탄탄대로로 굳건하게 세우는 것이라 생각되어 그야말로 앞만 보고 달려왔다. 그래선지 싸움의 빈도가 전보다 현저하게 줄었다. 그들도 이제는 다지음학회가 감히 싸움 걸 정도의 상대가 되지 않는다는 것을 스스로 자각하고 포기한 모양이다.

　어찌하였건 상대 업체와의 분쟁이 없었다면 지금의 다지음학회가 이만큼의 활동영역으로 확대되었을까(?) 잠시 의문해 보는 바다.

이름을 의심해 보지만

신다린(경남마산지사)

언어는 강력하다. 고운 말을 쓰면 그 말과 닮은 고운 파동의 에너지가 상대에게 전해지고 반대로 욕설을 뱉으면 말도 독이 될 수 있다. 그러므로 내가 사용하는 이름에서 불리는 소리(파동) 하나가 상대와 그리고 나 자신을 변화 시킬 수 있다. 또한 우리인생에서 선택의 갈림길에 섰을 때, 파동의 기운이 가장 많이 발현되는 이름에서 인생이 바뀔 수 있다는 사실을 인식해야 한다.

건강한 에너지를 전해주는 소리(파동)의 힘! 우리의 말과 글을 지키는 일은 배설하는 말이 아닌 배려하는 말을 쓰는 실천이다. 그래서 나는 늘 단어 선택 하나에도 늘 신중을 기하는 편이다.

71년생 오현주는 사십대 나이라 보기엔 너무나 앳되고 젊어 보이는 모습이다. 눈의 표정은 그야말로 웃을 듯, 말 듯한 묘한 매력이 백치미를 자아낸다. 그녀의 천진난만해 보이는 표정이야말로 뭇 남성의 마음을 설레게 하고도 남음이 있다. 그럼에도 불구하고 평소 그녀의 생활양식은 매우 가정적이고 평범한 주부 그대로다. 한가정의 지어미로서 또한 두 아이의 엄마로서 행복하게 살아가는 그녀를 바라볼 적마다 같은 여성으로 부럽기 한이 없다.

그런데 얼마 전 某정당의 후보를 찍어달라는 문자메시지를 받고 의외란 생각이 들었다. 평소 남 앞에 나서길 싫어하고 다소곳한 성품을 알기에 선거유세에 뛰어든 그녀의 모습과는 영 일치하지 않았다. 그래서 몇 년 안본 사이 무슨 급격한 변화라도 있었던 것이 아닌가, 별의 별 생각을 다했다. 아직도 그 의문이 풀리지 않아 그녀의 이름을 한번 풀어보았다.

신해(辛亥)생 오현주는, 성에서 나타나는 〈오〉 4.0은 자식을 극해하는 수리로 매우 불길하다. 그러나 다행히 이름 첫 자의 〈현〉 3이 식신인 자식을 구제해 주고 있다. 더욱 귀한 것은 〈현〉의 식신 3이 관성(남편) 8을 극하고 있는데 성에서 모음 0이 상관 4를 극제하여 관성(남편)을 보호하는 것이 매우 흥미롭다. 이렇게 되면 남편덕도 있지만 내연의 남자가 있음도 암시한다.

무엇보다 성(姓)은, 부모의 정자(精子)와 난자(卵子)가 만나는 순간, 이미 그 집안의 혈통을 나타내기 때문에 운명적으로 가장 중요하다. 따라서 성 자체는 바꿀 수 없기에 평생을 좌지우지 한다. 그러므로 나는 성(姓)만 봐도 어느 정도 당사자의 타고난 운명을 감지할 수 있다. 무엇보다 이러한 관성이 재성(재물) 6에 의해 상생으로 이어지고, 이름 첫 자의 받침 정재 6이 끝 자 모음 6을 겁재(재물을 견제) 2가 극제해 주어 재물이 있게 되는 이름이다.

무엇보다 중심명운 3는 매사가 주도면밀하고, 신경이 예민하고 꼼꼼하며, 공상가적 기질이 많다. 내면의 세계에 깊이 침잠하는 편으로 긍정적인 반면 스스로 고독하게 만든다. 빈틈을 보이지 않으려고 노력하는 성품으로 한번 생각을 일으켰다 하면 열일 제쳐두고 몰두해 처리한다. 간혹 심미적인 성향이 짙으나 이를 인성 0이 잘 억제시켜주면 창의성을 발휘하기도 한다.

무엇보다 후천운을 주관하는 지지(地支)명운 또한 성과 이름의 첫 자 〈오〉 5.1.5가 재물의 융성함을 말해주고, 〈현〉의 받침 8과 〈주〉의 4.8이 상관(자식) 4에 의해 정관(남편) 8을 견제하여 남편은 물론 자식도 도움이 된다.

따라서 이런 이름의 주인공은 지지명운 8.4.8에 의해 남편 덕이 있지만 천간에서 발현되는 0.4.7에 의해 숨겨둔 남자를 뜻하게 되므로 혹여 지지하는 후보가 그녀의 애인인 것은 아닌가? 잠시 의심 들게 했다. 어쨌든 여성의 이름에 4.0은, 특히 성에서의 발현은 매우 강력하게 나타난다. 그렇더라도 오현주의 이름은 남편 덕과 자식 덕은 물론 재물 운이 있다. 그래선지 평온하게 잘 살고 있는 것을 보면 파동성명의 위력을 새삼 느끼게 된다.

· 연락처 ; 010-5774-8279
· 멜주소 ; sin590164@hanmail.net
· 사이트 ; http://다지음경남마산.com/

왜곡된 이론이 남의 운명을!

세월은 참으로 유수와 같다는 생각이 든다.

기독교인이면서 역학에 관심이 많다보니 호기심 삼아 배우기 시작한 세월이 벌써 이십년을 훌쩍 넘었다. 그런데 깊이 있게 파고들면 들수록 우주자연의 순환이치에 그저 순응하며 살 수 밖에 없는 인간의 한계를 느끼게 했다. 그러다 보니 우리가 세상에 태어난 것 자체가 이미 하늘의 뜻인데, 내 세치 혀로 남의 운명을 좌지우지 하는 것이 무슨 의미가 있을까! 차츰 그런 생각이 들기 시작했다. 그럴 즈음 앞서도 잠깐 언급했지만 대구 某 성명학회서 날라 온 한 통의 우편이, 나의 이런 마음을 종식시키면서 다시금 다지음 학회를 일어 세우게끔 부추겼다.

2004년 '부자사주. 거지팔자' 책에 파동성명에 관련된 상담사례를 실었다. 그랬더니 그 책을 읽은 독자들이 이름에 대해 문의 상담이 쇄도 했다. 막상 하루에도 수십 명씩을 상담하다 보니 의외로 30-40%가 이름의 주인공과 일치하지 않은 것을 발견했다. 그 때 모음이 빠진 자음파동의 모순점을 깨닫기 시작했다. 지성이면 감천이라고 모음의 오행을 알게 된 이후론 다른 학문은 뒷전이고 오로지 성명학 연구에만 몰두했다. 평소 이름의 중요성을 누구보다 절실하게 깨닫고 있다 보니, 구성성명학에 대한 나의 행보가 바빠질 수밖에 없었다.

막상 성명학을 심도 있게 연구하고 보니 파동성명의 근원이 어디서 나왔는지가 궁금했다. 분명 자음 파동에선 육친을 대입해 운명을 유추하는 것은 맞는데, 정작 육친에 대한 이론은 수박 겉핥기식이라 기초수준에 불과했다. 그러니 30-40% 이상 틀리는 것은 당연지사. 그래서 이 부분을 어떻게 해결할 것인가? 늘 머릿속에 그 생각뿐이었다. 그야말로 수없이 생각을 떠올려보아도 특별한 묘안이 떠오르지 않았다. 그러던 중, 사주 푸는 방식을 그대로 성명학에 대입해 그 원리를 응용해 보면 어떨까? 거기에 생각이 미치자, 그때부터 이름을 하나하나 임상을 통해 검증해 나가기 시작했다. 그랬더니 너무나 짜릿하게 잘 맞았다. 그때가 2005년경이었다. 이렇게 무섭도록 잘 맞는 구성성명학 이론을 많은 사람들한테 알려야겠다는 생각이 들었다. 그래서 성명학 이론서를 준비했는데, 그 과정에서 한글의 우수성을 피력했다.

우리 한글은 모든 소리를 문자화 할 수 있는 위대한 소리글자다. 또한 성명(姓名)의 근원도 알고 보면 저녁 석(夕)에 입 구(口)자 명(名)이다. '예지연파동. 한글성명학'의 상표특허권이 있지만, 혹여 기존의 자음파동과 혼동을 일으킬 염려가 있어 차별화를 두기 위해 지금은 '파동' 대신 '구성(口聲)'으로 호칭을 달리했다.

어쨌든 이론서를 준비하다보니 그 과정에서 한글의 제자원리와 탄생 배경을 모르고는 한글성명학의 원리를 제대로 인식시킬 수가 없었다. 그래서 훈민정음 해례본을 탐독했다. 그런데 막상 해례본에는 ㅇ.ㅎ는 水요, ㅁㅍㅂ는 土로 기존의 학설과 반대로 표기 되어 있었다. 유난히 학문에 의심이 많았던 나는 임상보다 더 정확한 것은 없다고 판단했다. 그래서 그때부터 두 개의 오행을 갖고 꼬박 일 년을 집중적으로 다시 연구하기 시작했다. 그랬더니 기존의 방식 그대로 ㅇㅎ는 土요, ㅁㅍㅂ가 水가 맞았다. 그러한 검증 과정을 다 거치고 나서 2008년 〈성공하는 이름, 흥하는 상호〉 책을 출간했다.

해례본을 읽어본 사람 중에 ㅇ.ㅎ과 ㅁ.ㅂ.ㅍ를 지적해 틀리지 않느냐고 묻는 이들이 간혹 있지만 단언컨대 ㅇ.ㅎ는 土요, ㅁ.ㅍ.ㅂ가 水가 맞는 이론임이 확실하다. 역은 늘 변화한다. 그래선지 1976년 신경준이 쓴 운해본에 ㅇ.ㅎ는 土요, ㅁ.ㅍ.ㅂ가 水로 기재되어 있다. 어쨌든 그에 앞서 내가 임상을 통해 하나하나 확인 과정을 거쳐 정립한 것이기에 확신을 장담한다.

따라서 검증되지 않은 왜곡된 이론을 갖고 해례본 운운하며 남의 운명을 그르치는 행위가 매우 위험한 일임을 명심해야 한다.

잘못지은 아호 때문에

한효안(서울동대문지사)

과거 내가 사업을 할 때 도움을 많이 주신 지인으로부터(관직에서 정년퇴임) 아주 유명하신 분 이름만 대면 다 아는 분으로 부터 아호를 선물 받았다며 풀이를 한 사례가 있어 올려본다.

58년 戊戌생 개띠 '무항' 이라고 했다. 58년 무술(戊戌)생인 사람의 아호가 '무항'이다. 천간과 지지가 같은 년도에 태어나 좋을 때는 두 배로 좋고, 나쁠 때는 두 배로 나쁜 특성을 지니고 있다.

따라서 무(7,3)와 항(2,5,1)의 수리에서 이를 분석해 볼 때, 도리어 아호 자체가 흉재로 작용한다. 본인 스스로가 명예를 중히 여기는 사람이나 안타깝게 7.3에 의해 도리어 관재구설이 따른다. 또한 '항'에서의 2.5.1은 파재가 연속이다. 재물이 부족하고 부부 이별할 수 있으며 주위에 도움이 없이 자수성가하나 자식에게 애로가 많이 따르며 복이 없고 많은 횡액이 따른다. 그러므로 성공하는데 걸림돌이 많다. 2.5.1 위아래에서 재물과 아내, 아버지를 상극하므로 대단히 크게 작용을 한다. 심신이 허약하며 신병으로 고생하고 타향에서 전전하며 실패가 많다. 지략이 뛰어나나 중도에 좌절되고 재앙이 속출하며 부부풍파와 재물풍파가 상시 따르는 배합이었다.

이분의 이야기를 듣자니 아니나 다를까 1년 만에 직장에서 좌천되고 재물풍파는 말할 수 없다며 힘겹게 털어 놓았는데 이는 천간 지지가 같기 때문이다. 그뿐만이 아니었다. 부부관계 또한 소원해 져서 삶의 의욕이 없다고 했다.

이 분은 60평생 쌓아온 명예를 비전문가가 잘못 지은 아호 하나로 인해 모두 잃었다 해도 과언이 아니다. 누구든지 유명하고 학식 또한 대단한 사람이 이름을 지어주면 모두가 다 좋을 것이라고 착각을 하는 경우가 많다. 허나 서울대병원 의사라고해서 모든 병을 다 잘 고치는 것은 아니다. 모든 병에는 그것을 전공한 전문의가 따로 있지 않은가. 그런데도 착각하고 전문가를 구별하지 못해서 손해를 보며 사는 사람들이 너무나 많기에 참으로 안타까움을 금할 수가 없다.

그래서 옛정을 생각해서 좋은 아호를 지어 드렸더니 3개월이 지났을 즈음에 식사 한번 하자며 연락이 왔다. 다행히 조금 나아진 곳으로 이동이 있었고 가정적으로도 안정이 되어가고 있다면서 얼굴에 화색이 돌았다. 좋은 얘기를 들으니 너무나 반갑고 기뻤으며 또한 보람을 느꼈다

'도널 트럼프'의 이름분석

1946년생
15 192 28 295 67
도 널 트 럼 프
37 314 40 417 80

Donald Trump 를 보통 '도날드 트럼프로 읽지만 도날드에서 'd'(드) 소리는 뒤에 오는 트럼프의't'(트) 소리와 연결되어 나기 때문에 'd(드)'는 들리지 않는다. 즉, '도날드 트럼프'가 아니라 '도널 트럼프'로 읽는다.

미국, 영국, 프랑스, 러시아 등 서양 사람들은 한문을 사용하지 않으면서도 이름을 갖고 있다. 재래식 기존 학설로는 서양인의 이름을 지을 수 없으며 또한 풀이 할 수도 없다.

그러나 구성성명학은 파동성명학이자 소리성명학이기 때문에 어떠한 소리든지 이를 문자로 표기가 가능하고 또한 오행으로 생년과 이름을 대비하여 당사자의 운명을 가늠할 수 있다. 따라서 한글의 자음과 모음을 결합하여 소리성명학의 으뜸이라 할 수 있는 파동성명학인 구성성명학은 전 세계인의 이름뿐만 아니라 그 상품이나 상호, 제품에 따른 가치도 이름으로 충분히 분석할 수 있고 또한 지을 수 있다.

한글은 소리글자로 바로 소리에너지의 원천이 된다. 따라서 팔자에 없는 엄청난 힘을 발휘한다.

따라서 '도널 트럼프'의 이름을 풀이해 보면 '도'의 1.5가 부인과의 이별수를 나타내며, '널'의 1.9.2는 나를 중심으로 세력을 형성하여 문서(9)로 집합시키는 힘을 갖고 있다. '트'의 2.8과 '럼' 2.9.5가 부동산 재물을 축적하는데 일등공신의 역할을 담당한다. '프'의 6.7 또한 재물로 인한 명예가 뒷받침하나 이로는 약하고 지지에서의 4.0.4의 공이 도리어 크다고 볼 수 있다. 그렇더라도 지지에서의 3.7과 천간 1.5.1의 재물의 축적으로 인한 구설을 항시 달고 다닌다.

또한 이런 흉한 배합의 수리에 의해 무게 없는 처신과 때때로 즉흥적인 말 때문에 구설이 분분하고 독자적인 사고방식과 완강한 고집에 의해 감당할 수 없는 일들을 좌초한다. 무절제한 지출과 언행이 가벼워 용두사미로 끝나게 되는 일들로 인해 권좌에서 물러나면 그에 따른 관재가 많이 따를 것으로 예상된다.

1.2의 수리는 동화되는 기운에 의해 이를 잘못 판단하여 해석하여 도리어 배가 산으로 가게 된다. 그러므로 잘못 해석하면 실수를 초래하게 된다.

지지에서의 3.1.4로 인해 지혜와 사고력이 뛰어나고 또한 4.0.4에 의해 인내와 저력이 있는 통솔자의 풍격(風格)으로 무(無)에서 유(有)를 창조해 내려는 개척자의 기상이 왕성하다. 그렇더라도 3.7과 1.5.1의 작용에 의해 명성과 재물을 구가한 최고의 자리에 있으면서 인품에 대한 무게감은 결여되어 있다.

흉한 배합의 수리가 풍상고락을 겪게 하고 정상(頂上)을 향하여 발돋움하는 기운으로까지 작용하게 하나 도리어 그로인해 구설과 풍파를 달고 다닌다.

그렇더라도 중첩된 4.4를 인성(학문) 0이 제극하면 성품을 가다듬어 중후(重厚)함을 나타내려고 부단히 노력하는 편이다.

도널 트럼프의 이름을 총체적으로 풀이해 보면 길한 중에 흉이 작용하고 또한 흉중의 길이 작용하는 이름의 소유자다. 2.8.2는 부동산 축적에 최적인 수리배합이나 또한 복잡한 이성관계도 이러한 수리 배합에서 충분히 엿볼 수 있다. 2.8.2와 1.5.1에 의해 죽었다 깨어나도 한 여자와 오랫동안 관계를 유지하기 어려워 이로 인해 이성의 풍파와 재물의 풍파가 3.7에 의해 끊이지 않고 계속된다.

· 연락처 ; 010-2880-5835

· 멜주소 ; Hansy0125@naver.com

· 사이트 ; http://동대문다지음.com

불용문자에 대한 견해

　간혹 이름을 짓다 보면 불용문자 때문에 난감한 일들을 겪게
된다. 최상의 이름으로 작명해 주어도 소위 불용문자라는 이유로
다른 이름을 원했을 때 참으로 답답했던 적이 한 두 번이 아니었
다.
　예기(禮記)에 따르면 이름자에 나라이름, 해와 달, 산천이름을
쓰지 말라 기록되어 있으나, 이는 개인의 이름에 나라이름을 쓰
는 것 자체가 불경스러운 일로 여겨져 금하였다.
　그러나 세상은 많이 변화되었고, 현대는 성명학에 관련된 새로
운 학설이 숨쉴 사이도 없이 새롭게 쏟아져 나오고 있다. 빠르게
급변하는 세상에 아직도 불용문자를 고집한다는 것은 어리석고
우매한 일이다. 따라서 성씨와 배합된 좋은 이름이라면 한자의
획수나 불용문자에 관계없이 사용해도 좋다. 경우에 따라선 최상
의 이름을 지어 놓고도 불용문자라 하여 차선의 이름을 선택하는
사람들을 볼 때, 타고난 팔자에 의해 자기 이름을 저렇게 찾아가
는구나. 하고 생각들 때도 있다.

이는 대법원 인명용 사전과 불용문자 이론이 사람들에게 좋은 이름을 지어놓고도 사람들로 하여금 망설이게 하는 요인을 만들고 있다.

사주가 몸이라면 이름은 의복과도 같다. 그만큼 사주와 이름은 밀접한 관계가 있다. 따라서 파동에 의해 서로 융합되게 좋은 운기를 발현하는 이름을 지었다면 어떤 한자가 되었건 간에 무방하다.

그동안 검증되지도 않은 불용문자 때문에 많은 사람들이 좋은 이름을 지어놓고도 주저하는 것을 보면 참으로 안타까운 심정이다. 지금도 일부 작명가들은 편협되고 편중된 시각으로 불용문자를 운운하며 작명의 본질을 흐려놓고 있어 심히 염려스러운 마음이다.

수백 가지의 불용문자들 중에 밝을 명(明)자는 머리는 명석하나 인생에 파란곡절이 많고, 구슬 옥(玉)자는 배우자의 수명을 단축시키며, 맑을 숙(淑) 애정관계가 복잡하야 추한 일을 당하고, 아들 자(子)자는 불행이 겹쳐오고 장애가 많다고 하나, 이러한 한자를 쓰고도 대통령이 된 이명박(李明博)의 밝을 명(明)자나, 영부인이 된 이순자(李順子)의 아들 자(子)나 김옥숙의 옥(玉) 역시 마찬가지다.

어쨌든 불용문자를 사용하고 있는 많은 사람들이 국가의 요직을 두루 거친 훌륭한 인물들이 너무 많다. 따라서 불용문자는 혹세무민 하는 낭설에 불과하므로, 이러한 한자를 가진 사람들의 마음이 하루라도 빨리 마음고생에서 벗어났으면 하는 바람이다.

좋은 이름은 역시 달라

김규리(서울강북지사)

64 068 64

이   건   예

97 391 97

요즘 코로나19로 인해 세상이 매우 떠들썩하다. 우리가 남이 갖고 있지 않은 재주와 우아한 인격을 갖고 있다 해도, 그것들을 남들이 알아주지 않으면 아무런 소용이 없다. 학문이나 학설도 마찬가지다. 화려한 미사여구를 쓰고 지식을 총 동원하여 표현을 해도 그 이론이 체계가 없이 졸렬하면 세상이 알아주지 않는다. 따라서 말재주나 글재주는 학문을 완성시키는 일종의 수단에 불과하다.

학문이란 본시 일생동안 정력을 쏟아 이론을 모으고 경험을 통해 얻어야 한다, 그럼에도 스스로 체험하지 않고 스스로 본 것도 없으며 들은 것도 없이 논한다면, 그것은 학문으로서의 가치가 없거니와 일방적인 자기주장일 뿐이다.

그런 면에서 한글구성성명학은 꽤 깊이 있고 수천 명의 임상을 거쳐 완성된 또 다른 사주명식의 성명학이다. 그러기에 나 또한 이름을 통해 당사자의 운명을 정확하게 예측하는 구성성명학의 실체를 밝히고자 한다.

　53년 계사(癸巳)생인 이건예 여사님은 성(姓)에서 예고하듯, 재물 6과 상관 4가 상관생재로 어려서부터 부유한 가정에서 유복하게 성장했음을 말해주고 있다. 또한 이름의 첫 자 '건'에서 말해주는 0,6,8은 서로 0,6이 상극 관계를 나타내나, 나를 중심으로 부모에 해당하기 때문에 유일하게 극으로 보지 않는다. 이러한 재성 6이 관성 8을 생해주므로, 스스로 깨닫는 힘이 강하고 자신만의 독특한 견해로 삶의 지평을 넓히려 노력한다. 그 주된 요인은 6.8의 상생에도 있지만 다시 이름 끝 자로 연결되는 6.4의 기운 탓으로 들 수 있다.

　성품을 나타내는 중심명운 0인 사람은, 조직 속에서 남의 지배를 받고 복종하는 것을 싫어하며 예지 능력이 다른 사람에 비해 뛰어나다. 또한 지혜와 총명함을 나타내는 상관 4를 인성 0이 극하면 자식에게 애로가 있는데 이를 재성 6이 0을 견제하므로 상관 4를 위험에서 구출한다.

　그러므로 4의 특성은 다른 사람의 명령과 속박도 철저하게 배제하는 편으로 개척자의 정신이 철저하다. 그러다 보니 고독한 마음의 소유자로 그 마음을 내색하거나 표면에 나타내지 않는 연구력과 집중력이 남보다 뛰어나다.

　아울러 재성 6이 명예와 관록의 상징인 8궁으로 연결되는 자연스런 상생관계로 인해 다시 또 말년에서 나타내는 〈예〉의 6과 4가 재물을 원만하게 상생시켜 금전의 윤택함은 암시하고 있다.

　또한 지지 명운 '이'의 9.7이 유복했던 초년시절을 대변하고, '건' 3.9.1이 식신 3이 남편 관성 7을 극하는 것을 인성 9가 이를 제압하므로 남편을 위험에서 구출한 격이 되어 남편 덕은 있는 이름이다. 그러나 자식 3을 극하는 것은 흉하게 볼 수 있다. 그렇더라도 이미 선천 운에서 자식 운이 잘 상생되어 길함을 나타내고 있다. 그러므로 지지에서의 9.3은 자식이 유학으로 일찍이 해외에서 학업을 마치고, 그곳서 외국인과 결혼해 살게 되는 것으로 이러한 흉성을 대신했다고 본다. 그렇더라도 여성은 자식을 자궁에서 낳듯이, 9.3의 배합이 있는 경우 특히 이름 끝 자에서 건강을 나타내는 질병 7이 있게 되면, 자궁에 이상이 생길 조짐을 내포하고 있다.

무엇보다 지지가 천간의 명운을 극하고 있는 관계로 좋은 가운데 흉함을(吉中凶), 흉한 가운데 길(凶中吉)함을 나타내고 있어 중년이후 질병이 대한 염려는 배제할 수 없다고 본다.

· 연락처 ; 010-8518-3375
· 멜주소 ; a01085183375@gamil.com
· 사이트 ; http://다지음강북.com/

사람과 물

물의 작용과 소리 파동성명학

한글 소리 파동성명학을 설명하는 중요한 요소 중에 하나가 바로 물이다.

파동이란 사전에 물결의 움직임, 사회적으로 큰 변동, 주기적인 변화 그리고 물질의 한쪽을 진동시킬 때 그 울림이 물질의 각 부분에 퍼지는 현상 등을 나타낸다. 그리고 파동이란 말 그대로 파(波)가 움직인다는 말로 기억해야 할 것은 파(波)의 움직임은 그에 맞는 결과를 만들어 내는 힘을 갖고 있다는 사실이다.

우리는 늘 음수(보이지 않는 물)에서 생활 한다. 단지 육안으로 보이지 않을 뿐, 그 음수가 존재하는 것은 사람의 호흡을 통해 여실히 증명된다. 말할 때 각 말은 저마다 마치 파도의 움직임과 같은 고유한 진동(기의 물결)에 따라 상대방의 감정을 감지하게 된다.

뿐만 아니라 이 파동 물결 파(波)가 바로 소리가 되어, 듣는 사람의 마음과 뇌수에 파고드는 것은, 바로 사람이 물에 의해서 태어난 물로 구성된 존재기 때문이다. 물은 소리와 정보를 흡수하고 저장하며 재 발산하는 능력을 지니고 있다. 소리와 말의 힘이란 그 힘을 사용하는 순간부터 가진 대로 나타나게 되어 있다.

이름 역시 마찬가지로 이름을 부르는 순간부터 이름의 효과는 이름이 가진 힘대로 나타나게 된다. 소리를 듣고 물은 반응을 나타내며 그것이 재해석 되어 다시 물을 통한 정보를 얻은 마음은 그것을 재생산 해낸다. 겨울에 내리는 눈의 결정체가 천태만상으로 나타나듯이 사람은 거의 대부분이 물로 구성된 존재로 그 변화의 중심에 있기에, 좋은 말은 들으면 들을수록 좋은 힘이 작용하고, 나쁜 말은 들으면 들을수록 흉한 작용을 한다. 그렇기 때문에 한글파동성명학은 그 사람의 성격을 형성하게 하고 그에 따라 운명을 만들어낸다.

물에게 말을 하면 결정의 변화에 의해 답을 하듯이 이름의 주인공 또한 그 이름으로 인해 그 변화된 자기의 결정 즉 성격(스타일)을 보여 준다.

그렇게 해서 굳어진 오랜 성격은 소리의 파동을 통해 해석을 유추해 낸다. 따라서 그 육신의 성격이 굳어지면 상대적으로 당사자의 마인드에 영향을 미친다. 그렇게 해서 그 이름 육신의 성격은 그 인생의 행로에서도 그 스타일을 드러낸다. 우리는 사람을 사귈 때나 결혼할 때 상대방의 성격을 중요시 본다. 가장 큰일에서 성격의 차이를 주장하는 것은 부부가 이혼을 할 때다. 거의 대부분이 성격차로 인하여 못 살겠다 한다.

이 또한 환경에 의해서니, 혹은 사주에 의해서니 저마다 의견이 분분하지만 이러한 것도 따지고 보면 이름에 의해 상당 부분 원인이 된다.

사주의 일지(日支)나 사주 전체 구성을 보고 궁합을 보는 것도 좋지만, 이름 자체가 바로 성격과 연결되므로 서로의 성품 또한 이름의 궁합으로 보는 것이 바람직하다. 무엇보다 이름에서 발산되는 기운을 감지할 수 있어 반드시 이름으로 성격을 확인해 볼 필요가 있다. 이 또한 이름으로 인해 성격이 가장 정확하게 나타나는 것은, 물을 통해 그 변화된 결정체를 볼 수 있기 때문이다.

무엇보다 한글파동성명은 태어나서 부르는 이름 원기가 가장 중요하다.

그 이유는 태어난 원기가 혈통을 의미하면서, 인체의 구성 성분으로 오장육부의 성쇠 강약을 구분해 운을 발현시키기 때문이다. 그것은 이름의 음양오행과 결합하고 융화하여 성격상 중요한 하나의 육신(六神)을 만들어 내므로 운명이 창조된다.

사람과 물

사람의 인체는 70%이상이 물이다. 특히 신생아는 90%정도가 물이다. 사람의 몸에 2%의 수분이 부족하면 심한 갈증이 오고 5%가 부족하면 뇌사 상태가 되며 15% 정도 부족하면 목숨도 잃게 된다. 물은 쉴틈 없이 오장 육부를 돌며 신진 대사를 돕고 있는 것이며, 그 중 대표적인 것이 혈액을 통한 산소의 운반활동이다.

일상생활에서는 비를 내려 공기를 정화하고 기온을 조절하며 태양의 직사광선을 걸러 지구를 보호하는 역할도 한다. 물은 자연과 더불어 조화 작용을 나타낸다. 그 기준점이 바로 0도다. 영도 이하로 내려가면 고체인 얼음이 되고, 영도 이상은 물인 액체이며, 물을 끓여 100도 이상 가열하면 기체가 된다. 또한 물은 모이는 성질이 있어 바다로 흘러간다. 남극과 북극에서 거대한 대륙을 형성하고 있는 빙하도 따지고 보면 물이다. 지구 온난화로 인하여 북극과 남극의 얼음이 녹으면 지구에 엄청난 재앙이 온다.

뿐만 아니라 물은 순환도 된다. 물(陰)은 양(陽)을 상징하는 태양을 만나면 마치 처녀 총각의 운우(雲雨)의 정처럼 기가 막힌 조화를 나타낸다. 이는 태양이 열을 강하게 비추면 모든 산하(山河)는 태양을 향해 기화되어 올라간다. 심지어 바닷물조차도 증기로 올라가나, 염분을 통해 일정 부분 통제도 한다.

그러나 땅속 깊이 들어 있는 물은 공중 부양이 어려워 가뭄에 대비해 일정 양을 유지시킨다. 그러면서 한 켠에선 하늘로 올라 간 물이 구름이 되어 다시 비나 눈으로 하강하게 한다. 올라 갈 때와, 내려 올 때의 모습 또한 천태만상으로 어떤 때는 우박이나 천둥번개로, 어떤 때는 비나 눈으로 그 모습을 다양하게 보여준다.

이렇듯 천차만별로 각양각색으로 모습을 나타내는 물이야말로 신기한 존재다. 사람은 거의 물을 통해 삶을 영위한다. 먹는 물, 씻는 물, 농사짓는 물, 바닷물, 나무를 키우는 물 등등……

산신제에 물을 기본으로 제물과 함께 바치는 것은, 소원을 빌 때, 그만큼 물의 파동이 영적세계까지 침투한다는 뜻도 된다. 이러한 물의 원리가 과학적으로 증명이 된 바지만, 어쨌거나 물을 통해 정보를 읽고, 듣고 해석해 그 사물을 표현한다. 그만큼 물에는 정보의 해석 능력이 있다는 뜻이다.

따라서 사람은 물에서 생겨, 물로 이루어져, 물에서 형성 되었으며, 이를 달리 해석하면 물을 통해 태어나고, 평생을 통해 물을 마시고, 공기 중의 수분으로 호흡하며 살아가기 때문에, 우리의 당면 문제들 또한 이러한 파동의 원리로 하나하나 풀어 낼 수 있다.

우주만물과 인간의 인체구조 또한 물에 의해 수명이 유지되고, 온도의 변화에 따라 기후가 나타나며 그에 따라 인간이나 지구에 나타나는 길흉은 천태만상이다.

사람은 체내의 물이 고갈되면 생명을 잃는다. 하다못해 세상을 비추어 보는 눈의 수정체조차 물이다. 따지고 보면 생각을 하는 뇌 구조도 물속에(뇌수)있으며, 구성물이 물이다. 이러한 논리에 의해 마음(듣는 소리)도 물을 통해 발현된다는 사실이다.

물에는 사람의 눈으로 보이는 양수와 보이지 않는 음수가 있다. 물고기는 자기가 사는 물을 보지 못하고, 사람은 자기가 사는 음수를 보지 못한다. 따라서 물이야말로 인간과 가장 밀접한 관계가 있으므로 인류 모두가 잘 살려면 물을 아끼고 물에 관심을 갖고 사랑해야한다.

구성성명학이 곧 사주성명학

박인규(서울금천지사)

역학이란 공부를 한지도 벌써 강산이 몇 번 바뀌었다. 그동안 성명학 공부를 비롯하여 갖가지 공부를 하였다. 성명학만도 꽤 여러 종류가 되었다. 전통작명, 즉 한자 수리로 작명하는 원형이 정의 방식과, 8괘로 하는 주역성명학을 배웠지만 그런 작명방식이 왠지 흡족하게 마음에 썩 다가서지 못했다. 그러다가 우연찮게 다지음의 한글구성성명학을 알게 되었다.

유튜브에서 강의하는 'TV특강'이나 '성공하는 이름, 흥하는 상호' 책을 통해 배운 실력으로 주변사람들 이름을 풀어보았더니 너무나 잘 맞아 떨어졌다. 그래서 주안에 있는 다지음 본사로 찾아갔다. 그때 회장님과 면담을 하고 조금의 주저함도 없이 바로 그 자리에서 수강등록을 마치고 본격적으로 수업에 들어갔다. 그리고 막상 배우고 나자 그동안 배웠던 사주명리라든가 주역, 육효 그런 것과는 비교도 되지 않을 정도로 기가 막혔다. 정말 놀라운 것은 사주명리에 나타난 팔자 그대로 이름을 짓는 것을 보고 깜짝 놀랐다. 아니 어떻게 보면 사주팔자보다 이름이 정확하게 맞을 때가 더 많았다. 주변에 있는 지인들과 주변사람들 중에 부유하게 사는 사람들과 어렵게 사는 사람들의 이름을 풀어보면 영락없이 사주에 재물이 있는 사람은 이름 속에도 놀랍게 재물이 있었고, 사주에 재물이 깨져 있으면 이름 역시도 재물이 파괴되어 있는 것을 발견하고 무척 놀랐다. 이걸 우연의 일치라 하기엔 너무나 많은 수의 사람들의 이름과 사주가 일치하고 있었다.

그래서 이건 학문이라 말하기 전에 진리라는 생각이 들었다. 그야말로 다지음의 한글구성성명학은 내가 너무 과장되게 표현하는지 몰라도 내 보기엔 신(神)적인 학문 그대로였다. 성씨(姓字)에서 이미 타고난 운명을 가늠하듯 그 성을 기반으로 이름을 분석하다 보면 거의 사주와 맞먹는 운명을 예측하게 된다. 거기에 이름 두자에서 나타나는 수리배합까지 조화를 이루면 그야말로 사주 버금가게 당사자의 운명이 정확하게 나타난다.

성이 좋고 이름까지 모두 좋으면 최상의 이름으로 더 말할 필요가 없이 좋고, 성이 흉하고 이름이 좋으면 무난하게 살아간다. 그러나 성이 좋은데 이름이 흉하면 굴곡이 많은 풍파를 겪게 된다. 우리의 타고난 운명은 내 마음대로 바꾸고 살 수 없다. 그저 취길피흉(取吉避凶)에 의해 좋은 운은 취하고 흉한 운은 피해가는 정도로 그치지만, 구성성명학은 그렇지 않다. 바로 개운의 요체가 된다. 실제적으로 개명한 사람들의 얘기를 들어보면 이름의 힘이 얼마나 강하게 나타나는가를 자주 발견하게 된다. 어찌하였거나 다지음 구성성명학회와의 만남 자체가 인연법에 의한 인연이 아니었나 싶은 생각이 든다.

미래가 열려 있는 구성성명학과의 만남이 바로 나의 운명이었음을 믿어 의심치 않는다.

　· 연락처 ; 010-8253-8558
　· 멜주소 ; mailiptb6656@naver.com
　· 사이트 ; http://다지음금천.com

구름을 뚫고 떠오르는 아침 해를 보라!

　지난 세월을 돌이켜보면 참으로 다사다난한 해였던 것 같다. 그동안 많은 사건들이 학회를 어지럽혔고, 그런 가운데서 숙원 사업인 강릉연수원이 준공 되었다. 그중 대구 某성명학회의 횡포는 지금도 생각하면 울컥하다. 그들은 우리 학회가 발전하는 것을 누구보다 가장 두려워한다. 비단 그들뿐만이 아닌 자음파동으로 이름 짓는 모든 업체 또한 다 마찬가지다. 왜냐면 자음으론 어떤 소리도 나지 않기 때문에 파동, 소리에너지, 음파, 파장, 울림 등의 왜곡된 이론들로 작명하는 업체는, 우리 학회가 커지면 커질수록 사양길로 접어들게 되기 때문이다. 그동안 대구의 모(某) 성명학회의 횡포가 심각할 정도로 노골적이었지만, 그랬음에도 불구하고 우리 학회는 학문적 우월성에 신념을 갖고 꿋꿋하게 성장을 거듭해 나갔다. 비온 뒤에 땅이 굳듯 많은 사건들이 나로 하여금 더욱 분발하게 했고, 진취적이면서 역동적인 계획들을 세우게 했다. 덕분에 놀라울 정도로 다지음학회는 빠른 속도로 급성장해 갔다.

몇 해 전에는 강릉을 중심으로 많은 지역을 수시로 오고갔다. 그중 해운대 바닷가 전망 좋은 곳에 살고 있는 지인 집에서 하루 묵은 일이 가장 인상적이다. 혹여 부산 올 일이 있으면 며칠 묵어 가라 했던 일도 있지만, 그보다 볼일을 겸해 지인의 집을 방문한 적이 있었다. 밖에서의 볼 일을 마치고, 먹거리를 사들고 바닷가 정취를 만끽하기 위해 아파트로 갔다. 술안주를 맛나게 만들어 준 지인의 고마운 마음과 더불어 늦은 시각까지 이런 저런 대화로 시간가는 줄 모르게 술을 마셨다. 꽤 늦게까지 마신 술이었지만 눈은 생각보다 일찍 떠졌다. 어스름한 새벽 공기가 정신을 맑게 애무해 주어 거실 소파에 누워 이런 저런 사념에 골몰하고 있었다. 그러다 문득 아침 해가 보고 싶다는 생각이 들어 창가로 다가섰다. 그런데 그 시간쯤이면 충분히 떠올라 있어야 할 해가 보이지 않았다. 그래서 너무 늦게 창가로 왔나 생각하고 아침 해 보기를 포기하려 했다.

그런데 그 순간, 잔뜩 낀 구름사이로 황금빛 태양이 서서히 수면위로 떠올랐다. 그 순간 그 빛이 얼마나 화려하고 웅장한지 마치 우리학회의 지금의 모습과 너무나 흡사하단 생각에 나도 모르게 카메라 셔터를 눌렀다.

구름을 뚫고 나오느라 약간의 시간은 지체되었지만 어두운 구름 속에서의 빛은 찬란하다 못해 장엄하기까지 했다. 뿐만 아니라 그 빛의 웅장함이 나를 향해 손짓하듯 그렇게 유혹하고 있는 듯해 순간 나도 모르게 그 모습을 카메라에 담았다. 구름을 뚫고 떠오르는 아침 해의 장엄함이 바로 우리 학회의 앞날을 상징하는 것이리라.

요즘 개명이 늘고 있는 추세에

다연 최미옥(경북경산중산지사)

"어쩜… 어쩜…!"

다음 말을 잇지 못하고 호들갑을 떨던 미세스 김이 정신을 가다듬더니 개명하고 변한 아들을 향해 감격해 하는 소리였다. 머리는 좋은데 공부를 안해도 너무 안하는 아들 때문에 늘 스트레스를 받던 그녀였다. 그런데 개명한 친구의 설득에 못 이겨, 거의 끌려오다시피 나한테 찾아왔을 때만 해도, 설마 했던 그녀였다. 그런 그녀가 아들이 개명한 후에 달라진 모습을 보고 놀라긴 많이 놀란 모양이었다.

이름에 학문을 극하면 아무리 좋은 머리를 타고 나더라도 공부에 집중을 못하거나 놀기에 급급하다. 조부님이 유명한 작명가한테 비싼 돈을 지불하고 지어왔다는 2001년생 아들의 이름을 분석하면 이렇다.

이름의 첫 자인 중심 운에서 주로 성격이 나타나는데, 중심주파수 0은 인성(학문)으로 학문성의 별이다. 대개의 경우 장남으로 태어나거나, 맏이 역할을 하게 되고 학구적인 면모를 지니게 된다. 또한 논리적인 사고로 학구열이 강하다보니 학계에 진출하거나 그 방면에서 성공하는 예가 많다. 아무리 그렇더라도 이러한 인성(0)을 극하는 재성(학문을 극하는 기운)인 5.6이 중첩되면 도리어 공부와 인연이 멀고, 어려서는 놀기 바쁘고 성인이 되서는 여자를 탐하다 패가망신하게 된다. 바로 미세스 김 아들 이름에 이렇듯 학문을 극하는 5.6의 기운이 강해 공부를 멀리하게된다. 그래서 개명을 권유했더니 미심쩍은지 따지듯 물었다.

"시아버님이 유명한 작명가한테 지은 건데요?"

하며 고개를 갸우뚱 했다. 물론 아들의 이름을 획수로 풀이하면, 초년은 15획으로 통솔격이요, 중년은 25획의 안전격이요, 장년은 24획으로 입신격이 되고, 총획을 나타내는 노년은 32획으로 득재격이다.

이렇듯 나무랄 데 없는 완벽한 획수에 해당하지만, 문제는 이름 때문에 공부를 안한다는 데 어쩌겠는가! 다행히 시아버님이 작고하셔서 그나마 반신반의 하면서도 개명을 의뢰했다. 그런데 놀라운 사실은 개명허가가 난 이후 급속도로 변해가는 아들의 모습이었다. 그동안 친구들과 놀거나 게임만 즐기던 아이가 자청해서 학원을 보내 달라는가 하면, 수학이 따라가기 어렵다며 개인과외를 시켜달라는 말을 듣고, 다음날 바로 찾아와 이렇듯 감격해 말을 잇지 못한 것이다. 아직은 학업성적이 제 자리 걸음이지만 개명한 이후 스스로 공부하겠다는 의지에 그저 놀라고 신기해 할 따름이다. 그래도 제대로 된 구성성명학으로 개명을 했기 때문에 그에 따른 효과를 본 것이지, 개명을 잘못하면 도리어 그 반대 현상이 일어나는 사람도 비일비재하다.

그래서 개명은 매우 중요하다. 어쨌든 요즘 코로나19로 인해 경제가 매우 어려워 그런지 이름에 대한 관심이 높아지고 있다. 개명을 통해 자신의 운명을 개척하고자 하는 심리가 강하게 작용한 때문인지 몰라도 개명이 늘어나고 있는 추세다. 누구보다 개명의 중요성을 절감하는 경북경산중산 지사장으로서 가장 안타까운 것은 잘못된 학설이 난무하는 현 시점에, 개명을 잘못해 상대적으로 불행하게 살아가는 사람들이 의외로 많다는 점이다. 힘들게 살아가는 그들의 이름을 분석해 보면 주로 한문 획수나 소리파동, 음파, 파장, 소리에너지, 파동성명 등에서 개명한 사람들이다. 그래서 성명학 이론이 난립하는 현실에 잘못된 개명으로 본명보다 못한 이름으로 힘들게 살아가는 사람들을 볼 때가 가장 안타까운 마음이다.

· 연락처 ; 010-4965-2696
· 멜주소 ; nail65@hanmail.net

너와 나의 이야기

이름이 왜 중요한가?

태어나면 제일 첫 번째 받는 게 이름이다. 내 것임에도 나보다 남이 더 많이 불러주는 것이 이름이기에 더욱 중요하다. 남들의 입을 통해 '너 망해라. 망해라'하면 망하고, '넌 성공할거야. 성공할거야' 하면 성공한다.

그러기에 부모가 작명가를 통해 이름을 지어주었든, 아님 직접 지어주었던 간에, 불러주는 이름 안에 흉한 기운이 감돌고 있다면 그 이름의 당사자는 실패와 좌절로 위축되고 그로인해 낙후된 삶을 살게 된다.

태어난 운명은 신의 영역으로 불변의 숙명성이나 이름은 가변성의 운명이다. 이를 좀 더 쉽게 설명하면 '나' 라는 사람한테 어떤 옷을 입히느냐에 따라 그 존재의 가치가 달라진다는 점이다. 거지가 다 떨어진 옷을 입으면 그대로 거지가 되지만, 고급스런 옷이라도 입고 있으면 최소한 남들로부터 거지 취급은 당하지 않게 된다.

반면에 명예와 권력을 갖고 태어났더라도 이름에 흉한 기운이 감돌면 평가절하된다. 재물도 마찬가지다. 부자로 타고 났더라도 다 헤진 옷을 입고 있으면 빛 좋은 개살구가 된다. 즉 속빈 강정이다. 이와 같이 이름은 매우 중요하다.

나) 이름이 왜 중요한줄 알아?

나) 태어나면 제일 첫 번째 받는 게 이름이라 그런가요?.

나) 내 것인데 남이 더 많이 불러주는 것이 이름 속에 '너 망해라.

나) 말대로 된다는 얘기네요.

나) 태어난 운명은 신의 영역으로 불변의 숙명성이야. 그렇지만 이름은 가변성의 운명이야.

나) 그걸 팔자라 하는 거죠?

나) 말하자면 그렇지. '나' 라는 사람한테 어떤 옷을 입히느냐에 따라 나의 존재 가치가 달라지는 거지.

나) 그러니까 이름이 옷과 같다는 뜻인가요?

나) 바로 그거야. 거지가 다 떨어진 옷을 입으면 그대로 얼어 죽지만, 보온이 잘된 두꺼운 옷을 입으면 어떻겠어?

너) 당연히 얼어 죽지 않죠.

너) 타고난 사주팔자에 명예와 권력을 갖고 태어났더라도 이름이 흉하면 높은 자리까지 올라가지 못하고 설혹 올라갔다 하더라도 도중에 그만두게 돼.

너) 그렇다면 재물도 마찬가지겠네요.

너) 맞아. 부자로 타고 났더라도 이름이 흉하면 부모한테 물려받은 유산조차 지키지 못해. 즉 남들 보기에 부자 같아 보여도 속빈 강정이란 뜻이야.

너) 결국 빛 좋은 개살구네요?.

나) 그렇지. 그래서 이름이 매우 중요하다는 거야.

구성성명학이란?

낮에는 표정이나 제스처로 자신의 생각을 표현 할 수 있으나, 저녁때가 되면 날이 어두워 표정이나 제스처가 보이지 않아 입을 통해 자신의 의사를 전달하게 된다.

그래서 저녁 석(夕)자에 입 구(口)자를 합성해 명(名)이 되는 것이 이름이다. 따라서 이름이란 사람들이 늘 불러주는 소리, 즉 입 구(口), 소리 성(聲)이 바로 한글구성(口聲) 성명학이다.

너) 요즘 작명업계에 핫한 이슈가 구성성명학이라며?

나) 너도 벌써 소문 들었구나

나) 낮에는 표정이나 제스처로 자신의 생각을 표현 할 수 있지만, 저녁때가 되면 날이 어두워 표정이나 제스처가 보이지 않아

나) 입을 통해 자신의 의사를 전달하게 되는게 이름이래.

그러니까 입 구(口)에 저녁 석(夕)자를 합성해 명(名)이 되는

나) 게 이름이란 뜻이지.

맞아. 이름이란 사람들이 늘 불러주는 소리, 즉 입 구(口), 소

나) 리 성(聲)이 구성(口聲)으로 확실하게 일리가 있는 얘기야.

그래서 입으로 불러주는 파동을 구성(口聲)성명학이라 하는 거야.

왜 구성성명학인가?

흔히 파동성명, 소리성명 등을 통해 파동에너지의 뜻을 이해는
하나 이는 자음만으로 하기 때문에 실제로는 소리와는 무관하다.
분명한 것은 한글은 자음과 모음이 결합되어야 소리가 난다는 사
실이다. 그러기에 구성성명학만이 유일무일하게 소리에너지를
오행으로 분류해 사주와 접목한 국내 최초의 파동성명학이다.

구성성명학은 예지연회장의 30년 학문의 노하우가 그대로 이
름 석자 안에 녹아져 있다. 이는 사주명식의 원리를 그대로 성명
학에 도입해 운명을 분석하는 획기적인 방식의 작명법이다. 한글
은 입모양을 본 따 만든 소리글자이기 때문에 입으로 불리워지는
모든 이름은 그 소리에 대한 에너지가 담겨 있다. 그러기에 이름
하나만으로 운명을 거의 유추하는 한글구성성명학에 세계인도
지금 놀라고 있다.

너) 시중에 파동성명이라 하는 데가 많던데…….

나) 저마다 파동. 소리에너지. 음파, 울림, 파장, 한글작명이라 하
　　지만 실상은 아니야

너) 왜 아니란 거죠?

나) 한글은 자음과 모음이 결합되어야 소리가 나는데 자음으로
　　파동성명이라 하니까 그 자체가 어불성설이지.

너) 그렇다면 자음과 모음이 결합된 완전한 파동성명은 다지음구
　　성성명학회 한 군데뿐인가요?

나) 물론이지. 또 다른 새로운 사실을 알려줄까?

너) 그게 뭔데요?

나) 소리파동을 오행으로 분류해 사주와 접목한 국내 유일 무일
　　한 사주성명학 이야.

너) 사주성명학이라면…?

나) 사주명식의 원리를 그대로 이름에 도입한 최초의 성명학이지

너) 그렇다면 당사자의 운명을 이름 하나만으로 사주팔자 보듯이 본다는 뜻인가요?.

나) 맞아.

나) 예지연학회장의 30년 노하우야.

너) 한글은 입모양을 본 따 만든 소리글자라 들었어요.

나) 그 소리를 오행으로 분류한 것이 바로 한글이야. 그러기 때문에 입으로 불리워지는 모든 이름에는 파동의 에너지가 있는 거지.

너) 실은 저도 제 이름을 감정 받고 깜짝 놀랐어요.

나) 외국인들은 더 놀라는데 뭘.

한글은 대한민국의 자긍심이다

한글은 세종대왕께서 소리에 근간을 두고 창제된 세계적 문화유산이다. 대한민국에 태어나 한글을 사용할 수 있는 한국인이야말로 그 어떤 나라 사람보다 행운아다. 그러기에 자긍심을 갖고 살아야 한다.

한글은 입모양을 본 따 만든 소리글자다. 그러므로 자음과 모음의 결합 없이는 소리가 나지 않는다. 아울러 소리가 나는 모든 소리에는 각각의 오행의 뜻이 담겨있다. 오행에 의한 소리에너지가 태어난 년도와 이름에 조화를 이루어 제 2의 후천적 운명을 생성해 낸다.

그에 대한 증거로 다지음 학회의 지사장들이다. 그들은 생업의 현장에서 그동안 잘못된 이름으로 불행하게 사는 사람들을 수없

이 보고 수없이 경험했다. 그래서 그들의 증언을 통해 전국 곳곳으로 널리 퍼져나가고 있다.

요즘은 최첨단의 과학으로 인해 세상이 하루가 다르게 발전 변모해 가고 있다. 그런데도 인간의 운명에 지대한 영향을 끼치는 이름이 아직도 구태의연한 옛것의 작명방식에만 머물러 있다면 이는 매우 답답하고 안타까운 일이다.

나) 한글이 유네스코에 등재된 것은 알지?

너) 세종대왕께서 소리에 근간을 두고 한글을 창제한 세계적 문화유산인데 그걸 모르는 사람이 있을까요?

나) 대한민국에 태어나 한글을 사용할 수 있는 것도 우리의 큰 자랑거리야.

너) 그러고 보면 한국인이 행운아인 셈이죠.

나) 당연하지. 그러니까 자긍심을 갖고 살아야 돼.

너) 한글은 입모양을 본 따 만든 소리글자라 배웠는데……

너) 모든 소리에는 각각의 오행의 뜻이 담겨 있어.

너) 그래서 구성성명학이 오행의 원리로 창안되었다는 것이군요.

너) 맞아. 오행에 의한 소리에너지가 태어난 년도와 이름에 조화를 이루어 제2의 후천적 운명을 생성해 내는 거지.

너) 그에 대한 증거로 다지음 학회의 지사장님들한테 많이 들었어요.

나) 그들도 생업 현장에서 이름대로 사는 것을 보고 실제로 깜짝 놀랐거든.

너) 다지음학회의 활동이 매우 왕성하던데요.

나) 수없이 보고 듣고 경험한 많은 지사장들이 이름의 중요성을 절실히 깨닫고 SMS에 영상이나 글을 많이 올린 덕분이지.

그럴듯한 광고에 속지 않아야 한다

방송이나 미디어는 시청자나 독자들의 흥미를 이끌어 내기위한 수단으로 역술인이나 작명가들을 출연시킨다. 그리고 사전에 그들과 프로그램의 완성키 위해 협의를 이룬다. 여기에 많은 사람들이 속고 있다. 방송에서 원하는 역술인은 학술에 근거를 둔 논리적인 사람을 원하는 것이 아니라 얼마만큼 입담을 가진 사람들이냐에 관심을 갖는다.

타고난 운명 다음으로 중요한 것이 남들이 수시로 불러주는 이름이다. 이 이름에는 파동의 에너지가 담겨있기 때문에 함부로 지어선 안된다. 이러한 소리에너지를 무시하고 짓는 모든 작명방식은 남의 운명을 그르치는 행위이다. 최소한 성공된 삶을 살기를 원한다면 그럴듯한 말로 현혹하는 작명가나 역술인들한테 속지 말고 오행에 근간을 둔 뿌리 깊은 한글의 작명방식을 깨닫고 사주명식를 접목한 한글구성성명에 귀 기울여야 한다.

  너) 방송에 보면 작명가들이 간혹 출연하던데요.

  나) 시청자나 독자들의 흥미를 이끌어 내기위해서지

  너) 그렇다면 그들은 작명의 근거를 어디에 두고 하는 건가요?

  나) 근거 없어. 그냥 입담이지.

  너) 설마 그럴까요?

  나) 학술에 근거를 둔 논리적인 성명학을 원한다면 거기에 출연할 작명가 한사람도 없어.

  너) 그럼 짜고 치는 고스톱인가요?

  나) 학문적 근거가 부족하니 그럴 수밖에 없는 현상이지.

  너) 실은 저도 방송보고 개명했다가 구성성명학을 보고 다시 개명했지만.

나) 타고난 운명 다음으로 중요한 것이 남들이 수시로 불러주는 이름이야.

너) 그러기 위해선 구성성명학회가 세상에 널리 알려져야겠네요.

나) 소리에서 생성되는 에너지를 무시하고 짓는 모든 작명방식은 남의 운명을 그르치는 행위야.

너) 최소한 성공된 삶을 살게 하기 위해선 그럴듯한 말로 현혹하는 작명가나 역술인들한테 속으면 안되겠네요.

너) 저도 구성성명학을 배우고 나서야 비로소 이름을 함부로 지으면 안된다는 생각을 했어요.

사주명식을 접목한 논리적인 한글구성성명학

이름이 운명에 얼마만큼의 지대한 영향을 끼치는가만 알아도 한글구성성명학의 위력을 새삼 느끼게 된다. 구성성명학의 학술적인 이론과 논리는 서적이나 방송을 통해 그동안 널리 알려왔다. 이러한 논리적 근거를 바탕으로 다지음학회의 지사장들이 유트브를 통해 많은 이론들을 공개하다보니 더욱더 성명학의 종착지가 어느새 구성성명학이 되어버리고 말았다.

실제로 이것 저곳의 유명하다는 작명가들한테 개명을 의뢰받은 수많은 사람들이 최종적으로 구성성명학회서 감정 받고, 재개명하는 사례가 수없이 속출하고 있다.

왜 그런가?

그만큼 자신의 운명을 이름 하나로 정확하게 꿰뚫고 설명해 주므로 스스로들이 이름의 중요성을 판단했기 때문이다.

작명법의 올바른 인식만 깨달아도 남의 운명을 함부로 그르치는 일은 발생하지 않는다. 최소한 작명을 업으로 하는 사람들이라면 한글구성성명학의 이론이 얼마나 논리적이고 체계적인 학문인가를 깨닫고, 이름 짓는 일에 양심의 소리에 귀 기울였으면 한다.

너) 구성성명학회서는 이름을 사주처럼 푼다면서요?

나) 맞아. 사주명식을 성명학에 접목한 학문이라 그래.

너) 그렇다면 이름 자체가 그 사람의 운명이나 마찬가지겠네요.

나) 그렇지.

나) 이러한 논리적 근거를 유튜브를 통해 많은 이론들을 공개하다 보니 성명학의 종착지가 구성성명학이 되어버리고 말았어.

너) 맞아요. 이미 입 소문으로 널리 알려져 있어요.

나) 실제로 많은 사람들이 다지음서 최종 감정을 받고 개명하는 편이야.

너) 재개명하는 사례가 생각보다 많다면서요?

나) 왜 그렇다 생각하는가?

너) 그만큼 이름 하나로 당사자의 운명을 정확하게 꿰뚫고 주기 때문이겠죠.

나) 그 말이 맞아.

너) 작명법의 올바른 인식만 깨달아도 남의 운명을 함부로 그르치는 일은 발생하지 않겠죠?

나) 특히 작명을 업으로 하는 사람들은 한글구성성명학의 이론이 얼마나 논리적이고 체계적인 학문인가부터 깨달아야 해.

너) 그렇게 되면 양심 때문에 함부로 이름 짓지 못하겠죠?

속 썩이는 자식은 없으나

차본이(창원성산지사)

768 840 68
최   상   미
413 395 13

중국 한나라 때 미앙궁(未央宮)에 동(銅)으로 만든 커다란 종이 있었다. 그런데 이 종은 서촉(西蜀)에 있는 동산에서 케어 낸 동을 원료로 해 만든 것이었다.

어느 날, 이 종이 누가 건드리지도 않았는데 저절로 울렸다. 황제가 너무 이상하여 동방삭에게 종이 울린 원인을 물으니 대답하기를,

"서촉에 있는 동산이 붕괴되었다"

이렇게 말했다. 과연 얼마 되지 않아 서촉에서 붕괴되었다는 보고가 들어 왔다. 산이 무너진 날이 바로 미양궁에 있는 영종(靈鍾)이 울린 날이었다.

황제가 다시 동박삭에게 어떻게 알았느냐고 이에 대해 물으니

대답하기를, "이 종은 동산에서 케어 낸 동(銅)으로 만들었기 때문에 동질(銅質)의 기가 서로 감응을 일으켜서 발생한 일입니다"

이렇게 답했다. 그 때 황제가 크게 감탄하면서 말하기를,

"이러한 물질도 서로 감응을 일으키는데 만물의 영장인 사람은 얼마나 많은 감응을 일으킬 것인가!"

이렇게 감탄을 했다고 한다.

천지만물 또한 이와 같다. 음기와 양기가 발출(發出)하여 함께 어울리게 되면 바람으로 변하게 되고, 이 기가 공중으로 상승하게 되면 구름으로 변한다. 그리고 상승한 기가 다시 하강하게 되면 구름이 비로 변한다.

이와 같이 음기와 양기가 흐르면서 함께 어울려서 상승 또는 하강하면서 바람, 구름, 비 등 많은 변화를 일으키면서 기후를 조절한다. 이때 비가 되어 내린 물은 땅 속에 스며들어 흐르면서 만물을 성장시키는 중요한 역할을 담당하기 때문에 만물을 키워내는 근원이 된다. 내가 한글구성성명학에 놀란 것은 이러한 천지만물의 생기 변화를 인생이란 삶에 연결시켜 이름으로 풀어낸다는 사실이다. 왜냐하면 이름을 분석하다보면 그 이름 안에 당사자의 운명을 고스란히 파악할 수 있기 때문이다.

이상미님의 이름에서 보면 그분의 삶의 향방이 여실히 드러나 놀랐던 기억이 아직도 생생하게 남아 있다. 47년 정해(丁亥)생인 이상미님의 이름을 자세히 분석해 보면, 참으로 재미있는 배합임을 알 수 있다. 무엇보다 성의 〈최〉 7.6.8은 재생관(재물이 명예를 생해줌)에 의해 젊은 시절 좋은 환경을 말해주고, 무엇보다 중첩된 관성 8을 상관 4가 억제하면 귀격으로 좋다. 그러나 이러한 4를 인성 0이 극하면 관살혼잡되어 다시 천격이 되어 흉하다. 또한 그에 앞서 0.4는 자식을 극해하는 수리로 여자 이름에서 매우 꺼리나, 이러한 0을 재성 6이 극제하므로 흉중에 길로 전환된다.

무엇보다 중심 운 8의 특성은 고지식한 반면 일에 굉장히 열중하는 편으로 실천하는 적극적인 기질을 갖고 있다. 용기 있고 진취적인 성격으로 금전 보다는 명예를 앞세운다. 무슨 일이든 일을 맡기면 훌륭하게 처리하지만 간혹 권위를 앞세우다 실리를 놓치게 된다. 이름 끝자 〈미〉 6.8은 재생관으로 일을 처리함에 있어 다각적으로 분석하고 관찰하여 결정하기 때문에 신중하게 처리해 재물적인 호재를 누리게 된다. 다만 선천운에서의 이러한 재물적인 좋은 운세가 지지명운에서 1.5에 의해 과욕으로 발동하게 되면 파재를 겪게 되는 악재로 작용한다. 그렇더라도 다시 또 1.3의 승재관에 의해 지혜롭게 대처하면 금전상의 손실을 막을 수 있다.

아울러 지지에서 중첩된 식상 3을 9가 억제하면 좋다고 할 수 있으나 이는 한 자식은 영특하고 한 자식은 속을 썩이는 자식에 해당되어 어쨌든 여자이름에 이러한 배합은 가급적 피하는 것이 좋다. 이럴 때 5가 9를 극하면 식상이 살아나는 묘미가 있는데 1이 5를 극하므로 인성 9가 살아나 염려했던 부분이 있게 된다. 따라서 중첩된 식상을 9가 극제시키므로 속 썩이는 자식이 있기 쉽다. 그러나 지지명운 〈미〉 1.3이 다시 자식 덕을 말해 줘서 그런지, 이 이름의 주인공은 아직까지 특별하게 속 썩이는 자식은 없으나, 오십대 초반 자궁 수술을 했다고 한다. 이렇듯 이름에서 나타나는 파동의 기운은, 어떤 경로를 통해서든 반드시 겪게 된다는 사실을 이 분의 이름을 통해 경험했다.

· 연락처 ; 010-2418-1367

· 멜주소 ; pearl2010@hanmail.net

· 사이트 ; http://다지음경남창원성산.com

설마 이름 때문에?

박유경(대구동구지사)

본명	개명
719 325 483	719 76 42
김 은 형	김 규 희
597 103 261	597 54 20

오래전의 일이다. 남편의 외도로 헤어질 결심을 하고 이혼가능 여부를 묻기 위해 나를 찾아온 경술(庚戌)생 김은형의 얘기다.

"선생님! 정말 신기해요. 설마 이름 때문에 남편이 바람났다는 게, 정말 믿기지 않아요."

남편의 외도가 이름에 있으니 이혼보다 우선 개명부터 하라고 일렀다. 대개의 경우 남자 이름에 7.8이 1.2를 보거나 여자 이름에 3.4가 7.8을 보면 남편의 외도로 부부가 이별수를 겪게 된다. 그 이유는 남자한테 재성 5.6은 여자에 해당된다. 그런데 이러한 5.6을 1.2가 극하면 부인과 헤어지게 된다. 그러나 이러한 흉신(1.2)을 극하는 관성 7.8이 있으면 재성(부인)이 살아나므로 도리어 숨은 여자가 된다. 그러면 거의 대부분의 남자는 바람을 핀다. 모든 남자가 바람을 핀다고 다 이혼하는 것이 아니고, 이럴 때 김은형의 이름에서처럼 남편을 나타내는 관성 7.8을 극하는 식상 3.4가 있으면 부부가 이별수를 겪게 되므로 남편의 외도가 들통 나서 결국에 이혼한다.

또한 여자의 이름에서 중심수 3이 성에서 극을 받고 있는 데다 지지에서 또 다시 0.3의 배합이 나타나면 내연의 남자가 있거나 자식으로 인해 눈물 흘리거나 자궁 질환으로 고생하게 된다.

김은형은 남편과 이혼하고 친정서 아이를 키우며 직장생활을 했다. 그러나 이름에서 예시하듯 근면성실하게 노력한 것에 비해 직장생활에서 그다지 인정을 받지 못했다. 그래서 그녀의 흉한 이름 때문에 고생하는 것이 안타까워 개명을 권유했으나 쉽게 응하지 않았다. 그러다가 어렵고 힘든 과정을 전부 겪고 나서야 개명을 결심했다. 이름 끝자 2.6.1의 영향으로 자궁질환을 두 번 수술하느라 그동안 알뜰살뜰하게 모아둔 돈이 수술비로 몽땅 지출되었다.

그리고 김규희로 개명하고 나서 그녀의 삶에도 많은 변화가 왔다.

우선 '은형'이란 이름에서 위아래서 관성 7을 식상 3.4가 극하던 것을 이름 첫 자에 관성 7을 넣어주므로 직업과 남편의 기운을 보완하고 이러한 관성이 재성 5의 생을 받게 되므로 향후 좋은 인연과 함께 안정적인 직장생활로 인해 경제적인 여유도 갖게 된다. 또한 이름 끝 자 4.2의 수리가 상생의 기운으로 물 흘러가듯 잘 이루어져 있다.

이렇게 좋은 이름으로 개명하고 나면 자신은 물론 자식도 좋은 기운을 받게 된다. 따라서 어떤 이름을 사용하느냐에 따라 인생이 달라질 수 있다는 사실을 인식해야 한다.

즉 이름 석자 안에서 남편을 극하는 이름이라면, 그 이름을 여러 번 부르게 됨으로써, 그 속에 잠재한 뜻의 기운이 파장을 일으켜 남편한테 영향을 미치면서 김은형의 경우처럼 그로인해 헤어지게 된다거나 불행한 일을 겪게 된다.

따라서 파동이란 소리에서 파생된 에너지를 뜻한다. 말과 생각 하나하나엔 눈에 보이지 않지만 그 파동이 기(氣)가 에너지를 일으켜 운명에 적잖은 영향을 미친다. 그러기 때문에 평생 불러주는 이름이야말로 매우 중요하다.

즉 파동이라 함은 입으로 불렸을 때 나는 소리가 귀(耳)라는 감각기관을 통해 뇌(腦)로 전달되고, 뇌파에선 그 소리의 뜻을 분석해 마음으로 전달하여 행동으로 나타나게 한다.

무엇보다 한글은 초성. 중성. 종성이 어우러져야 소리가 난다. 고로 파동이라 함은 자음과 모음이 결합되었을 때 소리가 나는 고로, 입에서 불리워지는 소리(口聲)의 힘은 그래서 매우 강력하다. 이렇듯 이러한 파동의 힘이 가장 많이 담겨 있는 것이 사람들이 수시로 늘 불러주는 이름에 담겨 있기 때문에 이름은 함부로 지어서도 가볍게 여겨서도 안된다. 이름에서 불리워지는 소리엔 각각의 그 소리마다 오행이 담겨 있다. 그 소리 오행을 사주 푸는 방식으로 그대로 육친으로 대입해 이름에 접목시킨 것이 바로 한글구성성명학이다. 그러기에 이름 석 자만 갖고도 당사자의 운명을 사주 보듯이 정확하게 예측할 수 있다. 이와 같이 성명학의 원리를 분명하게 안다면 누가 과연 이름을 함부로 짓겠는가!

· 연락처 ; 010-5311-6357
· 멜주소 ; parks6357@naver.com

잘못된 파동이론

이소백(경북북부지사)

아주 오래전의 얘기다. 결혼 13년 만에 귀하게 얻은 아들이 있었다.

생각해 보라. 사실 얼마나 귀한 자식이겠는가? 그 집이 그리넉넉한 집안이 아닌데. 그러니까 십여년 전에 50만원을 주고 지었다면 굉장히 비싼 돈을 주고 지었다. 그런 귀한 자식이니만큼그 돈이 아깝다는 생각없이 아기의 이름을 지었는데 그 아이가 4살 때 그러니까 지금으로부터 6년 전이다. 상담 차 방문했는데무심코 '조형원'인 아들의 이름을 풀어달라는 거였다.

2005년 을유(乙酉)생인 조형원의 이름을 풀이해보면, 선천운에서 7.8이 많으면 어려서는 건강이 안 좋고, 성인이 돼서는 직업변동으로 좋지 못하다. 그래서 아이가 아프지 않느냐고 물었더니 대뜸 눈을 동그랗게 뜨면서, 원인도 알 수 없는 병 때문에 지금 노심초사하고 있다고 했다.

이렇듯 이름을 잘못 짓게 되면, 아이에게 불행한 일이 생기지만, 또한 이를 개명하는데 따르는 어려움이 수반하게 된다. 나무가 처음부터 곧게 자라야 잘 자라는데, 이미 굽은 뒤에 손질하면 그만큼 나무의 가치가 떨어지게 된다. 이름도 마찬가지다. 그러기 때문에 처음부터 좋은 이름을 지어주어야 건강하게 잘 성장할 수 있다. 무엇보다 성공을 바란다면, 어느 것이 진정한 성명학인가를 스스로가 깨우쳐 판단해야 한다.

요즘 구성성명학이 부각되어 소리파동에 대한 중요성이 강조되다보니 예전부터 알려진 자음파동의 모순점들이 드러나고 있다. 한글은 자음과 모음의 앙상블에 의해 발현되는 소리다. 현존하는 파동성명은 한글획수를 자음인 첫소리와 받침인 끝소리 자음글자만을 갖고 오행을 분석한다. 파동에 기반을 둔 성명학이라면서 정작 모음을 배제하고 자음만으로 소리파동을 강조하고 있으니 이 자체가 고객을 기만하는 행위이다. 소리란 성대와 혀, 입술의 모양으로 나오는 것인데 자음만으로 소리를 논한다면 ㅋㅋ ㅌㅌ ㅊㅊ 밖에 소리를 낼 수 없다. 이런 소리는 유인원이나 원시인의 소리이지 한글이라는 고귀한 문자를 둔 우리나라 사람들의 소리는 아니다.

한글은 입모양을 본떠 만든 세계 유일 무일한 소리글자다. 입으로 불렸을 때, 소리에너지가 발생하는 것이 바로 소리파장의 근간이 된다. 무엇보다 모음이 첨가되어야 자유자재로 변화되는 소리를 표현할 수 있다. 한글이야말로 이러한 구조에 의해 소리가 나는 현상임에도 불구하고 자음파동에선 모음을 아예 무시하고 있다. 그러면서 '파동성명'이라 주장하고 있으니 이 얼마나 안타까운 현실인가!

사람은 누구나 태어나서 제일 첫 번째 받는 선물이 이름이고, 태어나서 죽을 때 까지 가장 많이 불리워지는 것 또한 이름이다. 그래서 좋은 이름을 갖고 있는 것이 가장 중요하다.

이름에서 불리는 소리는, 그 속에 잠재된 기운이 파동을 일으켜 인간의 운명에 직접적인 영향을 끼친다. 이름은 불릴 적마다 상대방의 입을 통해 여러 가지 성질의 기운이 조화를 일으켜 발현되므로, 이름이 성공의 척도가 됨은 물론 건강, 배우자, 자식의 운까지도 좌지우지하기 때문에 이름이야말로 매우 중요하다.

정통수리방식의 작명법 또한 아무리 사주에 부족한 부분을 채워주고 획수가 좋고 뜻이 좋은 한자를 쓴다 하더라도 겉으로 드러나는, 즉 불러지는 소리가 좋지 못하다면 결코 좋은 이름이 될 수 없다.

· 연락처 ; 010-2585-7766
· 멜주소 ; lks4080@gmail.com

이름에 놀라는 이유는

남혜정(경기부천지사)

"이 이름이 어떻게 나쁜지 설명해 줄 수 있나요?"

60년생인 중년 여성이 의심이 가득 찬 표정으로 나를 찾아와 다짜고짜로 따지기부터 했다. 지난해 자기 올케가 아들 이름을 지으러 왔다가 나한테 시누이인 김영주의 이름을 물어본 모양이었다. 그 이름은 친정엄마가 이십여 년 전에 유명하다는 작명가한테 비싼 돈을 주고 새로 개명한 이름인데 내가 나쁘다고 한 모양이었다.

"결혼 전에 원치 않는 임신으로 유산한 적은 없나요?"

성에서 나타나는 0.4가 눈에 띄길래 한마디 했다. 그러면서.

"허튼 돈을 쓰실 분이 아닌데 지금까지 축적된 돈은 거의 없다고 볼 수 있죠."

7.1이 마주하면 구두쇠적인 성향이 강하지만, 이름 끝 자에서 2.5는 재물을 극하는 기운이 강하게 작용해 결국 파재가 된다. 무엇보다 이름 첫 자에서 남편을 극하는 3.8.3의 배합이 유독 눈에 띄어.

"남편하고는 살고 있는가요?"

하고 물었다. 이는 이혼하고 지금 혼자 살고 있지 않느냐는 확신에 찬 목소리였지만 여전히 의심의 끈을 놓지 않았다. 그래선지 그 어떤 질문에도 답이 없었다. 그래서,

"그렇지 않는가요?"

하고 재차 반문해 물었다. 그랬더니 혹시 올케가 지난번에 와서 자기 신상에 대해 미리 다 얘기해 준 건 아닌가(?) 그렇게 의심하는 눈치였다. 중심 3.4의 특성이 의심이 많은 것을 알기에, 주변에 아는 다른 사람 이름을 말해보라 했다. 그랬더니 71년생 안현지의 이름이 어떠냐고 물었다.

성에서 4.8은 남편 덕이 없음을 예고하는 배합인데 이름 첫 자에서도 3.7이 반복적으로 나타나 있어,

"이 여성도 남편 덕이 없는 이름인데 현재 남편하고 살고 있는가요?"

하고 물었다. 일찍 결혼했다면 이미 이혼을 했을 것이고, 설혹 늦게 했다하더라도 이별수를 겪게 되는 이름이라 확신을 갖고 말했다. 이렇게 관성(남편)을 극하는 수리가 반복적으로 나타나면 죽었다 깨어나도 남편과 해로하고 사는 예가 드물기에 한 얘기였다.

따라서 이름에 5.9.7이 있으면 매우 활동적인 성향이나, 그렇더라도 재물을 극하는 1.2가 중첩되어 재성(재물) 5.6을 극하면 아무리 많은 돈을 벌어도 파재가 일게 된다. 그래서 '안현지' 또한 생극 도표를 보여주며 이러한 원리를 설명해 주면서 재물이 없음을 강조하자, 그때서야 우리 구성성명학 원리에 감탄하고 놀라는 눈치였다.

또 얼마 전, 지역방송에 예지연회장님의 'TV특강'을 보고 온 연세 지긋한 고객이 있었다. 칠십대지만 자식을 극하는 이름이라

개명을 권유했더니 조금 망설이다 개명을 신청하고 갔다. 그런데 막상 이름을 바꾼다고 하니까 남편은 물론 자식들의 반대가 심한 모양이었다. 이름을 찾으러 방문 한 날, 따님을 대동하고 왔다. 그러면서 조카인 84년 '오문희'의 이름이 어떠냐고 물었다.

오문희의 이름은 성에서 이미 남편을 극하는 식신(자식) 3이 중첩되어 관성(남편) 7을 극하고 있어 남편 덕이 없는 이름이다. 거기에 관살혼잡(남편이 여러명)으로 남편 덕이 없는데다, 중첩된 인성(모친) 0.0에 의해 자식을 극하게 되면 숨겨진 남자가 있게 된다.

아직 삼십대 초반이라 앞으로 일어날 것을 예고하고 주의 사항으로 말해 주었더니, 의외로 딸과 함께 서로 눈빛을 교환하고 있었다. 알고 보니 실제로 오문희는 이름에서 발현되는 기운처럼, 22세에 결혼했지만, 옛 남친과 6개월간 동거한 사실이 드러나는 바람에 한 달 만에 이혼을 당했다. 지금은 10살 연상인 이혼남과 동거하고 있다고 했다.

무엇보다 칠십이 넘은 노인네가 귀가 얇아 남의 말에 쉽게 넘어가 개명을 한 줄 알고 가족모두가 반대가 심했던 모양이었다. 그래서 일부러 이름을 찾으러 온 날, 딸을 데리고 왔다. 이렇듯 조카의 이름 풀이를 다 듣고 나자, 그때서야 딸도 자기 엄마가 왜 이름을 개명했는지를 이해하고 수긍했다.

이렇듯 이름에서 발현되는 파동의 힘이 얼마나 무서운가는 기존의 성명학에서는 찾을 수 없는 우리 한글구성성명학에서만 느낄 수 있는 묘미이다.

· 연락처 ; 010-8789-2691
· 멜주소 ; amir2038@hanmail.net

사주를 많이 보러 다녔지만

전영순(대전중구지사)

2018년 3월달이었다.

1989년생 박한수라는 젊은 청년이 내 사무실에 찾아와 본인 사주를 상담 받고 싶다고 했다. 그때 당시 나이는 서른 살이었지만 동안이라 얼굴은 훨씬 나이보다 어려 보였다.

내가 사주를 상담해 주기를,

"이 사주는 머리가 영리하고 똑똑해 아이큐가 엄청 좋은데 반해 공부와 인연이 없고, 부모하고도 인연이 없어 일찍 떨어져 살아야 되는 팔자에요"

라고 설명을 해주었다. 그러면서 공무원을 하면 좋은 사주고, 앞으로의 운도 상세히 설명해 주고 나서 이름을 물었더니 박한수라 했다.

타고난 사주 다음으로 중요한 게 이름인데, 성에서도 역시 타고난 사주와 같이 부친을 나타내는 6.6이 겹쳐 아버지 덕이 없으며 또한 학문과 어머니를 나타내는 9.0이 없어 부모덕이 없음과 함께 공부하고도 인연이 없었다.

선천 운에서 이름 첫 자 '한'에서 1이 6을 극하고 있어 부인과는 무늬만 부부거나 이별이 예고되고 재물복이 없게 된다. 이름 끝 자 '수'에서 0이 4를 극하고 있는데다 후천운 이름 첫 자에서 0.3이 또 다시 반복되어 있다. 재능과 생각을 나타내는 3.4가 이와 같이 재차 극을 받고 있으면 우울증이나 공항장애가 심하게 나타나는 것을 종종 보게 된다. 그래서 이에 대한 이름 설명을 해주면서 개명을 적극 권유했다. 그랬더니 상담료를 지불하면서 짧게 '알았다'고만 하고 돌아섰다.

그리고 일주일이 지나서 영업장에 있는 일반 전화로 전화가 왔다.

"제가 일주일 전에 선생님께 상담 받았던 박한수인데요,"

그러면서 자기가 상담 받으러 갔을 때 안 좋은 얘기를 많이 해주어 그때는 아무 말도 안하고 그냥 돌아 왔지만 실상은 내가 한 말이 다 맞았다고 했다. 부모와 연이 없어 일찍 떨어져 살아야 된다고 했다면서 자기가 사실은 입양아임을 고백했다. 부모가 자기를 낳고 외국으로 입양을 보내려고 했었는데 다행히 양 부모를 만나 한국에서 자랐다고 했다.

"그동안 사주를 많이 보러 다녔지만 그걸 말씀해준 분이 선생님뿐이었어요" 그런데 그걸 맞추셔서 깜짝 놀랐다고 하면서 조만간 다시 찾아 뵙겠다 하고 전화를 끊었다. 그리고는 며칠 지나자 약속대로 박한수가 다시 영업장을 찾아 왔다. 그는 지금 대학교 3학년의 재학 중인데 사실 공부를 잘해 수능성적이 매우 높았다. 그 점수로 서울에 있는 대학을 얼마든지 갈수 있었지만 집안 사정이 여의치 않아 대전에 있는 대학을 다니고 있었다. 그러면서 자신은 머리가 좋아 주변 학생들과 레벨이 맞지 않는다고 했고 학과도 적성에 맞지 않는다고 했다. 그러니까 은연중에 학우들로부터 왕따를 당하고 있는 모양이었다. 그러면서 이럴 바에야 차라리 대학을 그만 두고 수능 시험을 다시 볼까 한다고 자신의 속내를 밝혔다. 그래서인지 초점이 없는 눈동자가 왠지 불안해 보였다. 대화중에 곁눈질로 나를 희끗 쳐다보며 눈썹 밑까지 길게 내려온 앞머리를 연신 손가락으로 쓸어 올렸다. 그러한 모습에서 긴 머리카락이 눈을 찌를 것 같아 마음이 조마조마했다.

박한수는 남자지만 얼굴이 예쁘장하게 생겼고 성향도 여성스런 면이 많아 섬세하고 꼼꼼한 편이라 남학생들보다 여학생들과 더 잘 어울릴 거란 얘기를 해주었다. 그러면서 농담반 진담반으로 전생에 여자였을 거라는 얘기를 덧붙여 해 주었더니 그도 엷은 미소로 수긍의 뜻을 비쳤다.

깎아준 개명비를 돌려받으면서

지난해 봄쯤 핸드폰으로 문자가 왔다. 혹시 전화로 이름풀이를 해 줄 수 있느냐였다. 그래서 상담이 가능하다고 했더니 2001년 생 '나주석' 아들의 이름풀이를 부탁했다.

성은 사주팔자와도 같은데 '나'씨 성에 부모와 학문을 나타내는 9.0이 없어 학문 운이 약하고 또한 선천운 이름에 재물과 처를 나타내는 재성 6이 겁재 2한테 심하게 극을 받고 있었다. 이렇게 되면 성인이 되어 결혼하게 되면 부부이별수 내지는 파재가 예고되어 경제적인 파탄이 올수 있는 이름이었다. 그래서 이 부분을 특히 강조하여 설명해 주었다. 즉 후천운의 7.1은 숨은 여자로 인해 부부불화가 끊이지 않고 본처와는 무늬만 부부라고 얘기했다. 뿐만 아니라 이름 끝자 '석'이 직업을 나타내는 관성 8을 상관 4가 극하고 있는데다 지지에서도 3.8이 있어 직업변동이 잦게 된다. 그렇게 되면 온전한 직장을 갖기 어렵다. 이러한 설명을 자세하고 하고 나서 이름이 흉하니 바꾸어주라고 넌지시 권했다. 그랬더니 조만간 찾아뵙겠다는 말만 남기고 전화를 끊었다.

그리고 얼마 후 영업장을 방문하여 이번에는 아들 사주를 내밀며 좀 봐 달라고 했다. 이차 저차 한 얘기로 사주상담을 끝내고 나자 그때서야 지난번 전화로 아들 이름을 상담 받았던 사람이라고 자신을 밝혔다. 그러면서 기억하겠냐고 묻길래 당연히 기억하고 있다고 했다. 그동안 아들 이름이 좋지 않다는 애길 수없이 들어 이곳저곳 웬만한 곳에 다 알아본 모양이었다. 그러던 중에 파동성명학을 알게 되었고 그래서 예지연 회장님 강의도 많이 들어봤다고 했다.

보통사람들은 주로 엄마가 자식 공부나 이름에 신경을 많이 쓰는 편인데 반해 아빠가 아들 이름에 신경을 쓰는 게 좀 이상하고 남다르게 느껴졌다. 더군다나 예지연회장님 강의를 여러 번 들어봤다고 할 정도면 여간 깐깐한 사람이 아니겠구나 싶어 개명을 권하지 않았다.

이름상담을 하다보면 즉 여기 저기 찾아다니는 사람치고 작명비를 지불하고 개명하는 사람들이 별로 없었다. 그러기에 이 사람 또한 여러 곳에서 조언을 얻어 자기가 직접 아들의 이름을 지으려고 생각하나 보다 그렇게 생각하고 상담을 끝냈다. 그런데 그가 자리에서 일어서더니,

"개명을 하는데 비용이 얼마입니까?"

앞서와 같은 생각에 개명을 할 거란 기대를 하지 않았기에,

"저희 학회의 작명료가 50만원입니다"

그의 눈을 똑바로 바라보고 금액을 얘기해 주었다. 그랬더니,

"그럼 좀 깎아 주실 수 없는지요?"

다지음 본사에서는 금액을 엄수하라 했지만 나도 모르게 5만원을 빼주겠다고 했다. 그랬더니 이왕이면 5만원만 더 빼달라고 해

서 40만원에 해줄 것을 약속했다.

"그렇다면 제가 바로 입금해 드리겠습니다."

개명을 잘 부탁한다는 얘기와 함께 깎아 주어 고맙다는 인사도 덧붙였다. 모르긴 몰라도 다지음 학회의 개명비를 이미 알고 온 모양이었다. 며칠 뒤에 방문한 그를 보고 두 개의 이름 중에 마음에 드는 걸로 선택해 문자로 알려 달라고 했다. 그런데 일주일이 지나도록 연락이 없었다. 그래서 전화를 걸어 둘 중에 하나를 선택해야 작명증서를 보낼 수 있으니 빨리 선택하라고 일렀다. 그런데도 여전히 이렇다 할 연락이 없었다. 그래서 개명한 이름이 마음에 들지 않아서인가? 아님 다른 사람한테 다시 개명을 했나? 아님 본인이 직접 이름을 지었나? 이런 저런 생각들이 들었지만 다시 또 연락하기가 뭐해서 그냥 지나쳤다. 그리고 딱 1년이 지난 그러니까 금년 2월 초에 전화가 다시 왔다.

"선생님 오늘 쉬는 날인가 봐요?"

뭐처럼 사무실에 갔더니 주변 상가들 문이 다 닫혀있기에 쉬는 날이라 생각하고 전화를 걸었다.

"오늘은 상가 전체가 쉬는 날이에요"

가는 날이 장날이라며 다시 방문하겠다 하고 전화를 끊었다. 그리고 며칠 뒤에 다시 전화가 왔다.

"오늘 사무실 계신가요?"

지금 사무실에 있다고 했더니 당일 오후 늦게 찾아왔다. 그러면서 일년 전, 개명한 두개의 이름 중에 하나를 선택해 곧바로 바로 호적에 올렸다는 얘기를 해 주었다.

"그랬다면 제가 작명증서를 보내 드렸을 텐데 왜 연락을 주지 않았어요?"

하고 의아해 물었더니,

"그때 한자도 넣어 주셔서....."

그 한문 그대로 다 올렸기 때문에 작명증서가 달리 필요하지 않아 그랬다는 거였다. 그러더니 십만 원을 봉투에 담아 다시 나한테 건네주었다. 그러면서 일 년 전에 깎아 주었던 그 돈을 다시 돌려주는 거라면서 얼굴에 미소가 가득했다.

"아니예요. 일 년 전에 깎아 주기로 맘먹고 깎아 드린 건데요."

그러니 안 줘도 된다고 극구 사양했다. 그랬더니.

"아닙니다! 이 돈은 꼭 도로 받으셔야 합니다."

그래야 자기 맘이 편할 수 있다면서 그간의 얘기를 들려주었다. 좋은 이름으로 개명 해준 덕에 아들이 매우 좋아졌다면서 그 중에 특히 두 가지가 잘 되었다는 얘기였다.

"이 모든 게 선생님이 지어주신 좋은 이름 덕분입니다."

아들의 변화된 모습에서 불현 듯 개명비를 깎았던 미안한 마음이 들어 고맙다는 인사와 함께 깎은 십 만원을 도로 돌려주고 싶었다는 얘기였다. 그래서 개명을 하고 나서 잘 된 두 가지가 무언지 궁금해서 물어보려 했지만 그게 뭔지 물어볼 틈도 없이 십만 원의 봉투와 인사만 남기고 바로 돌아갔다.

시간이 지나도 그 두 가지가 궁금해 도저히 견딜 수가 없어 작명증서를 핑계 삼아 다음날 전화를 걸었다. 그랬더니 아들이 대학을 들어갔고, 또 하나는 몸이 아팠는데 신기하게 다 나았다는 얘기였다. 작명증서는 굳이 없어도 된다고 사양하기에 그만두었다.

그래서 근래 들어 이 사람을 통해 많은 생각을 하게 되었다. 대개의 경우는 개명을 하면 그것으로 끝나는데 그는 좋은 이름 덕에 달라진 아들을 보면서 그 마음을 감사할 줄 알았고 또한 아들을 얼마나 사랑하면 개명 전부터 이곳저곳을 다니며 좋은 이름을 지어주기 위한 수고를 아끼지 않았을까! 어쨌거나 감사 표시를 하는 그 마음이 너무나 따뜻하고 감동적으로 다가왔다.

간혹 상담 업을 하면서도 나 스스로한테 내가 정말 잘 하고 있는 게 맞을까 반문할 때가 있다. 각자 답답하고 아픈 사연들을 갖고 내 사무실에 찾아올 때 과연 내가 얼마만큼 그들의 가슴 절절한 사연들을 마음으로 듣고 가슴으로 느끼면서 최선을 다하고 있는가! 그들의 멘토로서 상담에 최선을 다하고 있는가? 하고 반성을 하게 된다. 다시 한 번 그들 통해 생각할 기회를 갖게 되었던 마음이다. 더 열심히 노력해서 모든 이들에게 해피 바이러스가 되도록 속으로 다짐하면서 나와의 만남이 곧 행운으로 이어지는 마음이길 기원했다.

· 연락처 ; 010-9552-4433
· 멜주소 ; myj100227@naver.com
· 사이트 ; http://다지음대전중구.com

책을 마치며

2012년, 여의도 사무실서 집필만 하던 당시, 창가에 서서 빌딩 숲 사이로 한강변의 정취가 시야에 들어오면, 그 한 켠에 희망에 부풀어 외롭게 서 있던 '나'를 떠올려보곤 한다. 막상 전국 저변 확대를 위해 학회 사업을 시작하고 보니 여러 가지 난제들이 마음을 심란케 하던 당시였다.

아직은 많은 사람들이 우리 한글구성성명학을 모르다 보니, 잘못된 이름으로 고통스럽게 살아가고 또한 잘못된 개명으로 더욱 힘들게 살아가는 사람들을 접할 때마다 늘 가졌던 나와 세상과의 다짐(다지음)이었다. 그래서 안타까운 마음에 하루라도 빨리 한글구성성명학을 전파해야겠다는 일념하나에 그동안 지칠 줄 모르고 달려 왔다. 다지음의 사업법인은 구성성명학 학술 연구와 출판업, 학원 운영, 프렌차이즈 사업 등등으로 등재되어 있지만, 아직은 국내 시장의 성명학 분야가 너무나 취약하고 난제들이 산적해 있다. 그래서 가장 합리적인 방법이 무엇일까(?)를 모색한 중에 구성성명학 학술을 알리기에 최전선이라 할 수 있는 책에 집중했다. 그러다보니 그동안 다지음 학회서 출간한 책이 십여 권 이상 된다.

지난세월은 그야말로 사업 구상과 함께 많은 분량의 원고를 집필하다 보니, 어떻게 시간이 흘러갔는지 모르게 어느덧 2020년의 한해가 되었다.

그 2020년을 기념하기 위해 이른 봄부터 지사들로부터 개명후기를 접수받아 시작한 '이름을 좋게 지으니 행복하더라'의 원고가 이제야 마무리 되었다.

원고 수정을 마치고 난 지금은 긴 여정에서 돌아와 쉬고 싶은 사람처럼 그렇게 쉬고 싶은 마음인데 내 마음은 또다시 다른 계획들로 산적해 있다. 누군가가 채찍을 손에 감고 사정없이 휘두르는 그런 촉박함 같은 긴장감이다.

알고 보면 그것 또한 내 내면에서 솟구치는 웅집된 기운들의 메아리일 뿐이다. 지금도 어딘가에서 세상이 다지음을 지켜보고 감시하고 있다는 생각에 조금도 쉴 수 없는 조바심이 온 몸을 휘감고 있다. 이는 또 다른 '우리'라는 고정된 시선들이 바로 전국에 포진되고 있는 다지음 학회의 일원들로 구성된 수많은 눈동자들의 눈빛에서 느끼는 그런 긴장감들이다.

그래도 지금까지 그 어떤 성명학도 다지음의 한글구성성명학보다 더 나은 성명학이 없다고 자부했고, 그 자부심이 학문에 대한 확신으로 나를 지탱해준 구심점이 되었다. 그러다 보니 이제는 성명학에 대한 모든 학설을 알기 쉽게 풀이해 세상에 밝혀 놓았으니 그 이론을 근거로 지금부터는 고객 스스로 선택의 폭을 넓혀 이름을 결정하도록 하는 작업이 필요했다.

그게 바로 이번에 출간하게 된 '이름을 좋게 지으니 행복하더라'의 책이다. 그동안 필자 혼자서만 구성성명학에 대한 이론과 학설을 피력했고, 그에 다른 상담사례들 또한 여러 권의 성명학 책에서 밝혀내었다. 그러나 그 누구보다 갖가지 어려운 여건 속에서도 학회발전을 위해 애쓴 각 지역의 지사장들의 노고가 생각났다. 그들의 적극적인 sns 활동이나 유튜브의 활동이 없었다면 대중에게 실감나게 다가서지 못했을 것이다. 그래서 지사장들의 열심과 노고를 위로하고 격려하는 차원에서 이번 책자를 계획했다.

그런데 막상 원고수정 과정에서 지사들의 다양한 후기들을 읽어 내려가다 보니 도리어 내가 더 큰 감동을 받았다. 각종의 이야기꺼리인 후기들을 읽으면서 지사들의 수고와 노력이 계속해 뇌리에 떠나지 않았다. 그야말로 그들의 열정이 없었다면 다지음학회가 이만큼 성장할 수 있었을까 그런 생각이 들자 학회의 수장으로서의 책임감이 더욱 더 막중하게 느껴졌다.

전국의 지사장들이야말로 이름의 중요성을 깨닫고 구성성명학과 한 몸이 되어 지금까지 달려 온, 우리 사회를 살만한 세상으로 바꾸려고 노력한 이 시대의 산증인들로 성명학 개혁의 선구자들이다.

그래서 이번 책자엔 그들이 현장에서 경험하고 겪었던 이름의 실체들을 상담이나 개명후기의 형식을 담아 생생한 증언들로 담았다.

따라서 전국에 다지음의 지사들이 있기에 우리한글구성(口聲) 성명학은 앞으로 국내는 물론 세계 속으로 힘차게 뻗어나갈 것을 확신하며 또한 그리 될 것을 믿어 의심하지 않는다.

2020년 8월 어느날
예지연

부록

「피플 이사람」 개명운동의 프런티어,
다지음한글구성성명학회 예지연 회장

『헤럴드경제』 이홍석(인천) 기자

'이름이 인생을 좌우한다'라는 말은 낯설지 않다. 이름에서 '성공이냐, 실패냐'를 운운할 만큼 사람들에게 매우 중요하기 때문이다.

최근 이름에 대한 관심도가 높아지면서 개명 인구가 급증하고 있다. 대법원의 '사법연감' 통계에 따르면 지난 2012년 한해 동안 15만 8960명이 개명했다. 우리나라 국민 315명 중 1명이 개명을 한 셈이다. 요사이 개명 인구 사이에서 성명학의 새로운 혁신인 '한글구성성명학'을 개발한 예지연(56 · 사진) 회장이 관심을 모으고 있다. "이름에 성공과 실패가 분명 있습니다. 이름을 바꾸는 성명학은 여러 종류가 있지요. 이 가운데 제가 개발한 구성(口聲) 성명학은 순수한 자음과 모음이 결합한 한글 소리(파장)에 의해 불리워지는 이름입니다." 예 회장이 말한 구성 성명학에는 매우 중요한 이유가 있다. 이름에서 불리는 소리는 그 속에 잠재된 기운이 파장을 일으켜 인간의 운명에 적잖은 영향을 미치기 때문이다. 다시 말해, "망해라, 망해라" 하면 망하고, "잘된다, 잘된다" 하면 잘

되듯이, 소리로 불리어지는 이름의 중요성을 강조했다. 그렇기 때문에 사람들이 불러주는 이름에서 발현되는 소리야 말로 매우 중요한 것이다. "소리(파장)에는 강한 오행의 뜻이 담겨 있어 이름 석자 안에 재물운, 건강운, 자식운, 배우자운, 학문운, 부모운, 명예운, 수명운, 심지어 성격까지 알 수 있다"고 예 회장은 강조했다. 그는 이어 "이름을 다른 말로 하면 성명(姓名)입니다. 성명의 근원을 알아 보면, 낮에는 표정이나 제스처로 자신의 생각을 표현할 수 있으나 저녁때가 되면 날이 어두워 표정이나 제스처가 보이지 않아 입을 통해 자신의 의사를 전달하게 된다"며 "그래서 '저녁 석(夕)'자에 '입 구(口)'자를 합성해 '명(名)'이 되는 것이 이름입니다." 따라서 이름이란, 사람들이 늘 불러주는 소리, 즉 '입 구(口)', '소리 성(聲)' 다시 말해 입으로 불러주는 구성(口聲)이 바로 '한글구성성명학'"이라고 설명했다. 예 회장은 세계에서 유일무일하게 입모양을 본 따 만든 소리글자가 바로 한글임을 강조하면서, 입으로 불리워지는 '소리에너지'가 바로 파장의 근원이라고 밝혔다. 따라서 입에서 불리는 이름의 파장은 시간의 흐름에 따라 번갈아 반복되면서 운명에 엄청난 영향을 미치기 때문에 좋은 이름은 화목한 가정과 성공이 보장되고, 나쁜 이름은 건강을 잃게 하거나, 파산하며 자식을 불행하게까지 만든다고 덧붙였다. 예 회장은 지난 1987년 역학 연구에 입문, 중앙·경제지 및 지방일간지·스포츠신문·일본 나고야 신문 등지에서 역학(운세) 및 개명에 대한 연재를 집필해 오고 있다. 또 M.net 등 각 방송사 출연과 대학에서의 강의 활동도 벌여왔다. 예 회장은 '성공하는 이름, 흥하는 상호', '이름이 성공을 좌우한다' 등 10권을 집필했다. 또한 '예지연 한글구성성명학전집(10권)' 등 3종류의 책도 곧 출간할 예정이다.

gilbert@heraldcorp.com

신뢰할 수 있는 한글파동성명학
다지음한글구성성명학회 예지연 회장

『일간스포츠』

한글구성성명학으로 세간의 입소문이 난 인물이 있어 화제가 되고 있다.

2013 일간스포츠 대한민국을 이끄는 혁신인물 대상에서 작명(한글파동성명학)부문을 수상한 다지음한글구성성명학회의 예지연회장은 1998년부터 한글파동에 대한 공부를 시작하였다. 예지연 회장은 "세계의 모든 국가는 그 나라 고유의 말을 사용하고 있지만 우리 한글만큼 모든 언어를 표현할 수 있는 언어는 없습니다."라고 강조하며 "기존 성명학처럼 자음의 획수로 인간의 모든 것을 판단하기는 어려운 게 사실입니다. 그래서 자음의 획수만 써서 풀이하는 성명학이 아닌 자음과 모음을 모두 연구하면서 소리의 파동으로 풀이하고 작명하는 파동성명학을 연구하여 만들게 되었고 2012년 학문에 대한 저작권인 특허권을 받으며 사주와 90%이상 일치하는 한글파동성명학이 나오게 되었습니다. 한글파동성명학으로 이름을 짓는다면 좋은 운으로 행복한 삶을 누리실거라 확신합니다."라고 말했다.

경기가 많이 안 좋아 힘들어 하는 사람들에게 "요즘처럼 불황에 힘들어 하는 사람들을 이용해 좋은 이름을 지어준다는 광고와 홍보를 통해 비싼 비용의 작명료를 받고 형편없이 이름을 지어주는 사람들이 많아 잘 알아봐야 한다."라며 실력이 있고 확신할 수 있는 전문가가 아니면 과대광고나 홍보에 현혹되지 말 것을 당부하였다.

또한 "일이 잘 안 풀린다면 좋은 이름으로 개명하여 이름을 통해 운을 바꾸는 것도 좋은 방법 중에 하나." 라고 말하며 이름의 중요성과 한글파동에 대한 운의 흐름에 대해 강조 하였다.

작명가와 한글파동연구가로 많이 알려진 예지연회장은 "이름은 불릴 적마다 상대방의 입을 통해 여러 가지 성질의 기운이 조화를 일으켜 발현되므로, 이름을 함부로 지어서도 또한 가볍게 여겨서도 안 된다."고 말하며 정말 좋은 이름이 필요한 사람들에게 좋은 이름을 지어주어 행복하게 그들의 삶이 변화된다면 그게 보람된 일이라고 말하였다. 여러 일간지에 재미있는 운세풀이를 게재중인 예지연 회장은 '이름이 성공을 좌우한다. '금슬을 좋게 하는 야한 섹스가', '부자사주 거지팔자', '성공하는 이름 흥하는 상호', 등 약 9권의 책을 써낸 저자이기도 하다.

한글이 세계에서 제일 좋은 언어라는 것과 한글구성성명학의 세계화를 위해 최선을 다하는 다지음한글구성성명학회는 미국지사를 비롯하여 국내외의 지사를 가지고 있으며 국내와 해외에도 한글구성성명학으로 많은 이들에게 좋은 이름을 지어주고 있다.

국내 최초 자음과 모음의 '한글파동성명학'계의 일대 혁신
'예지연한글파동성명학회' 예지연 회장

『스포츠한국 』

한글구성성명학으로 세간의 입소문이 난 인물이 있어 화제가 되고 있다.

2013 스포츠서울 대한민국을 이끄는 혁신인물 대상에서 작명(한글구성성명학)부문을 수상한 다지음한글구성성명학회의 예지연회장은 지난 25년 동안 역학을 연구해 독창적인 '한글구성성명

학(姓名學)'이란 새로운 이론을 정립해 화제의 인물로 떠오르고 있다. 1998년부터 파동성명에 대한 공부를 시작한 예회장은 자음만으로 풀이한 파동성명학 이론에 모순점을 자주 발견하고 회의를 느껴왔다면서, 종전 자음만으로 풀이하는 기존의 파동성명학에서 탈피해, 지금은 자음과 모음을 결합시킨 완성된 파동성명학 이론을 재정립해 내놓았다.

예회장은 "한글의 소리음은 모음이 배제되면 절대 소리(음)를 낼 수 없도록 구성돼 있어 자음만으로 풀이하는 기존의 파동성명은 이러한 원리를 무시한 이론으로 올바른 학설이라 주장할 수 없다"고 잘라 말했다.

그는 파동성명학 저변확대를 위해 2012년 주식회사 '다지음'을 설립했으며, 조만간 '사단법인 다지음한글구성성명학회'인 학술단체도 설립할 예정이다.

"모든 국가는 그 나라 고유의 말을 사용하고 있지만 우리 한글만큼 모든 언어를 문자로 표현할 수 있는 나라는 없습니다." 그러기 때문에 한글은 세계의 어떤 언어나 음성도 완벽하게 문자화 할수 있어, 이를 오행으로 분류하면 각국 어느 나라가 되었건 각개인의 운명이나 사업의 향방을 얼마든지 유추해 낼 수 있다고 한다.

주식회사 다지음은 미래가치를 창출하고 이름을 통해 발산되는 에너지를 운명전환의 도구로 삼아, 개인의 향복은 물론, 인류문화창조와 나아가 파동에너지인 이름을 통해 세상을 살기 좋게 변화시키는 미래를 꿈꾸는데 있다고 피력한다.

따라서 전국 150여개 지사를 운영 계획함에 있어, 지난해는 미국캘리포니아에 다지음 지사를 설립했다. 앞으로 싱가폴, 중국, 일본, 호주 등 전 세계로 한글의 우수성을 이름을 통해 세상에 널리 펼쳐나갈 계획이라고 힘주어 말했다.

예회장은 그동안 총 10여권의 책을 발간했으며, 『성공하는 이름, 흥하는 상호』,『이름이 성공을 좌우하다』에 이어『이름을 이렇게 지으니 좋더라』1권과 2권을 동시에 곧 출간할 계획이다.

예지연(사진) 회장은 최근 자신이 운영하고 있는 남구 주안동 다지음 한글구성성명학회에서 파동성명학 저변확대를 위해 ㈜다지음 한글구성성명학회 법인을 발족했다. 그는 앞으로 전국 150여개 지사를 모집할 방침이다.

그는 "종전 자음(닿소리 19자)만으로 풀이한 파동성명학 이론에 모순점을 발견하고 회의를 느껴왔다"면서 "어느날 자음과 모음(홀소리 13자)의 원리를 착안한 선생으로부터 파동성명의 핵심이라 할 수 있는 모음의 원리를 전수받아 의문점이 풀렸다"고 말했다. 파동이란 공간이나 물질의 한 부분에서 생긴 주기적인 진동이 시간의 흐름에 따라 주위로 멀리 퍼져나가는 것을 의미한다.

예씨는 "현재 파동성명학의 창시자라고 불리고 있는 대구의 기존 성명학회는 우리나라의 성명학계에 놀라운 변화를 줬으나 한글의 소리음은 모음이 배제되면 절대 소리(음)를 낼 수 없도록 구성돼 있어 자음만으로 풀이하는 기존의 모 학회 파동성명은 이러한 원리를 무시한 이론으로 올바른 학설이라 주장할 수 없다"고 잘라 말했다.

그는 특히 최근에 출간한『이름이 성공을 좌우한다』는 그동안 자음으로만 풀이한 파동성명의 모순점을 낱낱이 파헤치고 직접 상담한 사례들을 모아 이름의 실체를 정확하게 제시해 누구라도 쉽게 이해할 수 있도록 풀이해 놨다.

따라서 각계각층의 국내·외 유명인들의 이름 또한 분석해 그들이 어떻게 성공했으며 왜 파멸했는가를 논리 정연하게 해석해, 실전 통변서로서 학습효과는 물론 재미있게 읽을 '꺼리'를 제공하고 있다.

"국내 성명학 시장은 어림잡아 연간 몇 백억은 됩니다. 이러한 시장구조를 혼자서만 점령하겠다고 과욕을 부리는 모 성명학회의 독주를 막기 위해 '주식회사 예지연'을 설립하게 됐다"고 말했다.

그는 조만간 '사단법인 다지음한글구성성명학회'인 학술단체도 설립할 예정이다.

예씨는 그동안 총 10여권의 책을 발간했으며, 지난해는 『귀한 사주, 천한팔자』, 『금술을 좋게 하는 야한 섹스 歌』, 『이름이 성공을 좌우하다』,를 선보였고, 곧이어 『이름을 이렇게 지으니 좋더라』 1권과 2권을 동시에 출간할 계획이다.

『서울경제신문』

지난 26년 동안 역학을 연구해 독창적인 '파동성명학(姓名學)'이란 새로운 이론을 정립한 역학인이 있어 화제다.

종전 자음만으로 풀이하는 파동성명학에서 탈피해 자음과 모음을 결합시킨 파동성명학 이론을 재정립해 내놓은 것이다.

예지연(사진) 회장은 지난 해 자신이 운영하고 있는 인천 남구 주안동에서 파동성명학 저변확대를 위해 ㈜다지음 한글구성성명학회 법인을 발족했다. 따라서 전국 150여개 지사를 운영 계획함에 있어, 2012년에는 미국캘리포니아에 다지음 지사를 설립했다. 앞으로 베트남, 필리핀, 싱가폴, 중국, 일본, 호주 등 전 세계로 한글의 우수성을 이름을 통해 세상에 널리 펼쳐나갈 계획이라며 힘주어 말했다.

또한 미래 가치를 창출하고 이름을 통해 발산되는 에너지를 운명전환의 도구로 삼아, 개인의 향복은 물론, 인류문화 창조와 나아가 파동 에너지인 이름을 통해 세상을 살기 좋게 변화 시키는 미래를 꿈꾸는데 있다고 강조한다.

그는 "종전 자음(닿소리 19자)만으로 풀이한 파동성명학 이론에 모순점을 발견하고 회의를 느껴왔다"면서 "어느날 자음과 모음(홀소리 14자)의 원리를 착안한 선생으로부터 파동성명의 핵심이라 할 수 있는 모음의 원리를 전수받아 의문점이 풀렸다"고 말했다.

예씨는 현재 "파동성명학의 창시자라고 불리고 있는 대구의 기존 성명학회는 우리나라의 성명학계에 놀라운 변화를 줬으나 한글의 소리음은 모음이 배제되면 절대 소리(음)를 낼 수 없도록 구성돼 있어 자음만으로 풀이하는 기존의 모 학회 파동성명은 이러한 원리를 무시한 이론으로 올바른 학설이라 주장할 수 없다"고 잘라 말했다. 또한 이름의 개체들은 그 특유의 소리와 색깔로 에너지적인 파동을 인식하게 됩니다. 따라서 이름을 불릴 적마다 상대방의 입을 통해 사람의 마음을 움직이게 하는 파동의 비밀이 숨어 있어, 이름을 함부로 지어서도 또한 가볍게 여겨서도 안됩니다"고 한다.

그는 특히 최근에 출간한 『이름이 성공을 좌우한다』는 그동안 자음으로만 풀이한 파동성명의 모순점을 낱낱이 파헤치고 직접 상담한 사례들을 모아 이름의 실체를 정확하게 제시해 누구라도 쉽게 이해할 수 있도록 풀이해 놨다.

그는 조만간 '사단법인 다지음한글구성성명학회'인 학술단체도 설립할 예정이다.

예씨는 그동안 총 10여권의 역학 서적을 출간했으며, 성명학에 관련된 『성공하는 이름, 흥하는 상호』, 『이름이 성공을 좌우하다』에 이어 『이름을 이렇게 지으니 좋더라』 1권과 2권이 동시에 출간 예정이다.

장현일기자 hichang@sed.co.kr

한글구성성명학회 예지연 회장 인터뷰
NIB남인천방송 주말뉴스 – NIB 초대석

장   소 : 남인천방송 뉴스 스튜디오
대 담 자 : 유중호 보도국장(문답식 대담으로 진행)

　사회자 : 요즘 이름을 많이 개명하는데요. 오늘은 한글파동성명학회 예지연 회장님을 모시고 이름에 관한 이야기를 나눠보겠습니다.
　회장님! 안녕하세요?(인사)
　안녕하세요? 예지연입니다.

　질문1) 예! 회장님은 '한글구성성명학'이란 새로운 이론을 정립해 화제의 인물로 떠오르고 있는데요. 정확하게 '파동성명학'이 어떤 건가요?

　예지연 : 마음속에 생각한 뜻을 입으로 전달하는 과정을 소리라 하며, 소리(파동)는 자신의 속마음을 상대방에게 알리기 위해 나타나는 수단입니다.

　이름에서 불리는 소리는, 그 속에 잠재된 기운이 파동을 일으켜 인간의 운명에 적잖은 영향을 미칩니다. 즉 이름에서 망해라! 망해라! 하면 망하고, 잘된다! 잘된다! 하면 잘되듯이 이름에 그런 엄청난 기운이 숨어 있습니다.

　질문2) 그렇다면 이름이 사람에게 미치는 영향이 어느 정돈가요? 또 이름이 그렇게 중요한 것인가요?

예지연 : 이미 정해진 팔자는 인간의 힘으로 바꾸지 못하지만 이름을 통해 운명은 얼마든지 개운할 수 있습니다.

이름에서 배우자를 헤치면 부부가 이별을 하거나 반드시 불행한 일을 겪게 됩니다. 또한 재물이 극하면 아무리 많은 돈을 벌어도 그 돈이 전부 다 나가거나 심하면 망하게 됩니다.

이름이 중요하냐고 물으셨는데 정말 중요합니다. 故 최진실씨 이름만 봐도 그렇습니다.

최진실이란 이름을 풀어보면 명을 재촉하는 기운이 많이 잠재해 있습니다. 뿐만 아니라 자식을 극해하는 이름이다보니, 웬만한 엄마들은 아무리 어렵고 힘든 일이 있더라도 자식을 위해 쉽게 생을 포기하지 않는 법인데, 최진실씨는 스타다 보니 많은 사람들이 그 흉한 이름을 부르다보니 순간적인 기운이 발동하게 되는 법이지요.

코미디언 이주일씨 이름도 마찬가지입니다. 예능인으로서 타고난 기질은 이름에서도 알 수 있지만, 이름이 전부 상극으로만 이루어져 있는 매우 흉한 이름입니다. 지지를 나타내는 후천운에서 명예가 있어 예능인으로서 국회의원까지 지내긴 했지만, 이런 흉한 이름 때문에 유명을 달리한 것이 아닌가? 판단하고 있습니다.

질문3) 성명학도 여러 종류가 있다고 들었는데 그럼 어떤 이름이 좋은 이름인가요?

예지연 : 곧 출간하게 될 '이름을 이렇게 지으니 좋더라!' 책에는 지금 우리나라에서 쓰고 있는 성명학의 종류를 모두 일목요연하게 정리해 놓았는데요.

제가 이 모든 성명학을 섭렵한 사람으로서 그중 파동성명학이 인간의 운명에 가장 영향을 미친다고 생각했습니다.

파동성명학이 사람들 입에 회자된 때는 거의 30여년 되었습니다만, 그래서 저도 1998년도 처음 파동성명학을 접했습니다만, 다른 성명학에 비하면 매우 획기적인 성명방식이지요.

그런데 그곳 파동성명학은 자음으로만 풀이하기 때문에 오류가 많이 발생했습니다. 자음으론 어떤 소리도 나지 않거든요.

그래서 연구한 것이 자음과 모음을 결합한 완벽한 파동성명학을 연구하게 된 것이지요.

2004년도에 출간한 '부자사주 거지팔자' 책에 이름에 관련해 상담사례를 실었는데 그 때 이름에 관련해 많은 사람들의 문의가 쇄도 했습니다.

그런데 수 천 명의 이름을 감정하다 보니 60%는 기가 막히게 잘 맞는데 40% 가량이 맞지 않는다 하는 겁니다. 그래서 잠시 성명학은 내려놓았는데, 그 책이 인연이 되어 모음의 오행을 발견하신 선생님이 제게 알려주셨습니다.

그때부터 다시 자음과 모음을 결합시켜 집중적으로 연구하다보니, 지금의 예지연한글파동성명학이 탄생하게 된 것입니다.

질문4) 예지연 한글구성성명학에 대해 좀 더 자세히 들려주셨으면 하는데요.

한글은 닿소리(자음) 19자와 홀소리(모음) 14자로 모든 소리를 만들어 낼 수 있는 글자체입니다. 우리 한글은 발음기관과 천지인 (天地人)을 본떠서 만든 세계에서 가장 으뜸가는 소리글자라 하겠습니다. 한글의 발음을 오행으로 풀이하면, 당사자의 이름에 나타난 뜻 그대로 그 사람의 운명과 일치합니다.

그러다 보니 거의 사주와 비슷하게 그 사람의 운명을 유추해 낼 수 있는 것입니다.

질문5) 앞으로의 계획과 이름 때문에 고민하는 분들께 한 말씀 해 주시죠?

이름의 중요성을 누구보다 절감하다 보니 다지음구성성명학을 널리 전파해야 할 필요성을 느꼈습니다. 그래서 지난해 주식회사 다지음을 설립하고 전국 지사와 지회를 활발하게 운영하고 있습니다. 뿐만 아니라 기독교인이 80%를 차지하는 캘리포니아에 다지음지사가 있습니다만, 이를 거점으로 세계속에 한글을 이름을 통해 펼쳐나갈 계획입니다.

현재 여러모로 힘들어 하고 있는 분이 있으시다면, 이는 이름의 영향도 무시할 수 없는 고로 고통스러워 할 것이 아니라 다지음학회를 통해 자신의 이름이나 가족들 이름을 한번쯤 검증 받아 보는 지혜도 필요하다 하겠습니다.

다지음한글구성성명학 강의나 작명 상담 안내

다지음 한글구성성명학을 배우고자 하는 분은 예지연회장의 온라인 강의가 있고 전국 지역의 총괄지사에서 오프라인강의가 진행되고 있다. 구성성명학에 관심 있는 분은 이름 상담이나 작명 상담을 홈페이지(www.dajium.com)를 이용하면 전국지사 전화번호와 약도가 자세하게 나와 있으니 참고하면 된다.

대표전화 1644-0178

다지음 연수원의 활동계획

누구보다 이름에 대한 중요성을 깨닫다보니 잘못된 학설이 난무하는 척박한 현실에서 저변확대의 시급함을 느꼈다. 그렇게 해서 시작된 다지음 학회가 주식회사로 출범한지 벌써 십여년 가까이 된다. 그동안 많은 성장과 발전을 거듭해 왔다. 따라서 동종 업계로부터 시기와 질시를 한 몸에 받으면서도 꿋꿋이 성장할 수 있었던 것은, 비온 뒤에 땅이 굳듯이, 그동안의 모진 역경이 버팀목이 되어준 덕분이다. 그렇기 때문에 다지음은 근시안적인 시야에서 벗어나, 더욱 더 먼 미래지향적인 앞날을 내다보고 있다.

무엇보다 학술단체인 한글구성성명학회가 사단법인으로 출범되었고 다지음의 연수원도 완공되어 이곳 연수원서 정기적인 모임과 학술 연구에 따른 친목과 나눔도 함께 나누고 있다.

또한 강릉 연수원에 힐링 센터를 계획하여 주식회사 다지음이 단순한 작명 업체로서만 머무는 것이 아니라, 이름을 통해 세상을 살기 좋게 변화시키는 삶의 질을 향상시키는데 건강을 그 우선 목적으로 두고 있다. 그렇기에 2020년을 필두로 세상과 소통하며 함께 가는 모두의 학회가 될 수 있도록 강릉연수원에서의 계획이 무궁무진하며 지금 한창 현재 진행 중에 있다. 그 중에 하나가 건강을 최우선으로 하는 다지음이 되기 위해 건강 프로젝트의 일환으로 '워터파워(water power)'의 체험관을 강릉연수원에 오픈했다.

물은 매우 중요하다. 또한 물은 생명과 직결되기 때문에 물이 없이는 어떤 생명도 존재가 불가능하다. 무엇보다 물은, 사람은 물론 모든 생명체를 치료하는 능력이 있다. 그러기에 물이 없으면 아무리 땅이 넓고 비옥하다 해도 사막이나 다름없는 불모지가 된다.

아프리카의 사하라 사막, 미국 서부의 모하비 사막, 몽골의 고비사막, 아라비아 사막 같이 끝도 없는 평원에 식물이나 사람이 살 수 없는 가장 큰 이유가 물이 없기 때문이다. 만약 사막에 물만 흐른다면 최고의 옥토가 될 것이다. 또한 아프리카가 넓은 땅임에도 불구하고 황폐하여 못사는 이유가 다 물 때문이다. 물만 충분하면 아프리카야 말로 세계에서 가장 잘 사는 나라가 된다.

물이야말로 인류의 번영과 발전의 원동력이 되어 왔다. 그래서 성경의 구약시대에는 우물을 갖고 치열한 싸움을 벌였다. 그리고 강을 중심으로 풍요로움과 번영을 가져왔다. 그러한 물이 신약에 와서 예수 그리스도의 말씀이 영생의 물로 비유되었다. 우리의 몸이 물이 없으면 죽듯이, 영혼 또한 예수 그리스도의 말씀이 없으면 죽는다. 생명을 살리는 것이 물이기에 워터파워로 몸과 영혼을 살리는 프로젝트를 구상하여 지금 한창 진행 중에 있다.

의학에서도 물을 많이 섭취해야 건강에 좋다는 것이 예전부터 증명 되었다. 따라서 날마다 물을 충분히 마시고 깨끗이 닦고 하면 웬만한 질병은 이길 수 있다. 모든 질병 예방에 물로 씻는 일이 기본이다.

그리고 물에는 미네랄이 함유되어 각종 질병을 예방하고 치유의 효력이 있어 건강유지에 도움이 된다. 성경에서 보면 베데스다 연못에서 무슨 질병이든 치료하는 기적이 있었다. 뿐만 아니라 실로암(예수 그리스도의 말씀)에서 눈먼 자를 씻어 뜨게 한 기록들이 있다.

그래서 워터파워의 물로 몸과 정신(영혼)을 치유하는 센터를 설립해 지금 체험관이 완공되어 운영준비 중에 있다.

뿐만 아니라 모두가 소통하는 학회가 되기 위해 본사 사이트를 지사 위주의 사이트로 개편되어 전국 어디서나 고객과 전국지사 간의 소통이 하나로 연결되어 수입창출에 기여하고 있다.

이러한 모든 계획들이 지금 강릉 연수원에서 한창 추진되고 있을 뿐 아니라 앞으로 더욱 발전하는 다지음, 미래를 약속하는 다지음, 세계 속의 다지음으로 거듭나도록 최선을 다해 노력하고 있다.

생명을 살리는 워터파워의 효능

물이라는 액체는 아무런 색도 없고 맛도 없다. 그런데 우리 인체를 구성하고 있는 물질의 70% 이상이 물이다. 도대체 어떤 성질이기에 물은 인류와 모든 생명체에게 그토록 중요한 의미를 갖는 것일까?

물은 우리 몸에 산소와 영양소를 운반하고 노폐물을 제거하여 혈압 유지에 관여한다. 그래서 대부분의 세포는 물로 둘러싸여 있다. 그러기 때문에 사람은 물 없이는 일주일을 견디기 어렵다. 체내 수분의 12% 정도를 잃으면 생명이 위험하다. 그러기에 물은 우리의 몸을 살리는 절대적인 원천이지만 우리의 영혼을 살리는 것 또한 물(하나님의 말씀)이다. 그런 의미에서 워터파워는 예방 의학차원에서 국민 건강 개선에 도움이 되고, 생명을 살리는 기적의 물로 정평이 나 있다. 요즘 세계적으로 풀빅산이 대세인데 그 중에 무엇과도 비교할 수 없는 가장 으뜸인 풀빅산이 바로 워터파워다.

풀빅산(Fulvic Acid)은 각종 동, 식물의 퇴적물이 미생물에 의해 장기간에 걸쳐 분해, 합성된 유믹산(Humic Acid)의 일종으로, 생물체의 면역력을 증가시키고, 각종 질병을 치료하며, 독성물질을 해독하여 생물체 밖으로 내보내고 생물체 내에서 각종 생리작용을 돕는 역할을 한다. 그러기에 풀빅산은 모든 생명체에 생명력을 부여하는 물질로서 세포에 전기를 공급하여 세포를 소생시킨다. 또한 세포의 생산과 재생을 촉진하므로 생명체를 젊게 만들고, 면역력을 강화시켜 질병에 걸리지 않도록 예방한다. 아울러 질병을 치료하고 독성물질을 해독하는 특별한 기능이 있어 생물학적 균형을 유지하고 에너지를 부여하는 천연 유기 전해질이다.

따라서 워터파워의 물은 인체 내 중금속과 유해단백질 또는 불요단백질 등을 효과적으로 제거하여 의료계나 의학계에서 다르지 않는 예방의약 차원의 혜택을 인류에게 제공하고 있다. 그러므로 워터파워에 관련된 기사가 이미 2001년 7월 14일자 동아닷컴에 실린 적이 있다.

실험에 나선 연구팀의 결론은 '이럴 수가'였다. 실험 결과 대부분의 쥐에 이식한 암세포가 양구 결정체(황금수를 끓여 증발시킨 미네랄 결정체)를 투여 받은 후 흔적만 남을 정도로 사라졌다는 것이다.

1차 실험은 암세포를 이식한 쥐 14마리 중 7마리에게는 황금수(워터파워)를 먹이지 않고(대조군), 나머지에게는 황금수 결정체를 먹이는 방식으로 진행했다. 16일이 지난 후 대조군 쥐의 암세포는 계속 자랐으나, 황금수 결정체를 날마다 먹은 쥐 6마리에게서는 암세포의 흔적만 남았고, 1마리는 대조군에서 자란 암세포의 삼분의 일 수준에 그쳤다. 연구팀은 이에 만족하지 않고 투여기간을 더 늘려 3주가 흐른 후 측정했더니 이번에도 1마리가 대조군의 삼분의 일 크기로 암세포가 자랐을 뿐 나머지 쥐는 1차 실험 때와 같은 결과였다.

병리학 교실의 강희 연구원은 '지금까지의 동물실험만으로는 그 어떤 천연물질이나 한방재료보다 월등한 암 억제효과를 나타낸 것만큼은 분명하다'며 '처음에는 반신반 했으나 동물실험 결과를 통해 황금수(워터파워)에 항암효과가 있다는 사실을 보여준다'고 주장했다.

더욱이 대부분의 항암제가 암세포와 함께 정상세포를 공격하는 독성(부작용)에 의해 실험 대상의 몸무게가 현저하게 주는 것과 달리 이 실험에서는 쥐들의 무게가 전혀 줄지 않고 오히려 살까지 찐 쥐가 있었다. 그러므로 암세포는 억제하는 반면에 정상세포에는 전혀 문제를 일으키지 않는 것이 증명되었다.

실제 한국한약 연구원에 혈액검사를 의뢰한 결과 워터파워에는 사람이나 동물에게 유해한 독성이 전혀 없는 것으로 나타났다. 또한 한국과학기술연구소의 성분 분석 결과 중금속 성분도 전혀 발견되지 않았다. 그럼에도 병리학 교실은 워터파워가 정확히 어느 지역에서 생성되는지는 일급비밀에 부치고 있다. 신비의 워터파워(황금수)를 발견한 것은 연구팀이 아니기 때문이다.

인간은 자연의 복사판이다. 그러므로 인체뿐만 아니라 사물도 마찬가지로 지나쳐도 병이 되고 모자라도 병이 된다. 해서 몸에 이상이 생길 때는 자연의 불균형과 몸에서 필요로 하는 성분 부족으로 생긴다.

워터파워는 인간의 몸을 이루는 원료이며 자연의 농축이라고 본다. 그렇기 때문에 인간에게 필요한 영양소를 골고루 갖추고 있기에 완치가 된다. 고혈압. 당뇨. 고엽제. 통풍. 백혈병. 심장병, 아토피나 각종 암등의 병에 걸리면 잘 낫지 않는다. 통증이 있어 주사를 맞으면 임시 통증완화는 되지만 근본적인 치료는 아직까지 이루어지지 않고 있는 실정이다.

우리는 수없이 많은 환경호르몬 속에서 살아간다. 음식물에 들어있는 농약 잔여물이라든가, 밀가루. 빵에 들어간 방부제나 고기. 생선 속의 항생제 등 이러한 환경 호로몬이 현재 130만 가지가 넘는다. 이런 것들이 우리의 일상생활 속에서 매일 만지고, 호흡하고, 먹으면서 발암 물질을 생성해 낸다. 몸 안에 유해물질인 독소가 다 빠져나가야 질병이 생기지 않는데 이런 것들이 몸 안에 세포로 그대로 남아 있다. 이 독소가 폐에 붙으면 폐질환이요, 간에 붙으면 간질환이요, 위에 붙으면 위 질환. 장에 붙으면 장 질환. 또는 하지정맥류 기타 등등의 각종 질병을 유발시킨다.

모든 질병은 이러한 유해 독소로 인해 발병되는데 우리 몸에 침입해 들어오는 독성물질의 유입경로를 살펴보면 농약에 의한 과일이나 채소류, 중금속, 미세먼지 등을 비롯하여 환경 호르몬, 대기오염, 수질 오염, 탁한 작업환경 등에서 주로 침입한다. 오늘날 이 독소를 뺄 수 있는 의학기술이 없기에 성인병 치료가 극히 어려웠다. 그러나 워터파워는 질환자들의 실질적인 체험 사례에서 이 모든 것이 증명되었다.

몸이 건강해야 정신이 건강하고 정신이 건강해야 삶의 질도 높아진다. 그래서 다지음에서 계획한 것이 힐링 센터인 워터파워의 건강 체험관이다.

예지연의 저서들

25,000원

18,000원

10,000원

7,000원

25,000원

10,000원

11,000원

절판

절판

절판

도서구매를 희망하는 분은,
333038-52-026673(농협. 안영란)
택배비 3000원(2권이상 택배비 무료)
입금 후, 010-3024-0342(주소 문자로!)

(주) 다지음 한글구성성명학 전국지사 모집

한글구성성명학에 관심있는 분 또는 창업 준비나 업종 전환을 계획하고 있는 분들을 위하여, (주)다지음에서 소자본 창업의 여러분을 초대하고 있다.

과학문명이 고도화될수록 기계나 로봇이 인간의 역할을 대신하게 된다. 그럴수록 이 시대의 직업인들이 점차 사라지고 있다. 그러나 인간의 감성만큼은 기계나 로봇이 대신할 수 없기에 (주)다지음의 작명 사업은 영원하다.

＊가맹지사 개설조건은 민간자격증 취득자에 한함.

외국지역 가맹지사 모집안내
미국. 유럽. 중국. 일본. 베트남. 필리핀 등

타사 가맹지사와 무엇이 다른가?

 1. 한 번의 적은 투자로 평생사업이 보장된다.
 2. 고령화시대에 이상적인 사업이다.
 3. 상호나 이름은 선택이 아니라 필수다.
 4. 무점포로 시설비가 들지 않는다.
 5. 경기침체일수록 호황을 누린다.
 6. 계절로 인한 불황을 모른다.
 7. 상표권, 저작권, 지식재산권을 보유한 독점사업이다.
 8. 국내 최초의 작명 프렌차이즈 사업이다.
 9. 외국인 이름이나 외국기업의 작명도 가능하여 글로벌 사업이다.
10. 투잡(two jab)이 가능한 사업이다.

다지음 프렌차이즈의 장점

 1. 누구도 따라할 수 없는 경쟁력을 갖추고 있다.
 2. 본사에서 온라인작명 시스템을 완비하여 광고비가 들지 않는다.
 3. 한국직업능력개발원에서 승인한 작명 민간자격등록증 취득 사업체다.

가맹문의 1644-0178